梢间碎影

徐晓军 著

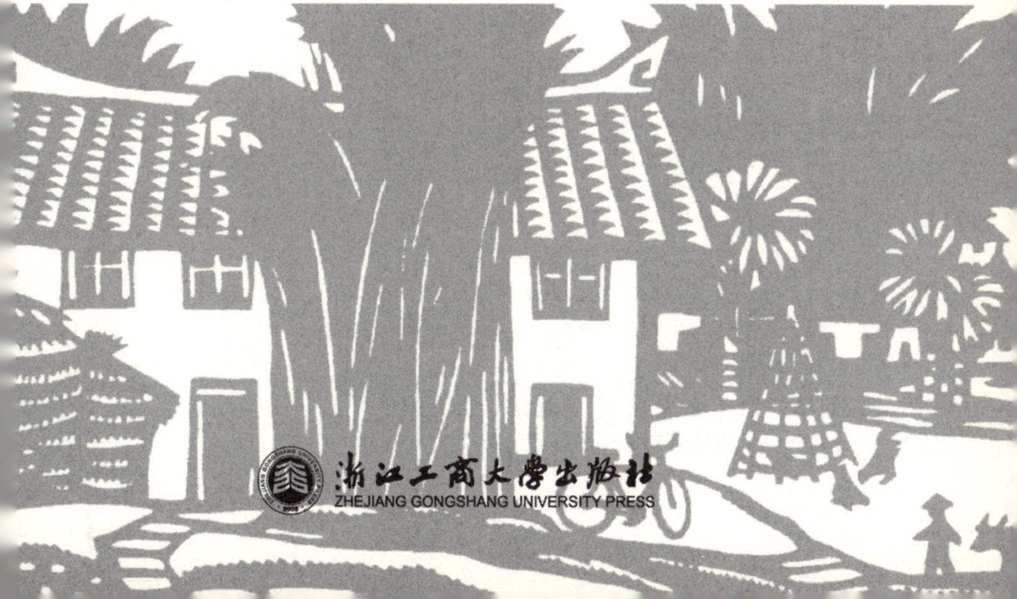

浙江工商大学出版社
ZHEJIANG GONGSHANG UNIVERSITY PRESS

图书在版编目(CIP)数据

指间碎影 / 徐晓军著. —杭州：浙江工商大学出版社，2016.1
(海风文学丛书 / 李东飞主编)
ISBN 978-7-5178-1358-3

Ⅰ. ①指… Ⅱ. ①徐… Ⅲ. ①散文集—中国—当代 Ⅳ. ①I267

中国版本图书馆 CIP 数据核字(2015)第 256314 号

指间碎影

徐晓军 著

出 品 人 鲍观明
策划编辑 郑 建
责任编辑 胡亚娟
封面设计 林朦朦
责任印制 包建辉
出版发行 浙江工商大学出版社
(杭州市教工路 198 号 邮政编码 310012)
(E-mail:zjgsupress@163.com)
(网址:http://www.zjgsupress.com)
电话:0571-88904980,88831806(传真)
排 版 杭州朝曦图文设计有限公司
印 刷 杭州五象印务有限公司
开 本 880mm×1230mm 1/32
印 张 7.75
字 数 201 千
版 印 次 2016 年 1 月第 1 版 2016 年 1 月第 1 次印刷
书 号 ISBN 978-7-5178-1358-3
定 价 25.00 元

浙江工商大学出版社营销部邮购电话 0571-88904970

海风文学丛书

编 委 会

总　序

1995年的春天，东海之滨的美丽小城温岭，吹来了一股清新的文学之风，一本名叫《海风》的文学杂志自此诞生。

风从东海来，带着春的暖意、海的气息、梦的诗情，在温岭文坛激起了一阵又一阵涟漪，留下了一个又一个故事。不知不觉中，《海风》已坚实地走过了21个年头，成为温岭创办时间最长、容量最大、影响最广的群众文化杂志，成为展示温岭文学创作成果、折射温岭文化建设成就的窗口。

摭彼芳草，显我英华。温岭的文学创作者们会聚在这片集结文学创作力量的精神高地上，一起咏志抒怀，交织出了温岭文学绚烂多姿的多元化天空，澎湃出了如野草般蓬勃的创作激流。从题材而言，他们或叩问历史，或沉醉自然，或寻找生活里被遮蔽的诗意，或解读社会中人生的底蕴……可谓百花齐放，各有风姿。从风格而言，他们或清新飘逸，或典雅庄重，或委婉顿挫，或慷慨旷达……亦是春兰秋菊，各擅胜场。而从整个历史文化的大背景来观照，他们的作品则往往呈现出一种难得的地域镜像和文化印记，自有一股山水灵气荡漾其中。

日月经天，江河行地，《海风》一路吹来，播下了一颗又一颗文学的种子，在温岭大地上生根、发芽、开花、结果，摇曳成一片又一片婀娜多姿的文化风景。21岁对于人生来说，正值朝气蓬勃的青春年华，21岁的《海风》亦是朝气蓬勃，充满活力。愿已过弱冠之年的《海风》随岁月的延伸更加展现风华，更加追求高远，为传播社会正能量、提升市民文化素质、滋养温岭独特的文化生态做出积极的贡献。

是为序。

温岭市委常委、宣传部长

陈琨序

序

散文易写而难工。作为日常生活的记录，散文容易上手；但要写出精神内涵和艺术水准，写出文化积淀、个性趣味和语言功力，写出“星月皎洁”的意象，写出“故都的秋”那种清欢的味道，写出“寄蜉蝣于天地，渺沧海之一粟”的情怀，写出“宠辱皆忘”的境界，不是一件容易的事情。

大概只有像徐晓军这样浸润在“自然”和“书香”双重滋养中的作者，才有资格向更高的散文境界挺进吧。综览他的所有散文，可以用“清新自然，质朴淳美”来形容。他的散文多取材于童年往事和身边小事，每一篇都是有感而发，如清晨中沾露的一花一叶。他总是以灵敏的触角，在平凡的生活中发现有趣的意象、新鲜的情愫和与众不同的感悟，以散文写作的“清蒸”之法保持了记忆的鲜活和生活的原汁原味。林语堂曾说，只有鲜鱼才可以清蒸。没有新鲜的素材和独到的感悟，是无法驾驭平淡中见情韵的纯粹做法的。徐晓军的散文往往一人一叙，一事一叙，切口较小，正因为“小”，而发挥了凝练充实的优势，如清水芙蓉，灵动巧妙，精致典雅；正因为“小”，可以如李广田说的“散步”，收放自如；正因为“小”，不做宏大叙事的铺张和夸饰，所以也就没有空泛和矫情，一切都是那样地朴实无华。他的散文也像他童年时生活过的岭头村，风、水、绿树、山花、野草，都具有一种洗涤肺腑的纯净的美。而这种美，又不仅是山野的朴素，而是走出山村之后，在更宽广的视野中，在更具有深度的思绪中，对这种朴素的回望和升华。

文如其人。徐晓军的散文像他的为人一样，纯朴、蕴蓄、恬淡、灵秀。他的童年叙事系列散文，《梦里最忆是老家》《童年拾柴》《童年鱼事》以及回忆父母家人的文章，特别具有记忆深层的质感。精神分析学家认为，人的童年经历对人格成长的影响至关重大，徐晓军的散文也折射出他的童年是人格成长的摇篮。枯枝枯叶"息里索落"倒在灶间，"哔哔剥剥"地燃烧，这些充满乡土气息的声音，以及"外面落大雨，屋里落小雨"的生存之境，唤醒了我们亲切的生活体验。母亲辛勤劳动省下的钱，有时买一个"开花馒头"带回来作为孩子们的美味，我们因为有类似的记忆而引发心弦的共鸣，"躺在草席上，一边仰观灿烂的星空，一边聆听引人入胜的故事"，不就是我们自己的童年么？父母结婚时扛嫁妆的队伍"从山脚排到山腰"，蔚为壮观，而母亲照样孝敬公婆。出身贫寒惯于勤俭不奇怪，难得的是有宽裕家庭的背景而能在新环境中勤俭持家，犹能充分彰显美德。而"人还帽大"的赞语，更是对童年艰辛、懂事、责任的深沉记忆。这些记忆不断地沉淀、酝酿、提升，熔炼为一种人生感悟：童年赋予他"吃苦耐劳，不事张扬"的性格，这是"受用终生的财富"。

文如其才。在《床头的书》《书之于我》和《荣誉抽屉》等篇章中，徐晓军记述了他的读书生活和爱书情结，读书才是真正属于"自己的世界""自己的时光"，他的读书、爱书竟然到了"一日不见如隔三秋"的痴迷程度。这种爱书的癖好时时呈现在他的散文中，让散文洋溢着书卷的淡雅和书香的韵味。即使描写儿时钓鱼，也会来上一句"画家不知渔家苦，好作寒江钓雪图"的美妙诗句。许多名诗佳句在文中随处可见，《黄泥山卧草》中信手拈来的就有不少关于"草"的唐诗宋词，可见作者平时由读书累积的文化涵养。徐晓军的读书积累不仅体现于这些显性的诗文引用上，更蕴含在散文内在的诗境、意境中，使散文有一种"灵秀"之美，使散文的结尾意犹未尽，余韵悠长。"我瞧着前面矮屋屋顶上的黑瓦残雪，感到那是阳光在为我舞蹈"(《感受阳光》)，"我想，真正的风景不必在名山大川，而在于我们的内心，那一片空明的心境，那一份如水的闲情”(《路上的风景》)。读书的积淀,不仅为散文写作锻造了凝练的语言,而且在情思的深度和艺术的魅力上,也增添了许多美的元素和令人遐想、回味的东西。徐晓军还喜欢用单反摄影,因此在日常生活的审美中,找到了他的独特视角,他用摄影的镜头感,去捕捉他笔下的意象和场景。从依势而建的山居村落、高低错落的灌木竹林,到窗外的风景,再到养鹅的大伯父,由远及近,渐入佳境。“南窗远眺”,摄下了一个个十分优美的镜像,梧桐香椿,田榴绿竹,一汪海水,“无论春夏秋冬,南窗都是一幅精致的风景画”。在文字中渗透着摄影的肌理,参差的树木和舒展的海景,在光影中渐渐透出她们的身姿和温情,极具摄影的层次、色调和光感。“阿毛”总是“抛给我们一个乐呵呵的笑脸”,便是大光圈背景虚化的特写效果。

文如其境。徐晓军的散文一般都篇幅较“短”,最长不过 3 000 字左右,虽然短,但精致唯美。这样的短文和美文,可以想见是在忙碌的工作之余,乘着暇时和缝隙结缀成篇的。就在这样的有限时空里,徐晓军将头上的晴空,脚下的泥土,一缕花香,一钩新月,都变成了生活的诗意和无限的美好。那盆水仙,“即便不用开花,也显得娴静雅和,何况现在一支支花箭争相吐蕊,送来阵阵芳香”(《水仙花》);无患子,“每一次冷空气的来临”,“她们都要换一身不同的色彩,嫩黄、浅黄、鹅黄、橙黄、橘黄、金黄、褐黄,那是饱含生机的黄”(《无患子》)。如果没有博雅的胸襟,就无以透过有限的时空去体察“宇宙之大品类之盛”,无以透过平凡生活的覆盖去体悟美丽的诗情;如果没有闲适的心境,就无以细腻地分辨黄色在风中的细微变化,无以发现《周易》所说的“黄裳元吉”即黄色所代表的中和温婉之美。在那个行旅匆匆、俗世茫茫的世界中,徐晓军能在“繁忙”与“繁忙”之间,另辟一个诗意栖居的世界,在他的散文中,让自己修养生息,沉思梦想,这是一个如此美妙的世界!这个世界非但没有与现实世界“隔膜”和“分离”,反而成为现实世界中诗意凝聚的精神家园。几十年里,他一直没有放弃以笔耕创造美的世界,没有放弃他的追寻和守望。

我和徐晓军的相识相知，自他读大学起，积20余年。他至今还完好地保存着20年前我写给他的信以及信封，这样的情义，在日益功利化的时代显得弥足珍贵。而情义深长，对散文写作而言，又是不可或缺的品性和风骨。有感于他对散文写作这样的执着，我欣然为之作序，并愿他永远有“空明的心境”和“如水的闲情”。

王　正

二〇一五年八月二十五日

王正，台州学院中文系教授，全国优秀教师、浙江省教学名师、浙江省中青年学科带头人、浙江省写作学会副会长，正式出版《悟与灵感》《经典之美》等专著4部，在《文艺研究》《孔子研究》等刊物上发表论文60多篇。

目　录

方城路边一串红

雨落中秋

山水有清音

人在旅途

时光如剑亦如炬

沿着乡村的路回家

石塘的石头会唱歌

我是一个习惯于沉默的人，而在石塘，我却止不住要歌唱。我是受了石头的感染，这里的每一块石头都会唱歌。我们歌唱太阳，歌唱大海，歌唱石头旁茁壮的沧桑老树，歌唱风浪里生长的渔村年轮。

你听，大海里的礁石，是最初的歌手。他们与海浪嬉戏，用黝黑的身体，唱出最原始的歌声，那歌声来自远古，穿越万年。那是来自底层的声音，浸透了血泪、汗水、悲悯和生离死别，因而显得那样深沉而有力。那是歌剧里的咏叹，大海的诞生、成长、辉煌和衰落总是让人心惊。那是《诗经》，国风里唱着的动人歌谣。三蒜、二蒜、一蒜，这些硕大无比的礁石，在台风的季节，唱出惊天动地的天地交响乐。如果你长久地注视一块礁石，你就会感觉礁石唱出的不是歌，而是一种更深的沉默，无论岁月流转，无关海枯石烂。那歌声感动了我，也感动了远方来的石头——那条即将合龙的大坝，也加入了吟唱的行列。

石塘的石头最先是生长在山崖之上的，天天与风应和，与浪共处。他们也许太累了，也许向往着自由的生活，毅然离开了母体，脱离了岩壁，开始了独立的征程。他们要单独行动，接受风浪的洗礼。渔家人的身体里蕴藏着石头的血性，他们自小就要练就单独出海的能力，他们把生命交给了大海，他们把尊严留在了身后的陆地，为的是支撑起一个家庭，尽一份男人的职责。是的，在石塘，每一块石头都值得尊敬。几千年的风霜雪雨，多少次的狂风巨浪，才换得这样一个自由自在身。

石塘的石头多是以聚合的形态示人，你看那如古堡般珍贵的石头房子，那悠远绵长的石巷，那身姿优雅的石砌台阶，那些铺在小镇街上的石板……就连那些房顶上压瓦的小块石头，也显出别样的风味。他们或站成行排成列，或依山傍势，或散落中见和谐，他们都是一首首韵味十足、气象万千的歌，如合唱，如小调，如夜歌。他们唱着动人的歌，与海风相应和，与浪涛比高低，在腥味的海风中，流淌着渔家生活的蜜汁，飘来阵阵浓郁的酒香。

那些会唱歌的石头引来了众多的观者。有诗人，有歌者，有画家，有摄影师，更多的是内心装着艺术情结和向往内心宁静的普通的人们，他们要给自己庸常的生活添上一点点动人的歌声。

他们把石头唱出的歌声画在画上，谱成曲子，吟成诗行，写成文章，或者装帧成一幅精美的图画在内心珍藏……这哪里够啊，有人干脆把石塘浓缩成一个个美丽的名字，唤作“东方的巴黎圣母院”“中国的曙光城”“心中的石头镇”。

有歌声的地方，就会有热烈的生活，就会有激情的人生。这个暮春的四月，当我与一群艺术家住在夜的石塘，在“东方的巴黎圣母院”清冷的后半夜，我依然听见了石塘的石头在歌唱。那歌声唱出一个让人尊敬的人，一个不屈服于命运的人，一个甘愿献出歌喉也不愿停止用画笔歌唱大海、歌唱家乡、歌唱人生的人。那歌声唱出了一群群赶潮的人儿，他们讨小海，开大船，在美丽的大海里精耕细作；他们抗大风，斗恶浪，跳起大奏鼓，用粗犷和乐观诠释平凡的人生。

梦里最忆是老家

每个人都有自己的老家,那是心灵最温馨的避风港。老家不需要多高大、多宽敞,哪怕只是一方椽露瓦残的陋室,一间破旧败落的茅屋,甚至是一截风吹雨蚀的断垣。老家是一首百唱不厌的歌谣,那样地让人魂牵梦萦、最难将息,因为那里孕育了你的生命,记录着一家人相亲相爱的悲欢和度日的艰辛。

我的老家在岭头,一个依傍在一座叫不出名的山的半山腰的江南小村。那里,夕阳中能望见雁荡山多彩的云霞,静夜里能听见乐清湾拍岸的海浪。那里有日升月落,那里有晨炊晚烟,那里有屋舍竹篱,那里有鸡啼犬吠。在那里,我度过了童年最美好的时光。

1

山村不大,充其量只 40 余户人家。地势不高,从山脚迈过 320 级石台阶,就到了村口。从村北迤逦而过的这条路,看似一般,其实是一条古道的旧址,向西可达温州乐清地界,向东能到古时留下的太平县衙。

村子极不平,地势起伏,落差很大,房子一般都是依地势而建,这边一幢那边一间,相互间由就地取材的石阶或狭窄的小径相连。一次串门就像一次爬山,无意中活动了筋骨,锻炼了身体。山村虽然局促,而绿色却是充盈的,梧桐树、山枣树、橙树,还有各样灌木、竹林,高低错落,这边一丛,那边一蓬,时掩时映,别有风致。

村里住的都是徐姓人家，据说祖上是从黄岩那边逃荒到这里的，才不过四五代。因居于一村，同祖同宗，对每家每户家风人品、家长里短，几乎都一清二楚。祖上创业，身单力薄，自是艰难。后来即便人口多起来了，境况也无多少改变，常常是食不果腹，吃了上顿没了下顿，奶奶就因此落下了严重的胸头痛（我想应该就是胃病吧），又没钱买药医治，只能在病痛折磨中硬熬着。小时候，我常见奶奶胸头病犯时窝着胸，痛苦地呻吟。那时住的多是泥墙茅屋。爷爷家人口多，地又少，其贫穷程度尤甚。一家十来口就长期挤在低矮的茅草房里，一到雨天，外面落大雨，屋里落小雨，几无藏身之地。

2

在农村，人的一生最大的工程和心愿是建房造屋，只有建了房，才能在别人面前抬起头来，才能娶到媳妇，完成传宗接代的使命。爷爷也一样，建房娶媳妇几乎耗尽了他一生的心血。为了备足建房的石材，爷爷带领一家人利用出工间隙和早晚空闲时间，到后山的岩仓里搬那些青石块，一块一块扛过来，慢慢地积累，不知费了多少的时间和汗水。当那几间石砌的青石瓦房建成时，生活的沉重已压弯了爷爷的腰。4间青石瓦房接北而建，自北而南，大伯两间，二伯和我家各一间。青石瓦房是那时最好的建筑了。铺了楼板，就成了楼房。那楼梯、楼板都是木头制的，一上楼，就发出“吱嘎”“吱嘎”的响声。山村小而寂静，在风静月白的夜晚，即便深夜起来解手，那“吱嘎”声也会传得很远很远。

爷爷有4个儿子，能给他们每个造一间屋，已是竭其全力了，发家的事只能靠他们自己的造化了。据我妈说，她和爸结婚时，除了这个屋壳，连一张凳子也没有，家里的全部东西都是我妈家嫁过来的。外公家的家景比爷爷家好多了，外公家算是当地比较宽裕的人家。爸迎娶妈时，搬运嫁妆的队伍，从岭脚一直延续到岭头，成了当时人们口头传递的大新闻。尽管娘家富足，但妈嫁到婆家后，非常孝敬公婆，堪为妯娌们的楷模。

我家在屋幢的最南边，再向南是一个斜坡，有灌木丛，还有一座孤坟。那里虽然偏僻了点，但我们也享受到了边间的无尽好处。因为是边间，我们的楼上就有了南窗。紧靠南窗是一张大床，那时我们兄妹几个喜欢爬到这张床上玩。尽管妈经常告诫我们不得擅自开窗，禁止爬窗，我们还是常常挡不住窗外景色的诱惑，踮起脚尖，拼命地往窗外看。窗外，近处是参差的树木，有一株秃头秃脑永远长不高的本地梧桐，有几株笔立挺拔的香椿，有一株面貌丑陋却四季不败的田榴，间杂灌木绿竹，夏送清凉，冬挡寒风；远处，初看是一条白练似的大江，其实那是一江海水，它的西边与大海交接处，就是排名世界第三的江厦潮汐电站。在大坝的呵护下，这海就显得温顺敦厚，亦如小家碧玉。无论春夏秋冬，南窗都是一幅精致的风景画。特别是在夏天，南风阵阵，我们躺在床上，风吹过，像是母亲在轻轻地抚摸我们的肌肤，不觉就睡着了。

3

那时候，山村没几个读过书、识得几个字的，父亲上过初中，当过兵，算是个文化人了。除了帮人写写信，闲时还会拉拉二胡，吹吹笛子，算是山村最热闹的文化活动了。除此之外，最常见的就是听人讲戏。大伯喜欢看戏，闲来时或者在月光很好的夏夜，伴着纺织娘的鸣叫和凉爽的清风，会给我们讲戏，而我们躺在草席上，一边仰观灿烂的星空，一边聆听引人入胜的故事。那场景至今令我向往，我还清楚地记得他讲的唐僧出世那一出的故事情节。大伯一生命途多舛，先是大女儿夭折，后来中年丧妻，晚年又遇车祸重创，最后因尿毒症去世。尽管如此，在我的记忆中，大伯一直是一个乐观的人，只是命运太不眷顾他罢了。

相比于现今很早就背经典诗词的孩子，那时没人教我们“鹅，鹅，鹅，曲项向天歌”之类的诗句，然而我很早就结识了鹅等小动物，这算是上天给我们的一个弥补吧。那是因为大伯。大伯家虽然有两间屋，却不是楼房，吃住都在一楼。除常年养着几头猪外，还常年养有一群鹅，由于没地方圈养，就养在屋里，既安全，又方便喂养，只是这些鹅与屋灶、睡床近在咫尺，除了不够卫生，怕那鹅的“嘎嘎”声也会惊扰大伯一家的睡梦吧。当鹅长大了，大伯是舍不得杀了吃的，他会把它们喂得饱饱的，第二天一早就担去卖了，然后再买一群小鹅，重新喂养。

村里的人抬头不见低头见，相帮相扶也成了最好的村风。遇到红白喜事是不消说了，大人们都自觉地过去帮忙，小孩子少不了去瞧个热闹。而当一家遭遇了不测或遇到了困难，各家各户都会过来问候、帮忙。记得有一个非近亲的邻家伯父中年丧妻，为了让伯父家热闹些，减轻他的悲伤，妈就叫我和其他几个年龄相仿的孩子夜里住在伯父家。那时我还只有七八岁，很怕黑，也怕鬼，睡在伯父家，我只能把头深深地埋在被窝里，大气也不敢出。有时，深夜里醒来，还听到伯父家的姑姑“呜呜”的啜泣声，更是令我毛骨悚然。尽管很害怕，我却从未向妈提过不去伯父家住的要求，恐怕那时也已有了朴素的帮扶之心罢。

4

我的童年既写满了欢乐，也与父母一起感受到了生活的辛苦。我在家里是老大，下有弟妹，除了家务事要带头做，还肩负着看护好弟妹的责任。那时父母都忙，晚上回来很晚，我们就得先烧好饭等爸妈回来吃。每当看到与我年龄相仿的同伴，因为有姐姐，不用烧饭挑水，真是羡慕死了，那时我想，有一个姐姐该多好啊！特别是碰上雨天，屋灶间的房顶因为漏水，打湿了柴火，很难烧着，只能先用稻草秆引燃，然后用风箱，拼命地引牵，生成微弱的风力，才能让灶里的火燃起来。有时，一餐饭得烧一两个小时，手都拉酸了。而此时，我的同伴们正玩得高兴呢。每到农忙时节，我还要帮助家里拔秧、插秧、割稻。大约 7 岁时，有一次中午，我一个人在田里拔秧，因为阳光很猛，所以戴了顶箬帽，经过的人都说："看这个孩子，人还帽大，就一个人拔秧了。"后来，母亲常常引用这句话来表示对我的肯定和赞扬。

俗话说，穷人的孩子早当家。我在很小的时候就已学会了煮饭、烧菜，还会和面、做糕，是家里的好帮手。别人也经常称赞我，让我心里热乎乎的。也许正因为童年的这些经历，和母亲严格的家教，才让我更懂得珍惜现在的拥有，才使我养成了吃苦耐劳、不事张扬的性格，这都是让我受用终生的财富。

在我 11 岁时，为出行方便，我们搬家了，从岭头搬到了岭脚，成为山村的第一家移民。后来，有了移民政策，村里的人陆续迁移到了山下。房屋拆的拆、废的废，只剩下一片断墙残壁。前年，村里为了争取上级的资金补助，这个已被冷落多年的小山村终于被人记起，终有一天，大型的机器轰鸣，在一片沸腾声中，老家被复耕了。昔日熟悉的角角落落，已为一丘丘似曾相识的梯田所替代。新翻的土地上，村民又种上了桃树、杏树、梨树。我家老屋的遗址上，也被老父亲种上了桃树，已有了新的收获。

每次我来到这里，看着眼前物是人非的景象，我都会久久地凝望，仔细地辨别，恢复着幼时的记忆，这里是老墙、院子，那里是橙园、竹篷……在花开花落间，那些细节会逐渐地模糊、零落、消逝，但那浓浓的乡情却会如酒如醇、愈酿愈鲜。

红歌伴我行

“数千年以降，音乐几乎与每个人的生活密不可分，人们有意无意浸淫其中，享受着音乐给生命增添的光辉，为生活涂抹的色彩。”这是《中国音乐名作快读》一书卷首的一段话。而红歌则是特定环境下产生的赞扬、歌颂革命和祖国的音乐。随着“七一”日益临近，各地唱红歌的热情再次被点燃，我的那些储存于记忆硬盘中的有关红歌的往事也逐一被激活。是的，那些旋律优美的经典老歌，犹如倾心相随的朋友，伴我走过青春年少，伴我走过青涩岁月，促我成长，引我思考，催我进步。

1

“阿哥阿妹的情意长，好像那流水日夜响；流水也会有时尽，阿哥永远在我身旁。”听着由著名电影音乐作曲家雷振邦创作的并作为电影《芦笙恋歌》插曲的《婚誓》的优美旋律，不由让人的心头荡起甜蜜的回忆。

我喜欢红歌，可能是缘于自小受到家庭的耳濡目染。父亲当过兵，连里为活跃连队文化活动，配合演唱革命歌曲等，推荐父亲参加团里的文艺培训班，父亲学会了拉二胡、吹笛子。1971 年退伍回乡后，父亲在闲时会露一手，常让村人沉醉。那时，母亲也参加了村里的文艺演出队，参与唱革命歌曲、自编自演《红灯记》等剧目片段。后经人介绍，父亲与母亲相识。两家相隔不远，一个在半山腰，一个住山脚，不过一二里的路程，那时虽无“月上柳梢头，人约黄昏后”那样的浪漫，但父亲会在夏夜风清月明之时，吹起笛子。“九九那个艳阳天来哟，十八岁的哥哥呀告诉小英莲……”那悠扬的笛声一直传到母亲那里，那其中一定传递着一份别人无法体味的情思吧。与母亲一起乘凉的邻人则会跟母亲开起玩笑，常常会让母亲羞红了脸。

父母结婚后，就有了我和弟妹三人，在繁忙的工作之余，尤其是在雨天，父亲会拉起二胡或吹起笛子，母亲则一边做家务，一边应和着唱，最常听的是《南泥湾》《手拿碟儿敲起来》《洪湖水浪打浪》，而我和弟妹们则安静地坐着聆听或者招呼前来凑热闹的小伙伴们。外面雨声滴答，屋里其乐融融，这些都得感谢雨天和那留存记忆中的歌曲。尽管那时我家很穷，物质匮乏，但有了父母的歌声笑声，我们幼小的心灵依然感到充实丰盈。

父亲和母亲从相识、相恋到相知、相爱自有红歌的一份情谊。无独有偶，在我与妻刚相识时，也与红歌结下了不解之缘。那是妻第一次到我这里，那个春末夏初的傍晚我们一边听 VCD 播放的经典民歌，一边闲谈聊天。后来妻提议让我唱一首，记得那时我选的是《北国之春》，我很快进入状态，当唱到“虽然我们已内心相爱，至今尚未吐真情……我的姑娘可安宁”，不由有点触景生情。唱完后，妻鼓掌并笑问是哪个姑娘啊。我说那是歌词啊，其实当时的内心所系，当然是妻了。

2

“团结就是力量，团结就是力量，这力量是铁，力量是钢……”

在学生时代，学校里常常会组织一些集体活动，而合唱革命歌曲是最常见的一种形式，还常常有拉歌和集体合唱比赛。在高二时，有一次学校开展国防教育系列活动，有一项是夜行军。为了配合这次夜行军，我们学唱了许多革命歌曲，如《打靶归来》《我们走在大路上》等。学校将我们按军队的建制分好连、排、班及各类小分队等。我们晚上摸黑出发，绕山村、走山路、过浅涧，先头的部队做好引导标记，最后的部队扫除标记，以免暴露行踪。那夜我们兴味盎然地行了十几里路。在行军开始和结束时进行了拉歌比赛，大家热情高涨，都快喊破了嗓子，大家抱着同一个目的，就是要让自己班级的歌声既响亮又好听。现在每每听到《打靶归来》的旋律，又会想起那次我们互相提醒，互相关心，高唱革命歌曲夜行军的经历。

对于集体唱红歌比赛，记忆最深的是在读台州师专二年级时的那次。我们班选的曲目是《四渡赤水出奇兵》，由于歌曲复杂，演唱难度大，刚开始排练时，同学们都有畏难情绪。但组织我们排练的中文系辅导员叶飞老师却并不泄气，他安排我们先学习歌曲，再排队形，然后分男声、女声，高音、低音。他边伴奏，边一遍一遍纠正我们的错误。那时是夏天，天气闷热难耐，大家挥汗如雨，学唱不怠，下定决心把最好的一面展示给全校师生，为班级乃至中文系争光。我们排练足足花了一两个月的时间，最后功夫不负有心人，我们班的节目获评全校第一名。在建党 90 周年“七一”前夕，为响应台州市组织系统集体唱红歌比赛，我们单位组织全部人员选了《四渡赤水出奇兵》《走向复兴》两首歌曲进行排练，乐曲声中，我的思绪又飞回到了激情飞扬的大学时光。

3

小时我很羡慕拥有录音机的同学，可以听英语磁带，也可学习歌曲。但由于家庭经济条件所限制，这个愿望一直不得实现。于是我就自己摸索着吹笛子，一有机会就抄一些曲谱，如《边疆的泉水清又纯》等经典歌曲，日积月累，竟也成一册。对所抄的歌谱，用笛子自吹自奏，居然也成了调子。直到我读高中时，家里才拥有了一台电唱机，而唱片多是越剧和经曲老歌，那些越剧和经典老歌唱片，我如饥似渴地听了一遍又一遍，有时直到深夜才极不情愿关掉唱机。借着唱机，我学会了一批优秀的红歌，如《歌唱祖国》《谁不说俺家乡好》等。

高中和大学住的是集体宿舍，临睡前的那段时间，是我们的自由时光，由于积累的老歌不少，我常常会唱上几句，如《红梅赞》《小白杨》等，可能是因为歌曲的旋律确实优美吧，室友竟都记住了，每每在开展击鼓传花之类的活动时，就直接点歌叫我唱。

刚开始工作时，我是在一个偏远的乡下中学任教。一到晚上，校园空无一人。我会对着空旷的操场或教学楼的走廊大声地吼着："我爱你，塞北的雪，飘飘洒洒漫天遍野……"好像要把内心的寂寞一并淹没在歌声里。

1996 年到江厦中学任教，当时市里为庆祝国庆节，要求每个乡镇都要选一个节目参加演出。乡里的文化员就到我们学校来物色人选，不知怎的找上我。我推辞不过，就推荐了音乐老师。最后她确定由我和音乐老师两个一起去文化馆，由专业老师定夺。后来鬼使神差，郑寄荃老师说我的嗓音条件挺好，属男高音一路，确定由我参加，并给我就呼气吸气和吐字咬音方面做了些辅导，时间虽然只一节课左右，但我感到获益匪浅，以至后来到城区工作后，几次有再去请教的冲动，但最终未去成。演唱是在市剧院进行的，我唱的是《说句心里话》。这是我第一次上台，也是唯一一次到市一级的舞台独唱。这算是老歌给了我人生一次比较奇特的经历吧。现在，我还常常想起当时的场景，那的确是一次历练和锻炼。

红歌装点了我的日常生活，多彩的世界因红歌而更加绚丽多姿。

4

或许可以这样说，喜爱红歌的人，从心底是一个崇尚传统的人，唱一首优秀的红歌，好比读一篇经典著作。红歌为什么能经久不衰地流传，我想，除了主流渠道的提倡和引导，至少是因为红歌拥有了以下几个特点，才让它有很强的生命活力，持久不衰：红歌是我国传统音乐向新音乐转折的重要音乐形式，也是我国近代救亡图存和民族自强的产物，它体现了集体主义和刚健向上的精神，它还会随着时代的变迁而不断洐生出新的曲目;红歌是革命实践的真实写照,它不尚空谈,是一个时期一代人真实情感的记录,能唤起人们的红色记忆,如《保卫黄河》就表现了千百万人民群众风起云涌、前赴后继奔赴抗日斗争最前线的动人景象,以及他们那惊天动地、势不可挡的巨大力量;红歌风格独特,不同于流行歌曲的缠绵多情,它旋律简单,却让人难忘,让人越听越亲切,越唱越有劲儿,如《小白杨》词精曲美,朴实感人;红歌往往博采众长,有浓郁的地方特色和民族特色,有的本身就是采优秀民歌之长,经艺术加工而成,如《十送红军》改编自江西民歌,《东方红》改编自陕北民歌;红歌的内容丰富,有表达对祖国的无比热爱的,有对祖国大好河山的赞美的,有表达对革命先烈赞美之情的,如《爱我中华》《美丽的草原我的家》《红梅赞》等。许多红歌描写的本身就是一个感人的故事,如《歌唱二小放牛郎》写的是一个真实的故事:1942 年,年仅 13 岁的王二小在反"扫荡"中,故意把敌人引进八路军的埋伏圈,被敌人枪杀。词作家方冰、曲作家劫夫被发表在《晋察冀日报》的王二小的故事深深感动,创作了这首影响了一代又一代人的歌曲……

"革命人永远是年轻,它好比大松树四季常青。"唱着这些洋溢着革命豪情的红歌,我们的心胸的确会变得宽广,也会热情高涨。在当前社会变革巨大的现状面前,传唱红歌,一定有助于我们在社会洪流中保持积极健康、乐观向上的精神面貌,为人民群众提供一个宣泄躁动、表达感情的新渠道,并激励我们不畏艰难和险阻,激流永进。

有红歌陪伴的日子,挺好!

沿着乡村的路回家

来自乡村的游子，哪一个不是经过弯弯曲曲的乡村小道，在告别亲人的无奈和对前路的期待中，带着一丝不安起程的。不时地，那些承载着时光风铃的坑坑洼洼的弯弯曲曲的乡村小道，伴随着各式车辆的鸣声，呈现在我的心头。

我幼年时的家坐落在一个叫岭头的小山村。山其貌不扬，村落也极其普通，村南尽头就是我家，从这里，循着陡峭的小道，可一直走到山脚。山脚就是外婆家，咫尺之遥，只是这中间横亘了一条公路，它从远处蜿蜒而来，狭窄而不平。我常与几个小伙伴蹲守在家门前，透过密匝的树缝，等待着公共汽车出现。当这个庞然大物打破这个山村的宁静时，我们都兴奋地大呼小叫，内心充满了敬畏和渴望，但我们几乎没有机会去亲身体验乘车的乐趣。外婆家是我的乐园，尽管只有一步之遥，但由于有公路的阻隔，似乎陡然增加了距离，这使母亲非常不放心，常常千叮万嘱，要我们过马路时注意来往车辆。其实，童年时代，的确难得见到几辆车。除了公共汽车，最多的就是拖拉机，“突、突、突”，那狠了命的响声早就让人躲得远远的。

初中二年级时，我从青屿中学转学到那时条件相对好些的温西中学。从此，我开始了漫长的求学路。那时家里非常拮据，为了省钱，母亲有时背着几十斤重的花边，从 30 里外的县城步行回家。我知道母亲挣钱的不易，去学校也选择了步行。“儿行千里母担忧”，尽管到学校只有 15 里路，一个半小时的路程，但母亲的担心却悠远漫长多了。由于要经过一段山道，母亲怕太迟了不安全，因此，在星期天下午太阳还老高的时候，她就催着我起程。那时我是多么希望能在家多待会啊！

在母亲的慈爱目光里，我背着一袋够一个星期吃的米从家出发，走过熟悉的320级台阶，走上那长长的古山道，然后穿村庄，沿公路，开始了漫长的行旅。有时偶一回头，看到在烈日下奋力扬稻谷的母亲单薄的身影，泪水会润湿我的眼眶。

路途上的风景一年四季在变换，我的思绪也时不时地有起有伏，有忧郁和悲观，有激动和喜悦，有失望和后悔，有期待和希冀，都消融在日渐熟稔的乡村小道中了。中考的不遂心，给我的高中生涯平添了一丝悲观和失落的情绪，想家的日子也就多了。尽管那时交通工具的式样不少，但我常乘价钱最低的拖拉机，由于路况差，拖拉机会发出很大的噪声，有一次乘拖拉机后整个晚自修两耳都有轰鸣声。

后来我考上了师专，满心喜悦的父亲把我送到温岭车站后，我就一个人踏上去临海的公共汽车，半是喜悦半是孤单地远离了家乡和父母。毕业后，我成了一名名副其实的乡村教师，后来进了城区的一个单位当秘书。记得那时通宵赶材料，睡眠严重不足。周末回到乡下老家后，就像一个大病初愈的人，倒头就睡，父母不忍叫醒我，有时一睡就睡到了第二天早上。2000年，我认识了妻子，并顺理成章地结了婚，当了爸爸。妻在我曾读书工作过的学校任教。在接下来的日子里，我就尽情享受着生活赋予我的温暖和安闲。早上在莲池路上车，到北山车站后，转乘公交车或步行10分钟到单位，晚上在等待下班铃声中启程。那时时光的脚步是悠长而缓慢的。为了打发时光，有时拿一本散文，仔细品读每一个细节；有时手里拿着刚写好的草稿，边想边改；有时浏览路边的景致，分辨其一年四季的不同；有时留意乘客的交谈，闻听新鲜的消息。“忽然记得爱人在前边等候/两只闪亮的眼睛/多像两盏不灭的灯/直刺我的心/充满温馨”这首小诗，是我对那段穿梭于乡村路间的美好时光的真切记忆。

20年前，我在《二十年后的我》的习作开头这样说："在一个风和日丽的日子里。我、我爱人和我的那个8岁的小女孩坐上了'的士'牌小轿车，沿着宽阔的柏油马路，向童子山开去……"仿佛是冥冥之中的安排，更是由于一种割舍不了的乡情。现今，女儿已7岁，老家的公路也由石子路、柏油路，变成了水泥路。每每乘车或骑摩托车去老家，再也不受颠簸之苦了，道路两边绿树掩映，村舍俨然，恍若置身画图中。在通往老家的路上，我2001年买的摩托车里程牌上的数字也已由0变成35 000了，它陪伴着我们，风雨兼程。

乡村道路，犹如莽莽大地的血脉，犹如茫茫大海的航道，他们纵横交错，执着于远方，是离家、想家的游子通向心灵归宿的必经之道。回望童年的乡村道路，她变得更加沧桑，更加遥远，但家的温暖之感愈加醇厚。

忆儿时的元宵节

过了年，就是元宵节。吃元宵、赏花灯、舞龙、舞狮子……不同的地域，孕育出不同的元宵文化。中国元宵节从那最初的热闹吉祥，逐渐演绎成一条文化的河流，流向世界，流到现在，流进人们的心头，成为一道写满乡情乡音的风景。每当新的一年元宵节来临之际，我常常会想起儿时的元宵节来。那时，我居住山村，虽无城市烟花彩灯、灯谜歌会，但有鞭炮的清响，有满山的灯火，还有一种迷漫心头的敬畏和神秘。

送坟灯

我的老家温西和周边的泽国、大溪等地有元宵节上坟送灯祭祖的习俗。那灯一般都是自家制作的，就地取材，也不需要多少技术。在元宵节前几日，人们去砍了竹子，截成需要的长度，然后用刀把上部劈开，可劈成四瓣、六瓣、八瓣等，然后从中间撑开，安上骨架，顶上用铁丝扎紧，再顺着竹棱糊上白纸，在竹棱上贴上各色纸条，在空白处贴上五角星等剪纸图案或盖上红印，就可相应地做成四角、六角、八角不等的各样花灯。而后，在底部放一个泥团或萝卜块，可供插蜡烛用。元宵之夜，天色还未暗时，家家户户都扛着灯，往山上走去。随着夜色渐渐浓了，那些灯这边一盏，那边一溜，次第亮了，还有纸钱燃烧发出的亮光和青烟。不一会，四面的山脚山冈都灯火点点，烟雾缭绕，还伴着鞭炮的脆响，昔日冷落的山野此刻洋溢着一种温暖的气氛。而我们的赏玩时间也不是无限制的，母亲怕我们在这样的夜晚遇到什么令人害怕的事吧，会早早地喊我们回家。

还没完，第二天一早还有拔灯的乐趣，就是趁早把昨夜点在坟前的灯拔了来玩。那些灯可当玩乐时的道具，也算是可在伙伴面前炫耀的资本。我那时还小，只能央求父亲早起去拔，而父亲每次都没让我失望。第二天一早醒来，院子的角落，总会靠着几盏八角灯，虽然那白纸顶上已被烛火熏得发黑，但我依然会欢呼雀跃。拔来的灯赏玩过几天后，就把它们插到庄稼地里，据说，这会让庄稼长得更茂盛。

玩花灯

小时候的玩乐和游戏很原始，种类也算不少，如办家家、造房子等，而游戏道具却不多。大人们平时都忙于生计，哪抽得出时间为孩子做玩具，元宵节却是例外。也许是年刚过，大人们还沉浸在过年的欢乐中，况且农忙还没开始，再者，父母们考虑到孩子也需要长点见识，对孩子提出的做花灯要求往往会爽快地答应。我父亲读过初中，还曾在部队当过兵，在山村也算是个有文化的人了，所以做出来的花灯自然不会差，看到小伙伴们羡慕的目光，我每每都喜滋滋的。父亲给我们做得最多的是兔子灯，也有五角星灯的。兔子灯制作比较复杂，先要选好的竹子条搭成模型，然后糊上白纸，再贴上眼睛或花纹，很是漂亮。晚上，各家孩子都拿了各样的灯来，点上蜡烛，在并不平整的屋里或晒场上拉动，好不热闹。兔子灯受场地的限制，行动不是很方便，而五角星灯则方便多了，找一根短棒，在棒的一头扎一根绳子，拴上五角星灯，就可打着灯笼玩了。记得那一年，我和小伙伴们一人提着一盏灯，走门串户，那欢笑声响彻整个山村。

间间亮

元宵节那夜，送灯、玩灯之后，还有一个重要节目是帮母亲点“间间亮”,“间间亮”就是用蜡烛把每个房间每个角落都点亮。在满山的灯火行将阑珊之时,母亲会招呼我们去帮忙点、送蜡烛。平时夜里舍不得多点灯的母亲,忽然变得大方了,她拿出一大把早已准备好的蜡烛,一支支点好,插在土团上,然后叫我和弟妹送到各个角落。有些地方是必须要点的,如灶肚里、马桶前、门前、橱子里等。最好玩的是点水缸里的,先拿了一个碗,把蜡烛放进去,再连碗放进水缸里,那碗载着蜡烛在缸里慢慢移动,就像一只夜行的船在大湖里航行。那些蜡烛直把房间点得像白天一样。那时候山村还没有通电,暗夜里亮如白昼是非常难得的,我幼小的心灵也跟着亮堂和温暖了。母亲说,点了“间间亮”之后,这一年里房间就清爽整洁多了,少有虫类出没。我还听到过另一种关于“间间亮”的说法,说是戚继光抗倭时,有一年元宵节倭寇来袭被围歼,有几个逃脱了,隐入村里,于是各村人家都自发在家门前屋后点上灯,让倭寇无处藏身。

元宵节既然有这么多的乐趣,所以我儿时特别希望元宵节那天不要下雨,以免扫了我们赏灯玩乐的兴致。寒假时,在女儿的《小学语文知识大全》里读到一则谚语,云:“八月十五云遮月,正月十五雨打灯”,暗想,原来古人对元宵的挂念竟是始于中秋呢!

现在,这些元宵习俗虽然还存在于乡间,但已有了许多新的变化,比如,出于防火考虑,不再用纸糊烛点的自制花灯,而是用制作精美内装电池的塑料灯,送灯时不许放鞭炮烧纸钱。大人们也不需要为孩子做花灯,因为孩子几无玩伴,如需要,街上随处可买到各样的灯具。我为现今的孩子们惋惜,那些至今还藏于我的记忆深处的元宵美景,将再也不会装进孩子们的脑海。

淡月如水

在我很小的时候，我住在岭头，背后是高高的大山，前面是望不到边的大海。在那里，透过绿树翠叶间琐碎之极的缝隙，一眼就看见江厦湾苍白的海水蜿蜒远去了。夏天，海风带着咸腥味扑面而来，轻柔如丝。每天，我背着个草绿色的书包，去山脚下简陋的村小读书。在有月亮的夜晚，爷爷奶奶有时难得有一会闲暇，便掇条凳子，摇把蒲扇，就着不平的地势坐着，听晚辈们诵读白天在学堂里学的课文，尽管只字不识的他们并不明白其中的含义，却如看社戏那般听得仔细。尤其是爷爷，赤贫的出身和年轻时牛马般的生活，让他历尽了人间的沧桑苦辛，使他的心头产生一个挥之不去的热望：在后辈中出个有知识有学问的人。可能是我从小懂事好学的缘故，爷爷把希望寄托在我身上。在我刚上小学时，爷爷特地托人从远地买了一支毛笔送给我。他对我爱护备至，关心有加，常用农民极为朴实的语言教导我，鼓励我。当我成为村里第一个大学生后，他内心的喜悦溢于言表，常在别人面前夸我，似乎了却了一桩很大的心愿。

2003年的秋天是个让人伤感的秋天。在爷爷离开我们8年后，奶奶也撒手西去了。他们在高龄上无疾而终，我想这是老天爷对他们辛勤劳苦、诚实本分一生的最好回报。是的，我们谁也阻挡不住造物主生老病死的自然法则，爱我的和我爱的人，包括我们自己也终将离去，而月光却是永恒的。月光下，爷爷奶奶慈爱的音容笑貌永不会泯灭。

因了今夜的月光，又记起许多往事来。初中二年级时，父亲将我从乡中学转学到区中学，但是由于中考的失利，我只能在本校的普通高中继续学习，我初尝到了学习和生活给我的双重压力。也许是为了摆脱这压力，我放任了对文学的兴趣，钻进了文学堆里而不能自已。尽管文科有了长足进步，并在征文比赛中屡次问鼎，但付出的代价也是大的：理科成绩一落千丈。我忘不了高二期中考试后的那个傍晚，从学校回来的父亲，当着众多来自邻村的陌生人的面，给了我一顿有如裂帛的责骂，我顿时泪如泉涌，跌坐在老屋那张破旧的藤椅里。此时，西边的落日正缓缓坠入对面的山间，透过泪影，我在落日的余晖中品味人生的失落和苦痛。那夜我独坐在老家溪边的洗衣石上，感到悲伤、无助和绝望，生活真的是那样残酷吗？月亮升起来了，乡野的虫声便欢快起来。我恍惚回到童年在蒲扇摇影中诵读唐诗的情景，听到母亲呼儿的慰语，不觉睡去。等我醒来，月光照白了乡间的每一个角落。月光下乡间的宁静和安谧给了我安抚与启迪。我的心头又燃起了奋斗的火焰。此后，我加倍努力，我的理科成绩再也没有落下来。

所有的这一切及学校本来极低的升学率，似乎早就注定了一个不祥的结局：高考全军覆没。我们其中一部分人又一次走上艰苦求学路。经过一年炼狱般的自学生活，我终于如愿迈进大学的殿堂。在读大学时，我没有随波逐流，让惰性肆意生长，我如饥似渴地读书，用知识来弥补失去的时光。拮据的生活给了我考验，尽管学校离家并不遥远，但为了节省开支，我总在学期初把费用带足，直到学期结束。对一个初次远离家乡和亲人的少年来说，期间最难熬的是对家乡与亲情的念想。尤其是在月圆的夜晚，这种思念更加强烈。此时，为了排遣心头的郁闷，我会携了学友去灵江边赏月聊天，或在校园的月影下独自一人散步。我得感谢月光，是她陪我走过了许多寂寞孤独的日子。

现今我已值而立之年。尽管琐事占据了我好多原本空闲的时间，烦心的事也多了，但我对月亮的感激之情从未有丝毫的削弱。比如今晚，老家的皓月送我一床月光。妻子与女儿相偎着睡在月光中，月光让我感受到女儿轻浅均匀的鼻息，以及其中所蕴含的生命的灿烂，而妻母爱的圣洁美丽也在这一刻得到升华。月光下的老家，到处都迷漫着浓郁的乡情。青蛙在老屋前的稻田里鸣叫，带翅的青虫在纱窗外轻轻吟唱，从中，我听出了悠闲、希冀、期望。来自江厦湾的清风，像善解人意的侍女，她们脚步轻盈地从我的肌肤走过，那样柔软，那样清爽，那样舒坦，带走了我身上多余的热量，送给我清凉与舒适。清风、明月、蛙鸣、亲情，溢满这夏月之夜。这几天，因了我们的到来，刚退休的父亲很是高兴。因为这半年多来，母亲去城里为我带女儿，父亲只能孤单一人守在老家，过着冷茶冷饭的日子。父亲和母亲相亲相爱走过了 30 多个春秋，谁也离不开谁，而今，他们到了这个年龄，竟然要分居两地，我实在是对不住他们。父母为了儿子能安心工作，孙女能快乐成长，情愿如此，让做晚辈的感动。不难设想，平常时光，也是这样的月夜，在月出月落之间，恐怕只有思念陪着老父亲了。

老家月光多么美好。我索性立起来，推开窗，只见老家前方墨色的橘园在月光下显得尤为庄重静谧，她是黑夜沉淀下的墨汁，而月光是水，浮起许多如墨般厚重的记忆。

但有蛙鸣入梦来

今年5月下旬的一天清晨，我在晨光中醒来，空气中迷漫着铺天盖地的蛙声。入住到这里已有几个月了，但还是第一次听到蛙鸣。能在这城市的一隅遭遇到如此熟悉的“乡音”，这让我倍感喜悦。我赶紧起床，目光搜寻着蛙声之源。四周没有水田，没有池塘，没有河港，只有坚硬的水泥地和密林般的屋宇，我的目光找不到落脚之地，终究是“只闻蛙声不见蛙影”，才想起是否因了这几天的大雨，才唤起了蛙们繁衍生息的激情。

恍惚间，我回到了童年蛙声浸淫的初夏傍晚。随着暮色的渐深渐浓，老家逐渐热闹起来了。你听，蛙声、纺织娘的叫声、蛐蛐儿的鸣声，间或划过一两声夜惊的蝉声……而主角非蛙莫属。那绵延不绝、响天彻地的蛙声，如吟如诵，如诉如歌，如擂如鼓，似近若远……“呱呱呱”，稻田中、水沟里、河港旁、树脚下、草丛内、小路边，乡村的每个角落都是蛙的栖身之处，你拿一个手电，随便在门前屋后一照，就会看到一只只蛙在被夜露打湿的草尖旁，像绅士般席地而坐，神态优雅极了。青蛙最喜欢光顾的地方当算是稻田了，它们鼓着眼睛，巡逻、捉虫、鼓鸣，守着满穗的稻花，守着农人一季的收成。自古以来，青蛙是农人最好的助手和朋友。最妙的是在江南的夏夜赶路，走在水道纵横的田埂上，前方传来“扑通”“扑通”的水声，那是青蛙在为你让路呢。而你没走多远，蛙又从水中爬上岸来，蛙声随即在你身后响起，远远地送你一程，让你一路都不会寂寞。江南水乡的夏夜是与蛙鸣紧密相连的，如果没有蛙鸣那就不是真正的江南乡村。“稻花香里说丰年，听取蛙声一片”，那蛙鸣让人倍感安稳，倍感亲切，喜悦也就会悄悄爬上心头。

我像漂泊的过客，经常地变换居所，曾住过乡村学校的阁楼和由教室改造的宿舍，曾租住于城市一寓的私屋，曾寓居于单位的公房……有的狭小仅容下一床一桌，有的空旷让人有帏天席地之感，有的破旧如寓居古堡……而现今这处居所傍山而建，绿色宜人，使我时时能亲近于自然。依着居所南窗，可远看山景，稍近处，杂树横翠，梯田如次，一年农事尽收眼底。居所北面可近观绿：嫩绿、浅绿、深绿、墨绿、残绿，让人目不暇接；又有绿树争翠，藤蔓婆娑，苍岩微露，山顶还隐约有一角凉亭，让这一窗的绿色增色不少。而更妙的是还有蛙声相伴，引我遐思。有一篇文章说，天底下只有两种声音是不会扰人清梦的，一种是雨声，另一种是蛙鸣，我觉得妥帖极了，感到那作者竟是我的相知。有时傍晚在书房闲坐静读，而此时夕阳临窗，霞光满天，我坐拥这一窗的葱翠，“仰观宇宙之大，俯察品类之盛”，时有所思所悟，感到自己是个极其幸福的人。

这蛙声自古而来，自然逃不过文人墨客的笔端。写到蛙的比较有名的诗，除了上文提到的“稻花香里说丰年，听取蛙声一片”，应该算宋人赵师秀的《约客》了，其诗云：“黄梅时节家家雨，青草池塘处处蛙。有约不来过夜半，闲敲棋子落灯花。”只是这青草池塘，即便在乡下老家也难得一见了。记得多年前，我写了一则“救救池塘”的读者信，在《浙江日报》刊登了，但乡村池塘的境遇近来愈加堪忧了，我想终有一天，诸如“池塘生春草”“昨夜蛙声染草塘”之类的妙句美景恐怕要全凭记忆或想象了。除此之外，五代韦庄《三堂东湖作》中有云：“何处最添诗客兴，黄昏烟雨乱蛙声。”唐代张籍《过贾岛野居》中有云：“蛙声篱落下，草色户庭间。”元代杨载《赠孙思顺》中有云：“薰风池馆蛙声老，落日帘栊燕子飞。”还有“农事蛙声里，归程草色中”等也为人所称颂。温岭乡贤南宋江湖派著名诗人戴复古的《夜宿田家》云：“身在乱蛙声里睡，心从化蝶梦中归。乡书十寄九不达，天北天南雁自飞。”读来让人倍感自豪和亲切。虽然这首诗写的是诗人旅途夜宿农家的情景，这蛙鸣自然是异乡的蛙鸣，但在诗人的心底，早已与老家的无异，也因此触景生情，情思恍然，很快就进入梦乡，并梦化蝴蝶。尽管时序变迁，年代遥远，诗人坟茔也几度兴衰，我们依然能体会到诗人因长年漂泊在外而产生的浓浓的羁旅乡愁之情。想必古时之蛙与今之蛙并无二致，古之人与今之人并无大异。王羲之《兰亭集序》云：“固知一死生为虚诞，齐彭殇为妄作，后之视今，亦犹今之视昔。”将来的蛙声又如何呢？但愿这蛙声能传之久远，这些沉睡在名言佳句中的蛙声，能经常被人诵起、复活，并在大自然中得到印证。

因为曾经拥有，故而特别地珍惜。那些蛙鸣虫声，虽然算不上大音稀声，阳春白雪，却非常之养耳、怡神，因为那里面蕴含了一种让人感动的情愫，那是一种久违了的乡音。也因此，我常常带女儿到乡下老家小住，让她在幼小的心灵中烙下最纯朴的天籁之音，延续一种难以割舍的乡情。“此身安处是吾乡。”但有蛙鸣入梦，即便身处嘈杂浮躁之地，心也会复归于平静。权将其当作又一处心灵的避风港湾吧！

走过老屋

老屋像一堵墙，定格在暮阳老树下的夕荫里，阻挡住我记忆的水流。

走过老屋，我不敢在老屋苍老的椽梁下久居，怕汹涌的洪流卷去我记忆中最真切可亲的故园。

用青石筑就的老屋，里面装满了我们一家奋斗的艰辛和生活的酸甜苦辣。那时，父母亲每天都要到地里上工，下午放学后，我和弟妹做好饭，挑好水，等着他们回来开饭。我们透过篱笆的清影守望着他们的身影，真可谓是望穿秋水。他们回来时，月亮都已老高了。老屋4间房子，只一扇门，酷似一个中世纪的古堡。一条长石条成了地道的门槛，夏天可躺在上面凉快凉快，或者量身高。老屋朝西，地势又高，视野非常开阔，夏天的夜晚，南风一阵阵地吹来，即使只开一扇窗，也感到沁人的凉爽。而冬天的深夜，风从屋瓦的缝隙一阵阵渗漏下来，冷飕飕的，让我们倍加珍惜有太阳的时光。老屋的南墙脚下，是我的乐园。种满了各样的花草：孔雀花、月季、菊花、喇叭花、星星草……我几乎把外婆家院子里所有的花都嫁接到这南墙根下。我的爱花，一半是天性，一半是受母亲的影响。每到开春，我就留意这潮湿温软的土地，看到有熟悉的嫩芽从土里钻出，就感到无比的快乐，像看到了新的生命，闻到了花香。老屋常常漏水，每到梅雨季节，屋瓦上是沙沙的雨声，雨脚轻灵飘逸，屋内是“叮咚”的乐音，节奏时缓时急，音调时高时低，屋外的水与屋内的水合奏一曲雨夜交响。每到雨夜，父亲只顾贪睡，母亲总要起几个来回，看看桶桶罐罐是否满了，看看我们的床头有无被雨水淋着。最让人揪心的是台风季节，不只老屋里渗入的雨水更大，还要担心窗门和屋瓦被风掀去。有一年大台风，由于风太大，我们出不了门，直担心猪圈里的猪饿了。屋顶上传来瓦片飞动的声音，真个是“飞沙走石”。在大自然面前，人是脆弱的，真怕哪一阵大风把屋压塌了，让我们无处藏身。老屋的四周没有一户人家，离我们最近的也隔了一条小溪，而离屋不到十几米就有一座老坟，母亲胆小，我常自告奋勇地陪母亲夜出担水、喂猪。母亲问我怕不？我都予以坚决否认。我是因为有母亲在身边而不害怕，母亲是因为有她的儿子陪伴而不孤寂。只是在深夜，隔着木质的窗户，听到外面簌簌的风声，我才感到有些害怕，不觉把被子蒙在头上，天就亮了。

后来，我们搬到了现在的住所，就告别了老屋的一切。再后来，老屋给了祖父祖母住。祖父入住的时候很是高兴，不幸的是没有几年，他就去世了，只剩下老祖母一人。我常常在周末去看她，帮她挑水，给她送些吃的，她很是高兴。随着事务的繁忙，近来去的不多。再到老屋，看看那日渐破败的院落，我愀然心痛。人逃脱不了生老病死，但人可以自己照料自己，或者受着别人的照料，而老屋却不能，当人不需要它的时候，它加速了消亡的进程。

别了，陋室

真要离别，却又有点不忍，毕竟，这里度过了我几多明月清风夜，忧愁多思晚。这里，深夜的灯曾漂白了四壁，为我幼稚的思想拓展了几许深度，也装点了边邻的梦境。这里，从江厦湾吹来的风是软软的，夹带着橘花初放的清香。回忆那一个个宁静而温馨的夜，真像拥有了可让人终生挥霍的财富。设想，身处繁缛喧哗之地，灯红酒绿之所，沉静从何处来，身心何以能有如佛家之“入禅”般的感觉。陋室，为我营造了一方可让心灵畅游的天地。

毕业3年来，我的居室就换了3处：一大，大得空旷，夜里醒来，朦胧中疑心自己就睡在旷野；一小，窄窄的刚好容得下一张床铺，名副其实的“蜗居”；现在这一处，介于两者之间，但其简陋却没有变。

一个时期，邻里展开了寝室布置大行动，地上铺起塑料地毯，墙上贴起俊男靓女，还配上电视机、电风扇之类的，煞是热闹。而我的居室却其陋如旧，我吹嘘其为返璞归真：脚下是本色的水泥地面，虽然拼命地打扫，但最终还是让人疑心那千百个微细的孔眼里都蓄满了泥尘。这是绝不能与地毯之洁净高雅同日而语的。墙是一脸的苍白，外加一脸麻点，那麻点颇费我的猜测，后来听说学生住宿过，我才恍然大悟，学生时代，因为挂蚊帐的需要，自己不也是拼命地往墙上钉钉子吗？于是我原谅了我原先所抱怨的一切。把那些没有用的钉子一一拔掉，放好，以备后用，那些有用的，依然留着，挂书报讲义之类，倒也让我省了不少气力。更令人惊异的是，有一处墙壁，隐隐约约的有一些苔痕。后来经过仔细观察，才知道每逢下雨，这一壁总是湿漉漉地布满水痕。雨季时，渗漏的时间一长，那些不甘寂寞的苔藓可不就露出了她苍翠的原形？令人尴尬的是，用人造板铺成的天花板上，常有老鼠在跳舞、追逐、胡闹、取乐，让人疑心是天空的雷声，产生下雨的错觉，有时还让不明内情的客人吃了一惊，而你却敢怒而不敢动手，因为一动手，上面的粉尘会从缝隙里不合时宜地飘落下来，让你有苦难言。

因为主人有舞文弄墨的雅兴，就毛笔行书抄录了几首诗，一首李商隐的“春蚕到死丝方尽”以自勉，一首朱庆馀“洞房昨夜停红烛”以自问，外加一四字横幅“学海无涯”以自励。贴上去后，犹觉不足，索性全文书了刘禹锡的《陋室铭》，郑重地落了款，盖了章，贴在对着正门的显眼之处，才吁了一口气，算是自慰吧！从此，心果真像平静了的湖水，“波不扬而气昂”。深夜的灯照着我，自己就像夜航船上的掌舵者。我才明白，榜样的力量是无穷的智慧。一篇《陋室铭》曾使多少寒士抬起了头，挺起了胸。这铭文同诸葛亮的草堂，扬子云的亭子，以至孔子的博大精深，同样给人以高山仰止的感觉。

匆匆地回头一瞥，只见“思想者”的雕像依然静静地在陋室的一角，还有那深邃的目光。别了，陋室！然而我的脑里，终抹不去散落在你的角角落落的每一个细节。

安居陋室

工作以来，我已换过多处住房，这些公房，大多可列入陋室一类。记得初到江厦中学任教时，那个几平方的阁楼，仅容一床一桌，甚至让人觉得转身都很困难。于是每每诵起《陋室铭》，我就觉很是受用，什么"山不在高，有仙则名"，什么"斯是陋室，惟吾德馨"，并用毛笔写好了，贴在陋室的墙上，算是苦中寻乐了。

我的北门街的居所，也确是可列入陋室一类的。这幢楼房的确已很老旧了，简陋、矮小、粗糙。楼梯入口是半包围的，每逢阴雨天，阴暗、湿滑，散发着发晦的气味。楼梯墙壁有好多处剥落了，像一个个伤疤，里面的泥用硬物一碰，就会簌簌地下落。有一回，我看见两个小孩子在墙上取土，我大喝一声："哎！"他们吃了一惊，怯生生地看了我一眼，低着头飞也似的跑了。阴暗的台阶上时常散落着剥落的白色的片状的泥灰，像一个风烛残年的老人。

我的居室在 2 楼。在我入住前，已经粉刷一新了，但其老态还是清晰可见的。如窗户比较小，且是老式的，水泥地面上布满了裂缝。老屋被四面的高楼包围了，即便是刮强台风，也可以开着窗，不怕风雨袭来。在夏天，由于不通风，我们只好通宵开着电风扇；在冬天，北风从玻璃的缝隙间钻进了，呼呼地响，寒意袭人。刚搬进来时，女儿还未满周岁。这小家伙满地乱爬，因骤然扩大的活动空间而兴奋不已。我们为女儿买来玩具，在墙上贴满了各种各样的图啊、字啊、画啊之类的东西，像一个家庭儿童乐园。女儿蹒跚学步，牙牙学语，唱歌，跳舞，游戏……女儿的一切都是那样率真可爱，陋居因此增色不少。

从陋室的北窗向外望，一眼便望见老县立大会堂的台门，破旧的台门上面水痕斑斑，长满了青苔。褐色的围墙上生长着爬山虎之类的藤蔓在风中飘摇，想必是在回忆往昔热闹的岁月吧。透过东窗，则可见大会堂灰色的西墙，那几扇窗户始终紧闭着，是在封存岁月的遗留，还是不想让人看到这里曾上演的一幕幕话剧？我依稀记得在童年时代，春游时老师带我们来这里观看电影，那时，对于不曾见过世面的乡下孩子来说，那是多么了不起的事啊。当时我们心怀敬畏，自豪万分，兴奋和激动溢于言表！谁能想到，多年以后其中有一个人竟会与它比邻而居？世事原本就是这样不可预料的。

因为主人只是一介穷书生，陋室里既没有值钱的东西，也没有华丽的装饰，但其中的文化和生活气息还是挺浓的。看，墙上有友人赠送的书法，书架上摆满了四书五经、唐诗宋词和尼采、卢梭所著的哲学名篇。听，有时伴着风声雨声，这里会传出笛声、二胡声……有时我加班加点到深夜，感受到劳动带给我的辛苦；有时在妻女熟睡时，我敲击着键盘，抒写着人生的感悟；有时冷雨敲窗，我读着感人的文字，不由得热泪盈眶；有时我在夜灯下挥毫弄墨，感受艺术给人的愉悦；有时在深夜，会传来高声的啼哭，那是女儿在告诉这安静的夜，她醒了……更多的时候，我与父母妻女一起，拥“炉”而坐，共享天伦之乐。清晨，我会在睡意蒙眬之中聆听到大街上传出的第一声鸟叫，一天的生活就这样在美好的氛围中开始了；傍晚，房间里洒进了温暖的夕阳，它是在向我依依作别吧。

在陋室里，时光就这样平淡而温暖地流走了。

感受阳光

北门街其实是一条不错的街，我的住所就在它的近旁。我住的那幢五层宿舍楼夹在一片高楼之间，很少有阳光光顾，像一个受遗弃的孤儿，独自立在冷风中叹息。我真切地感到了城市的冷酷。尤其是寒风凛凛的冬日，阳光的宝贵自是不言而喻，而我只能选择放弃，要不就隔着厚厚的玻璃，冷眼把前面高楼夹缝中的天空看得幽暗惨淡。

正午是个例外，阳光直直地从前面高楼的背脊滑落下来，跌进我的南窗，来我的蜗居小憩。这也许是小楼的叹息唤来了阳光的怜悯，或是来慰藉我这被高楼挤压得快要发疯的心情吧？总之，房间里有了阳光缓步的身影，就让人看到了希望，感到了乐趣，甚至于整个冬季都变得温暖、亮堂、明净了。不像两个月前妻子生产坐月子的那间房子，没有一点阳光，让人的心情永远是阴天。

难得今年有这样一场大的雪，今天又是雪后第一个有阳光的日子。我坐在南窗下，充分享受正午这难得的一刻。阳光真的很好，我想这是今年最好的阳光了。我索性推开窗户，让阳光径直照射在我的身上，暖融融的，我的脸上、手上泛起了春天才有的红晕。阳光的清香顷刻迷漫开来。阳光照在临窗的什物上：书桌，各类的书，文竹，每一件物品全都恢复了活力似的，散发出久违了的光晕。我随手翻开一本书。阳光激活了每一个字眼，也激活了我多少有点尘封的思想。自从成家立业之后，尤其是有了孩子之后，我确实放纵了我的惰性，好长一段时间没有好好地读过一本书，品评过一篇意味深长的文章了。且把这难得的太阳，当作深夜的孤灯，引领我进入新的航程。就如一个人在大病后重新得到了通向健康之门的钥匙，也像噩梦醒来，发现梦中的一切不过是上帝在黑暗中和你开的一个玩笑，阳光下的醒悟让人刻骨铭心。

正当我在似梦非梦间徘徊，我的手机响了，我一下子回到了现实的空间。阳光送来了朋友的邀请，阳光也把我美好的祝福送给了我即将举行婚礼的朋友。她越过临窗的书桌，照临在南窗边那张静静放着的小孩床，我的心头不禁生出了无限的爱意。仿佛我那个昨天刚满三个月的女儿露出了天真无比的笑容，在阳光下灿烂如花。

阳光终究走远了，她越过南窗，顺着那洁白冰冷的墙，倏然逃遁了。我瞧着前面矮屋屋顶上的黑瓦残雪，感到那是阳光在为我舞蹈。

家的牵挂

游子意，思乡情，故土难离，叶落归根。在历史的风烟深处，我们会见到一个个望乡而死的孤独灵魂和一个个在烟雨凄迷中孑然高耸的望乡台。多少哀怨愁绪，全寄翘首望乡中。这“乡”，即是家，那里有慈母慈父，有妻儿老小，有割舍不去的童稚记忆。一抔乡土，一怀乡愁，一个“家”字，让多少人的心头写满了淡淡的忧伤，升腾起浓浓的思乡之情。因为有了对家的牵挂，我们的生命航船才会在日复一日平凡之极的生活中，变得那么厚重和丰富多彩。

在我看来，家是避风的港湾，是寄托精神的圣地，是一个人心灵最初的家园。每当遇到挫折，每当不堪工作的重负，我都会路远迢迢地回到老家，坐在它那沧桑的高墙下，聆听远处的溪水安静地流过，等待那神谕般的禅悟如期降临，静俟郁结心头的烦恼和忧愁乘着晚夕的霞光远去——那是一种莫名的欢愉，就像童年的花蝴蝶爬上我的手指。家让我们走过人生的一个个充满挑战的驿站，犹如博大精深的泥土，让衰败的残草走过春的娇嫩、夏的灿烂、秋的辉煌、冬的静美，而谁能不说这是一种生命的至爱呢？

“儿行千里母担忧。”亲情把我们与家紧紧地维系在一起。那曲《常回家看看》唱出了多少父母的心里话，也让多少儿女感到愧疚和自责。遥望家，那是怎样一种心境呢？我们会因看见父母头上那缕在晚风中飘动的白发而感动，我们会体会到岁月如流是怎样的一种无奈。时光就像宇宙里的洪流，一刻不停地奔涌着，带走了人的青春年华，销蚀了人的矫健肌体，它让一盏盏生命的灯火在黑暗的夜空慢慢走向熄灭。我们不得不接受这样一个事实：父母已走过了他们的黄金岁月，我们不知不觉中已接过父母手中那面劈波斩浪的前进风帆。家就像一艘永不停靠的航船，在风帆的引领下，避开暗礁，抵御巨浪，载着我们对未来的憧憬走向远方。

在这艘远行的航船中，父母无疑是其中的核心部分，没有了父母的家就不再是真正意义上的家。对儿女来说，最揪心的是眼看父母一天天衰老，有时还受病痛的折磨，自己却无能为力。我不由想起前不久的一场虚惊来。那天，听到父亲生病的消息后，我火急火燎地赶到医院，只见父亲一个人颓坐在医院冰凉的水泥栅栏上，眉头紧锁，满脸憔悴。我的心一紧，这就是我的父亲，一个曾经在苏北当过 4 年兵，身体一向硬朗的父亲吗？一个在教书育人路上走过近 30 年，敬业勤业，即将退休的父亲吗？难道岁月的刀真的是那样地锐利，让一个本来鲜活的人，变得如此脆弱吗？看着父亲星星白发的鬓角，刻着深深皱纹的额头……我的心一阵惊颤，喉咙不觉哽咽了。那天做核磁共振，父亲静躺在医院的工作台上，我一个人守在父亲旁边，我真切地感到生命的脆弱，时间的漫长！我的心头激荡着前所未有的波澜。

我还记起这样一件事，听母亲说，在我婴孩时，有一次半夜高烧，她和父亲，还有大伯，穿着棕榈制的蓑衣，连夜冒雨抱着我跋涉十几里山路赶到区卫生院，才使我脱离险境。小时我体弱多病，父亲又多不在家，常让母亲担惊受怕，到我两岁大，母亲的体重减了 30 多斤，至今没有恢复过来。在我的内心里，母亲是一个宽宏大量的人。母亲用她的乐观和宽容包容了一切的不如意事。一直来，由于父亲忙于教学，她家里家外一肩挑，虽然没有多少文化，但懂得孝敬老人，善待邻里。母亲的生命早已融入了这个家，成为这个家不可或缺的重要部分。我在想，作为儿女，在我们的成长路上，父母倾注了多少关爱，融入了多少心血，他们还给了我们做人的尊严。然而，当他们渐渐老去，又有谁为此向儿女们索取过什么呢？他们所期望的仅仅是：儿女们平安幸福。

现在我和弟在外工作，妹已出嫁，家里只剩父母两人。母亲知道我公务繁忙，每每周末通话，总说："如果忙，就不用回来，没关系的。"每次回家，父母如过大节，早准备好了丰盛的饭菜，守在房前，单等我们回来。不一会，欢乐就会在老家的房前屋后迷漫开来。

家，是我永远的牵挂。我愿那欢乐永在，在每个平常的日子里，陪伴我那善良至爱的父母亲。

童年鱼事

在那个贫穷而又极少娱乐的童年时代，钓鱼是我最大的乐趣。那时，由于条件所限，我们只能自制钓鱼器具——先在门前屋后竹林中挑选那些绵长有韧性的竹子做鱼竿，然后找一根大头针弯曲成钩状制成鱼钩，再系上尼龙丝线，在钓钩尾部搭上铅条，在线上串十来个羽毛浮子，一套简易的钓鱼具就完成了。

那时钓鱼没有现在的辗转跋涉、择水而钓之苦，毫不夸张地说，只要有水，肯定有鱼。清凌凌而富有质感的水，添上几株垂柳、几叶浮萍映衬，垂钓之余还可欣赏风景，可谓一举两得。

约了三五个伙伴，提一轻便铅桶，步履轻快地来到池塘边。用钓竿轻轻地挑开丛生而不繁密，杂乱而有序的水草，使其露出一个拳头大小的孔隙。这样的孔隙需要三五个，而且要隔开一段距离，以便轮换着钓。然后，逐个地把米饵撒到孔隙中，吸引鱼群过来。这撒饵也是一种技巧，要不轻不重，要聚力于手心，要用心压住，否则像天女散花，全落在水草上，泛着白光，像在讽刺你的技艺。之后，就可以垂钓了，眼盯着水浮子，心等着希望，等着收获，有时一两个小时还不见动静。钓鱼需要耐心，谁有耐心，耐得住寂寞和煎熬，谁就收获最大。

也可以去离村稍远的河港里钓。暮春三月江南草长。带着钓具，迎着春风，单对着广阔的江面，就感到无比的心旷神怡。早上在河的东岸钓，下午在西岸，几乎成了我们不成文的规矩。撒饵要找有水草或河湾处，目的是便于记忆，有时全无水草，就随手扯一把草，放在撒饵的岸边，作为记号。钓到的鱼以鲫鱼为主，两三指宽为多，有时钓到一斤来重的草鱼，几乎把鱼竿压断。在回来的路上，欢乐之情也是沉甸甸的，急匆匆地往家赶，为的是要把这沉甸甸的欢愉和家人分享。

水库是常年不干的，所以我们也去那儿钓。碧绿碧绿的深水，看不到底，给人感觉这水里全是硕大无比的鱼，硕大无比的希望。有时，碰到早起的洗衣妇，捶衣声震荡着寂静的水面。而鱼也习惯了这捶衣声，它们镇定自如，好客的热情并不因此而减退。水库的鱼最灵敏，常常钓了八条十条，他们就不上钩了。第二天去也是这番遭遇，非要等到十天半月后才行。不过鱼是清一色的好鱼，那三四指宽，腹部黄色、背脊藏青的鲫鱼，真像一件珍贵的活艺术品。

现在，由于种田收入微薄，农民懒得为河道池塘除草挖淤泥了。那一个个本来用作灌溉水源的池塘都长满了繁密杂乱的野草。那村外的河道和老家后山的水库，也淤积严重，稍一旱，水位就低下去，露出泥涂，哪里还有鱼的生存之处？

每当我回忆起昔日钓鱼尽兴的美好时光，就不免慨叹起现今池鱼焉存的尴尬局面。明万历诗人孙承宗曾有“画家不识渔家苦，好作寒江钓雪图”之句，替渔家打抱不平。我也想通过这篇小文，告吁所有有识之士，还鱼类一个舒适而自由的生存空间。

南窗独悟

残冬渐渐褪尽了空旷的颜色，春天毫无顾忌地把她柔软的身姿展露于春雨丝中，杨柳梢头，缠绵而率直。那隐隐隐约约的春天气息转弄拐巷地掠过城市的边缘，到达我的居室，由南窗进来，驱走了冬的阴冷、沉寂、隔绝，展开了春天的歌唱，令缱绻一冬的我身心俱振。尽管那一缕缕南风像一个顽皮的孩童，用凝重的笔触润湿我的书橱、衣物、四面的墙壁，令我难堪，我依然感到无比的舒畅。

然而，一段时光之后，当我郊游归来，我感到一丝失落。这里终究没有大片油油的草色和阵阵柔静的蛙鸣装点心灵的空白，没有欢乐的童音在窗棂的爬藤上传来，即使在月亮朗照的夜晚，也少有绿柳垂堤的温馨。四围是冷峻的高楼和楼与楼之间压抑的距离，铝合金窗炫耀他密不透风的尊严，深蓝色的玻璃，隔断了最平常的交流和沟通。深夜里夜总会有鼓乐声在梦的远处振荡着一群凌乱而痴迷的心，搅乱了夜的宁静。这的确与我想象中的春夜相去甚远。我猜想，这或许因为春天是个敏感的精灵，像一个娇弱的女子，她一路跋涉而来，而城市早已隔断了她天真纯洁的行迹。这与人生的辗转沉浮何其相似，许多时候，人的归宿就像一张苍白的纸片，在乱风中飞扬，在家园的远处漂泊，然后在风停的时候降落，破解一个长久为之奋斗和努力的谜。而谜底的解开，有时需要一生的等待。“吹尽黄沙始到金”，可叹那些贪官污吏，当他们到达最后的归宿，一生已零落如瓣了。如此想来，我还失落些什么呢？在这闭塞的角隅，我能感受到春的款款降临的身姿已算万幸了。

在春意阑珊的月夜，我依着南窗，看着这个四周被建筑物包围，时时有噪声光临的单调的房间。我会怀念起乡下那个一年四季有鸟语花香、清风明月陪伴的陋室。然而，生活的法则告诉我，既然选择了，就应无怨无悔地接受。就如这春天，无论春风来之迟迟，还是去之匆匆，人是如何也不能怨怪大自然的。何况人是一种智慧的动物，他可以选择路径，可以改造世界。而大自然中所有东西总是受着不可抗拒的外力的制约，这就如我从乡村到城市的历程。如果我不慕求城市的繁华，甘愿以一棵草的形象点缀春天的繁荣，不为人所动，就可以享受造物主原始的恩赐。看来无论如何，人是逃脱不了社会的左右的。就是诗仙李白在他狂放不羁的背后，也曾想过在仕途上飞黄腾达，光宗耀祖。因此，我想，不管如何，一个人如能经常有所顿悟，在大是大非面前保持清醒，别人是不应该施之以束缚的。

我是如此热心地想方设法在城市找寻一个巢，而当我找到之后，却发现它并非如我想象中的完美。它有着地位高低、品位尊卑之分，深深地烙着社会和金钱的印痕。如果没有金钱的累积，有时是权力的占有，它将永远不会属于你。而这背后，又是怎样的一种辛酸呢？

因此，我常常在静夜中默念，还是在荒野筑造一间陋屋吧！有星星和月亮照映，有野草和小花添香，有清风和静雨陪伴，生活还需要什么呢？就像漂流大海、屡履死地的鲁滨孙，当他的双脚踏上坚实的土地，他早已感悟到生活的本质是什么——把所有的希望都熔铸在人迹罕至的孤岛上，构建一座生命的大宇。然而，习俗和潮流终归是挡不住的，我们最终会延续着先祖的足迹前行，并把它推向极致。

春天在樟树的枝头盛开

蓦见满窗春色如许

早晨起来，拖着依然有点疲惫的身躯，睁着有些惺忪的眼睛来到朝北的斗室。这里刚刚熄灭的灯光也只有五六个钟头吧，我依然能感觉出墙壁上散发出的余光来。外面的天光已很亮了，我慵懒地坐倒在椅子上，灰黄的窗帘突然暗了一下。原来，是外边的路灯刚熄了。

斗室的桌子显得有点大，挤压了本来并不宽敞的空间。桌子上有点乱，和我办公室的桌子类似，那是一种常态，难得见到整洁的时候。如果是整洁的，那要么是实在太乱了，妻见嘀咕也不见效，替我清理了，要么是到了重大的节日（在我，也只有春节了），我才会像小时候打扫门前屋后的垃圾杂草一样，当真的去清理。我的这种态度，甚让妻不愉快。她有时说，我刚认识你时，你的房间那样干净，你是那样要干净的，怎么现在？我只是傻傻地笑着，并不多做无谓的辩解，似乎这里面也充满了一种幸福感。我忽然想起女儿的撒娇来，有时故意违着我们做一些事，等待我们的责备，是不是她的内心也充满了这样一种期待呢？有一回，是让我爸给整理了，他说桌上太乱了，这么多东西，会影响我的工作的，并告诉我把桌上的东西都放在什么地方。而我妈是另一种态度，只是把桌上的灰尘擦掉，绝不轻易地动我桌上的东西，她是怕因为她的清理而给我带来拿取东西的不便。

桌子上摆着的大多是我用得着的书籍。有自学考试的，有英语的，有向图书馆借的音乐书和少儿围棋入门书;有一本家庭医生手册,因为上两个星期女儿发烧了,自己也感觉头颈周边有点不舒适,拿出来看的,还没物归原处;还摆着学书法的帖子,王羲之的《圣教序》,有笔墨纸砚;还有一排的英语磁带,为了应付上个月的英语三级考试而拿出的,那些都是十年前的旧物了,依然能用到,现在它们骄傲地待着,随时供主人选用;还有的是平时购的书本,《散文》《散文选刊》是每月必购的,虽然近年写作不多,但对文学的热爱却几与过去一般。有时买了,又没能及时看,就让搁在桌子上,是断不敢收了放到柜子里的,如果那样就好像宣告了这几本书的灭亡,也许下次见到时是几年之后。还有一本金庸的《射雕英雄传》,那是清明节那天和女儿一块到图书馆借的,读高中时,我曾在外婆家的四合院的楼上就着昏暗的光线贪婪地看过,现在那古老的四合院也只剩一角了。最多的是工作方面的书籍,那是断不可少的。为昨晚那个材料准备的资料凌乱地摆在桌子上,那个材料已初见模样,这使我稍微感到了一丝的轻松。

我走到窗边,拉起了窗帘。那窗帘的式样和颜色是我和妻亲手挑的,米黄色的帆布料,显出些淡雅大方来。让我惊奇的是,窗外的景致已完全变了一个样,几天前还是以黄色调为主的,枯草在风中摇曳。而今已完全是嫩绿的一片了,梧桐的白花尤其的出色。早晨的薄雾让这一隅的景色更具有江南的韵味来。看来,春天早已到来了。

北窗的光亮让整个斗室有了生气。墙上是友人送的一幅行草书法,上书的是杜甫怀念好友李白的诗《春日忆李白》,上有“何时一樽酒,重与细论文”之句,可见杜工部对友人的思念之深。春光照临在友人的这幅挥洒自如的书作上,显得高古而不失生动,“人生得一知己足矣!”在这引人念想的融融春意中,我真的感觉出春光的逼人来!

春天在樟树的枝头盛开

在我南屏居所北窗的外边，种着一排樟树。那樟树一年四季都苍翠碧绿，怡人养眼，还替我挡了噪音，阻了泥尘。这是个久雨初晴的午后，我在厨房的那个北窗边洗刷，偶一抬头，忽见窗外的那棵樟树变了颜色。仔细一看，那些樟树都变了容颜，你看那老枝的顶上都长出了细细的嫩芽，翠绿的、嫩黄的、微红的，在深绿或棕红的老叶的衬托下显得那样生机盎然。而那原本浓密的树盖已变得疏朗了。我又放眼望去，瓦屿山南坡上也有了一层油然的绿意，那隐了一冬的草的精灵又醒来了。

春天是真的来了！而此前，尽管节气已入春，但接二连三的冷空气伴着那绵绵的冷雨，把人的心情落了个透心凉。而天才放晴呢，这春色就突然浓了。才知道，即便在这冷雨中，那万物都在一点一点地积累着能量，一点一点地凝聚着初春的地气，但等这艳阳一来，立刻就焕发出无比鲜亮的光辉。这也算是自然界的厚积薄发吧！

这时，一阵风过，那些樟树摇曳着轻盈的身姿，发出清脆的响声，又有一批老叶从树上飘落下来。“簌、簌、簌”，像是在告别，又像是嘱咐。其他树都是在秋天落叶的，为什么单单樟树在春天落叶？我常常想着这个问题。可能，是那些老叶已完成为树身提供能量的使命，他们该走了；可能，是为了把有限的能量留给那些新枝嫩叶；可能，为了保证樟树肌体的强健，他们主动地放弃了残余的生存机会；可能，他们要化为肥沃的泥土，给树干和新叶以肥沃的养料……

忽然想起每天凌晨闯入梦境的从北窗传来的“刷、刷、刷”的扫地的声音，那些辛苦的清洁工人，使我想起我的父辈们，他们含辛茹苦，养儿育女，一生都在为生活奔波。当儿女有需要，他们甚至可以放弃自己的一切。佛说：“人来到这个世间，是为了受苦受难的。”

然而，樟树们却是快乐的，你听，“簌簌、簌簌”，他们没有一丝忧郁，没有一点留恋，他们满身都洒落了灵动的阳光，他们陶醉在这甜美的春光里。面对眼前的樟树，这佛的偈语似乎显得有些苍白了。看着，想着，我也不觉随了樟树摇曳的节奏，沉醉在这 3 月的春光里了。

春已去了

早上起来的时候，外面的晨光已照透了北窗虚掩的帘子。晨光如水，漫过窗台，洗白书房四壁昨夜之灯痕。睡眼惺忪的我，在为成功地从昨日穿越到今晨而欣欣然，惴惴然。才过立夏，这晨光就一改前一季的柔和散漫，变得明朗而迅捷了，她从窗角进来，穿透帘幕的经纬，像顽皮的精灵在书房的每个角落跳跃，挑逗着那一本本尘封已久的书册，也在讥笑靠坐在老椅子上，因了疏懒而愧疚，比书还沉默十分的我吗？

又听见那一片入耳的鸟鸣声，浓浓的，稠稠的，“唧唧、叽叽、喳喳”，听不出她们在欢庆夏的来到，还是叹息春的离去。于她们来说，春是雅致的，而夏则更实惠，她们可以毫不费力地得到食物。其间，瓦屿山上又传来一声疑似蝉的鸣叫，“呀——”这突然而至的夏的音调，彻底打碎了我对暮春的痴情，一种莫可名状的念想忽地浮起，关于时光捎走了的我的热望，关于那个与春天有关的故事，关于那一阵阵被乡村收留的蛙鸣，我又见到了暮色四起的童年，母亲的炊烟在村头袅袅升起。

“你还等什么？抛开繁杂世事，开始做事读书吧！”

我的心开始变得有些躁动了，起身来到窗边，掀起窗帘的一角。北窗呈现给我的一切都不同了：薄雾笼罩的嫩绿不见了，白里透紫的梧桐花不见了，一切事物皆变了颜色，俊朗洒脱的樟树，满坡蔓展的草儿，绿了，浓了，深了，那是蜕去了稚嫩而成熟的造物，那是时光沉淀而成的颜色。这些，都会让人想到逝去的少年，逝去的青春，空自嗟叹。

外面的房间传来了响动，是妻早起的声音，她要去照顾学校毕业班学生的晨读。“哐当”一声，妻出去了，留下酣睡的女儿，还有在书房里发呆的我。生活是如此匆匆，谁还会顾得上这熹微的晨光，谁还会在意这春去春留？

晨光既然短暂，就得珍惜。我忽然有些纠结了，我应如何度过这转瞬即逝的早晨？有那么多的事要做：早锻炼是要坚持的，上半年的运动计划已落下一大截，必须抓紧弥补，去打篮球吧，你不怕受伤吗？上次的伤痛还在指头滞留，叹年岁减缓了恢复的速度！去打太极拳吧，去年冬天学的拳术早已荒废，拙笨的动作有何颜面示人！去跑步，不会太单调了吗？既不去运动，那就做点别的事吧。比如读点书，才想起都好些时间没好好读书了：刚看了个开头的《国史大纲》，沉寂了几个月的《陶庵梦忆》，已列入读书计划而未开读的《中国文化要义》……它们静静地待在书桌的角落，耐心地等待着被春倦了、慵懒了的主人重新拾起。比如写几个字，看一眼比诗画更胜的法帖，《大字阴符经》《倪宽赞》虽同出褚遂良之手，但上面流动着不同的韵致，让人流连。比如听一段越剧也是不错的，戚派的悲音，傅派的激越，尹派的雅致。比如吹一下搁置好久的笛曲也行。抑或看一看网上的大片，经典的，流行的，都能开阔人的视野。就是动一动那台相机也行，买它来已盈年，自己却还技未入门，难道不汗颜吗？……最让人无地自容的是已好久没写一写心情文字了，何不趁这春夏交替的早晨，梳理零乱的思绪，留下一点流年的碎影？

春已去了，一年中最好的时节离我而去。我空有一腔的惆怅，竟不会谱一支曲，不会作一首诗。这时光的舟子啊，你在我岁月的河流里，能行到几时呢？

秋来蝉声残

江南的秋虽来得迟、来得淡，但秋毕竟来了，你看，山野和行道树上的枝叶已有了不一样的颜色，尤其是，响彻一夏的蝉声也渐渐地变了音高，从迎风高唱，到如诉似泣，“呜呜呜——哇”那悠长的鸣声中似乎藏有一丝悲切与不安。

想起小时候捕蝉的往事来。那时物资匮乏，我们只能就地取材，制作简易的捕蝉器。先拿一根竹竿，寻一段稍硬点的竹片，把竹片弯成一个椭圆形，插在竹竿的一头，再网上蜘蛛网，就成了。竹竿不能太短，太短就够不着蝉；也不能太长，太长了采集蛛网时不方便。蜘蛛网多在低矮的茅屋或猪舍的阴暗角落里。见到蛛网，就把竹竿伸过去，轻轻一转，那蛛网就粘在上面了。蛛网黏性越大越厚，效果越好，好在那时每家每户都有猪舍，不用担心蛛网不够。在村前村后一阵穿梭而后，我们就拿着捕蝉器往蝉声密集的树林里钻。看到蝉，屏住呼吸，慢慢地把捕蝉器向蝉靠近，只一按，蝉就被蛛网牢牢粘住，然后收竿捉蝉。蝉的警觉性很高，常常没等捕蝉器靠近，就“哇”地一声起飞逃走了，同时还抛洒下几滴液体，如果运气不好，那液体会洒落到额头或手臂上。我们把捕来的蝉放在一个塑料袋里，它们扑棱着翅膀，发出粗粝的叫声。等蛛网残损殆尽，蝉也抓了不少，我们就高高兴兴地回家分享战利品。

盛夏时节抓到的多是黑蝉，身强体壮，全身漆黑，腹部有一个发音器，发出的声音高亢有力。而那些没有发音器的哑巴蝉——那时我们并不知道是雌蝉，以为是得了残疾症——是不会要的，抓到后，随手就扔了。也有一种深褐色的蝉，在夏天的傍晚或秋天时出现，发出的声音低沉得多，“叽——呜——”我们都称之为叽呜桑鸦。还有在初夏时的一种蝉，个头很小，全身青色，喜欢停在青草叶和番薯藤叶上，发出清脆的叫声。发现有人走近，立马停了叫声，由于身体的颜色和植物枝叶的颜色太接近，需仔细地分辨才能看到。小时候在上学途中会抓一个来，放在手中把玩，却是不敢带进教室，怕在上课时，它“叽”的一声长鸣，会惊艳了整个教室。

知道蝉也能当美食，是刚工作后不久在丽水函授学习时。走在丽水的街巷，常看到有人在捕蝉。后来终于在用餐时发现了秘密，有一种叫油炸蝉的菜。我们出于好奇，就点了一盘，我也斗胆尝了一尝。因为平时对吃虫的做法有些抵触情绪，自然那次吃蝉，象征意义多于实际的品尝，所以也就记不得其味如何了。知道盛夏时节，丽水几乎每家每户以及所有的酒店、排档都少不了蝉，并有“无蝉不成宴”之说。有一年夏天在浙大培训时，晚上在华家池边溜达，见有人正拿手电筒往柳树上照，问在做什么，说是抓蝉。我纳闷为什么要夜晚来抓，后看了资料才知道，蝉蛹是在夜间从土里爬出来的，它们往往顺着树干往上爬，然后蜕皮展翅而成为蝉，他们抓的可能就是蝉蛹。蝉蛹营养丰富，是很好的食材。蝉蜕出的皮，可以当药材，小时候我也抓过。

随着季节的变换，蝉们将逐渐退出这多彩的舞台。一年一年的时光里，蝉声会一次一次地响起，那一声声悠长的歌唱，飘荡在岁月的记忆中，那是大自然给我们的馈赠。

闲坐清秋听落叶

总想早一点见到秋色，可江南的秋总是姗姗来迟。刚好国庆节的前一天到杭州出差，想起前些年深秋西湖边满眼的金黄，心里就有了一份期待。心想节气已过中秋，虽然同处江南，杭州的秋味应该是有些浓了吧？当我兴冲冲地北上 300 余公里到了杭州，只见那里除了一场刚袭来的降温和降水让我感到些许的冷意，其他的，与我住的小城景观毫无二致，那满街的梧桐依然枝深叶茂，省府路边的植被一派碧绿。难怪 20 世纪 30 年代久居沪杭的郁达夫感慨道："江南，秋当然也是有的；但草木凋得慢，空气来得润，天的颜色显得淡……只能感到一点点清凉，秋的味，秋的色，秋的意境与姿态，总看不饱，尝不透，赏玩不到十分。"因为对于秋的牵挂，郁达夫不远千里，从杭州经青岛赶去北平，去饱尝一回故都的"秋味"。

郁达夫是因为见识过了北国的秋，所以对江南的秋总感到意犹未尽，所谓"曾经沧海难为水，除却巫山不是云"是也。而我并未感受过北国的秋，所以对江南之秋也是非常向往的了。自立秋、白露过后，我每每都要透过居所的北窗，朝不远处的小山看上几眼，看山野那一色的绿装什么时候变得绚丽多姿起来，但每次都让人失望。于是就想，什么时候去北方住它个十天半月，好好品味一下那北国的秋！想起不久前，谈及当地高的房价和环境污染，与妻女开玩笑说，女儿将来到哪里上大学，我们就跟着住到哪儿。这倒让我有些浮想联翩起来，也许我离尝秋愿望的实现竟也是不远的了。

好不容易挨到10月底，随着几个强冷空气的到来，这个海滨小城才有了些许的秋意。那一色的碧翠显出了败落的迹象，你看那前溪的绿柳已露出了一肩的褐黄，瓦屿山的那条绿毯子已增添了斑驳的暖色，方城路苍老的街道上在夜静时也渐渐有了落叶的弹奏。

“一阵秋雨一阵凉”，冷风伴着冷雨浇灭了山野的虫鸣，触动了人们多愁善感的心。选个晴天的清晨或者黄昏，在公园的一隅或郊外，在老家当然是最好的了，在有树的地方，占据一个僻静的角落，安闲地坐着，静静地倾听。此时，那些落叶的树，大多挡不住秋风的劲吹，纷纷从枝头掉落。最显眼的是银杏，但这珍贵的“活化石”，只有在城市的公园或景区才见，它的叶子黄得最彻底最纯美，那折扇形的叶子零落在地上，特别惹人爱怜，引得孩童争相拾取；枫树是秋的骄子，霜重色愈浓，那惹人眼眸的红色装点着远山近壑；广玉兰粗大墨绿的叶子挡不住秋风的诱惑，一部分变成了褐黄已掉下来了；而梧桐，这个侨居异域的道路卫士，昔日宽大翠绿的叶片，此时已卷曲变形，成了黄褐色，掉下来，横亘在路上，一脚踩上去，发出“窸窣”的脆响。但是，这些树叶，不管是知名或不知名的，即便“零落成泥碾作尘”，它们也好像并不害怕，它们似乎更在意能欣赏这灿烂的秋光：天如此高远，野果如此诱人，色彩如此斑斓。“如果遇上台风，现在我都不知成了哪一撮土呢?”是的，今年能远离台风的袭击，能挨到今天，它们已经非常满足了。

于是，当秋风吹过，它们就带着微笑，潇洒地飘落。于是，整个秋天，并不显出荒凉悲壮的色彩。风中，充满了道别的深情，它们带着新生的憧憬而离去。又一阵风过，一片叶子飘下，发出“簌”的一声，清脆极了。它们掉下来，保持着各种身姿，无论是侧着、卧着、仰着，还是站着身，甚至倒了个个，它们都无所谓。不管是一个摄影的初学者把镜头对准了它们，一个画家让它们入画，或者行人踩了它们一脚，它们都泰然处之。它们的使命已完成，它们以曾经的苍翠或给人浓荫而骄傲，它们已经历了春的妩媚，夏的热烈，秋的多姿，它们不再企求什么了。它们最希望能停落在大树的脚下，在冬天里抵御严冬，守护树根。即便不能这样，也无妨啊，它们掉到水里，可以给鱼儿当食物，当避风港；它们被拾走了当柴火，它们的灰也可以重新长成新的绿色；如果被孩童捡拾了当标本，那是更好了，整个冬天，乃至四季都属于了它们。

我常常在清晨早早醒来，此时天还未亮，黎明还远在天边，这时，大街上传来清洁工人扫地的声音，“刷、刷、刷”……劳动的声音总是美的。而在秋晨，这声音特别美，你听，那声音变成了“刷——簌”“刷——簌”……其中多了一个悦耳的韵脚，那节拍也舒缓多了，由8分音符变成了4分音符，是的，那是落叶走动的声音，是落叶唱着秋天的歌声。

静听落叶，我还听见了生命坠落的声音，那一片片树叶多像一个个鲜活的人生，它们经历了明媚的春，度过了热烈的夏，遥望着神秘的冬，在时光的秋风里带着满腹的留恋，却泰然飘向曾经孕育了它的大地。在那寂寞的落叶声中，我告诉自己，告诉那些处在病痛中的人们，在生命的秋天到来之前，要让自己这片叶子在风雨中灿烂，在雷电中坚强。

路上的风景

在平凡而普通的生活路途中，我们常常忽略了路上的风景。当我们让心灵去漂泊，去寻觅，遍尝了生活的酸甜苦辣，回头看时，才发现真正的风景就在身边。它们有如父亲的召唤，母亲的唠叨，妻女的告诫，友人的诤言……无不浸透了浓浓的爱意。

这个秋日的中午，因为上几天的熬夜，人有些慵倦，午觉竟睡过了头。反正上班迟到了，爽性不骑车，步行着去。从居室走出来，觉出了些许的冷意，毕竟是深秋的天气了。好在外面有很好的阳光，照到身上，那冷意顿然消感了几分。多好的秋光啊！太阳也有香味，那是一种暖暖的芳香，似乎来自那些黄熟或深红的叶子。还有一种什么味道呢？随着秋风，阵阵地飘来。是了，“八月桂花香”，虽然节气已是霜降了，桂花还开得正盛呢！这香气，前些日子就感觉到了，昨夜迟归时尤其闻听得真切。在这午后的辰光，我惊奇于院子中有那么多的桂花树，她们有的款款而立，把满怀的细蕊展露无遗；有的以娇羞之态藏身树荫之中，“犹抱琵琶半遮面”，别有一番风致，一棵、两棵、三棵……一直到小区门口，竟然有 20 棵之多。此外，还有橡皮树、柏树、樱花、冬青……宋代陆游有诗云：“重露湿香幽径晓，斜阳烘蕊小窗妍。”在这里，桂花是无可争辩的主角了。桂花的种类很多，我知道就有金桂、银桂、丹桂等，却分辨不清。它们争相绽放金黄、淡黄、白色的花，送出阵阵馥郁的幽香，一路伴我出小区的大门。资料上说，“桂花较喜阳光，亦能耐阴，在全光照下其枝叶生长茂盛，开花繁密，在阴处生长枝叶稀疏、花稀少”。看来每一样植物，与人一样，都有自己的特点，你只有深入地了解、爱护，才能得知其特性，而我每天虽然进进出出，却那样地漠视它们，又怎么会分辨得清呢？我深深地自责着，不觉生出些抱愧和歉疚来。

出了小区径直向单位行去，沿万泉路，再折向体育场路，一路上，车流人影，显示出城市人生活的匆忙来。过体育场路时，因为烦这嘈杂的车声噪音，我选择穿过马路，闪进那河边的曲径，那里成行的绿树替你抵挡了世俗的烦扰。那沿河垂柳自是不必说了，此刻她们在秋光中似乎有些疲倦了，原本碧绿的衣装上显露出一些淡淡的黄色来，走近看，才知道那是掉了叶子的柳条的颜色。还有樟树、玉兰、枫树、鸡爪槭……有修剪齐整的园林花草，垂丝海棠、小叶女贞、龟甲冬青……其中有一处儿童的游乐设施，女儿很小时常到这里来，还有边上的游船码头，我们也曾一起划水，这样走着、看着、想着，心头又不由浮起一丝淡淡爱意，在阳光下发酵开来。我在绿色的包围中或健步如飞，或缓步前行，让自己的心情在河水和绿柳中隐现。

秋光催人忆，又不免让人想起在老市政府上班那两年多的时光来。那时我住在北门街，上班时从北门街出发，经方城路，为了抄近路，不走正大门，就拐入一个叫仓后街的老弄堂，这个弄堂很狭窄，只一个车身的宽度，一路上老屋、石墙、衰草、败壁，还有晒太阳的老人，到处写满时光履痕，岁月沧桑。然后通过侧门进入市府大院。那侧门白天有门卫守着，到深夜就关了。门口传达室的窗台上常摆着一些供人领取的信件，却多半是很有些时日显得老旧了的，它们大多找不着主人，无奈地躺着，像一个个弃儿。一进门，就看见一棵银杏，挺立俊朗，浩然大气，上有名木古树的编号，有 140 年树龄了，不远处还有一株，但稍小些。树下一口老井，青苔满布，旁边有洗衣台，经常有人在洗刷衣物。顺着树下不平的石板路，转几个弯就到了老旧的办公室。石板因为不平，人走在上面，石板与石板互相叩击，发出浑厚的钝响，有时夜里赶材料迟了，走在这路上，那角角落落就显出特别的幽深沉静来，那石板声穿透古老的院墙，回荡在静静的暗夜里，让人顿生深沉的感受来。据说现在老政府大院部分已划给相邻的方城小学，余下的大部分作为建博物馆的用地了。那天下午因为堵车，我接女儿时经由仓后街，途经那侧门时，偷眼向铁栅里面看去，只见那棵高大的百年银杏被浑身绑着稻草绳，整株树都被遮阳黑纱布罩着了，看来，果真是要搬迁了。

又想起年少时求学路上的情景来。童年时，我住在那个叫岭头的小山村，在我父亲任教的村小读书，一路上走在庄稼地间的弯弯山道上，与伙伴相互嬉闹。隆冬时节，一路严寒和烈风相伴，路上有一处小山岙，是最好的避风所，我们就叫这里为火炉，我们还用一粒火、二粒火来形容，越到中间火越多，越到山岙口火越少。后来到乡小、乡中学读书，每天来去四次迈过村头那320级石台阶，风雨无阻。上学时经常因赶时间而匆忙奔走，只有在放学后，才抬头注视那西面的天空，看云块变幻出许多奇怪的动物，看晚霞从容地坠入西门山中。后来转学到15里外的区中学就读，每周一个来回，在绵长的求学路上，四季变换着不同的色彩和景致，我也演绎着不同的心境，回家时的归心似箭，离家时的郁然惜别，都让我记忆犹新。

记得几年前，单位组织到三清山旅游，那天傍晚我独自一个人出来去杜鹃谷，正值暮春时节，此时杜鹃呈艳，夕照送暖，山涧水声，苍峰流云，如在画卷中。在一石几之上，一对年轻的夫妇执手相坐，似乎正在享受这一片与世无争的静谧。我们攀谈开来，得知他们来自北京，每年都要抽出半个月左右的时间出来旅游。“只定一个大致的方向，没有一个确定的路线和日程，一路游去，一路看风景。”“那你们的孩子呢?”“暂且由父母照顾着。”我佩服他们，他们不重结果，而重过程，他们比别人多欣赏了路上的风景，而且让心灵自由地放飞。我想，真正的风景不必在名山大川，而在于我们的内心，那一片空明的心境，那一份如水的闲情。

一窗景致

天阴沉着。记得 11 月末，北窗外的这座小山，还是绿叶满坡的。仅仅过了一周时间，当我从冰天雪地的北国回来，就看到这里像是被谁倒了一桶染料，红的枫，黄的藤，褐的草，错杂着，整个地涌动起色彩斑斓的图符来。耳边传来越剧《白蛇传》白娘子的深情吟唱："西湖山水还依旧，憔悴难对满眼秋。山边枫叶红似染，不堪回首忆旧游。"让人陡增秋意。这秋色，恰以一个风韵依然的女子，她经历过风雨，即便已知容颜难久驻，却没有悲泣，没有哀婉，只有一脸淡然。

在江南，非要在冬深了才会有浓的秋景，一场两场的冷空气是奈何不了这里刚健的草木的。秋来得迟，而冬去得又早，一场暖风一抹暖阳也许就会让万物早早苏醒了，所以江南的秋意和冬景都是值得珍惜的。而我却常常错过了季节的美丽。那是因为年来得忽忽忙忙，以及许是人到中年的慵懒怠惰吧，就忽视了北窗长久垂落的窗帘，无意间就阻断了我与外面的交流。当然交流也是有的。如在雨天的深夜，掀起窗帘的一角，就着路灯，看看雨脚的粗细缓急，判断这雨是否会湿了地面，明早要不要去做运动，或者披衣早起时，听到窗外扫帚划过大街的声音，掀帘推窗寻觅辛苦劳作的身影，送上我充满敬意的一瞥。这样的时候，交流当然也是很局促有限了。

那一窗景色，于人不见得有多少吸引力，于我来说，却是最大的看点。它囊括了春夏秋冬，包揽了晴风雨雪。记得买这房时，也就是因了这一窗的景致，我立马动了心，最终选择在这里住下。这一住就是七八年。期间,窗外却经历了大变迁。先是小山的旁边建了一所学校,在山脚垒了一堵围墙,后来墙外建了便道,又在道那边靠山建了一排平房,建起一个旧木材交易市场,去年在路口又建了个废品回收站,似乎又有了扩建的动向……还有每次风雨后的山体滑坡,加快了山体的流失……眼看着北窗外的这片自然景色一点点被蚕食,我很痛心,却毫无办法。真希望那一溜平房是违章建筑,让那块地在这次规模浩大的拆违行动中归化回郁郁的山林坡地。

这也免得我因了叹惜,为了省心而让北窗的窗帘长久垂落着。这窗帘是我们一家刚入住时定做的,几年下来,日晒风吹,窗帘的质地也发生了变化,稍一用力就裂开了。也因此,在洗刷室内物件时,每每就忽略了它。这窗帘很安分地贴在窗子上,守着这一窗的景致,从夏到秋,从秋到冬,转眼间,就是生意盎然的春了。

床头的书

我的床头常常堆满了各样的书。那些书，随着我的年龄、爱好、心境、工作的不同而不同，像来访的旧友新交，给人以心灵的慰藉和生活的乐趣。

有些书与工作和生存息息相关，是不得离弃的。我换过几个工作。先是教书育人，彼时初出茅庐，自是战战兢兢，不敢怠慢，每每碰到教学中的难题，常常寝食难安，于是拼命阅读教学理论、名师教案、学生心理方面的书籍。后到了准军事部门，又到党务部门，为弥补业务知识上的不足，我只能用“笨鸟先飞”的精神，拼命学习，恶补知识。期间，又有不少各种各样的考试，或因自身进步之要，或因生计提薪所需，如本科函授、自学考试、英语考级、职称考试等，要想顺利通过，非得按图索骥，死记硬背。记忆最深的莫过于 2002 年，我一时兴来，报名参加浙大的法律本科自学考试，从此踏上了 8 年抗战路，断断续续地，把 20 多门课程一一考完，算是大功告成。此类书籍未免显得枯燥，但为着安身立命，当然也是出于内心对知识的一种渴求，一种对时光匆匆的无力抵抗和挽留，也就不敢松懈怠慢于它们了，它们也就不离我的左右，堂而皇之地占领了我的床头床尾。

与工具业务类书籍相比，文学艺术类书籍在我床头的地位是无可比拟的，她们装点生活，点亮神灯，理应得到更多的礼遇。即便在考试期间，床头也少不了她们，佳篇汇聚的《古文观止》，意趣横生的《明清小品文解读》，还有《散文》《诗刊》《读书》等时文，又有随兴而至的有关书法、摄影、越剧等的各类书籍。每每觉得困乏无趣之时，拿起这些美文，神情为之一振，又如踏入一片空旷优美的园林胜景，忘情阅读，与智者对语。最难得的是碰到长假节日，此时一身轻松，心无旁骛，无论在天晴雨霁、冬阳斜照之际，还是夜深人静、冷雨敲窗之时，或享春风冬阳之施予，或听窗外雨声滴漏，或就孤灯观流萤，不由思接千载，心在物外。

常常一段时间下来，床头的书就渐渐地多了起来。妻大体上是迁就我的，但有时实在不像样了，禁不住要说："你看，这床头又像狗窝了。"我也马上做整理状，但不久，床头又凌乱如昨。女儿读小学一年级时，我参加了她们学校里组织的有关阅读的讲座，主讲人说，要想让孩子多看书，就要在家里每个角落，每个地方，都摆放上书，这样，孩子随时随地随手能拿到书，不知不觉中阅读量就大了，阅读的水平也提高了。我把它说与妻听，似乎为我床头堆书找到了理论的根据。

随着年岁的增长，记忆最终会衰老成一株枯藤，只有枯萎的残存，少见新芽的绽放，常常耽于少年时读书太少，脑中的储存不多。于是就下决心趁着虽不再年轻但还未全退化的记忆残痕，多读些文史的巨著，先贤的名篇。自然，床头也换了风景，有《楚辞》等经典的古文，有《国史大纲》等名家的史书，她们伴陪着我，在我的床头散发出独特的古朴高雅的迷人光芒。

在冬阳暖暖的午后，在人声静寂灯光如水的深夜，斜倚床头，手捧那些散着油墨芳香的书籍，远离电脑，远离杂事，我便沉醉在这片属于自己的短暂时光里。等睡意袭来，把书往床头一放，就睡去了。有时候，人困马乏，等不着合书关灯，就已沉沉睡去，那书滑落在床上，或开或合，显得优雅娴静，书里的故事继续发酵着，等待下回分解。

我在北大听讲座

2009年6月14日至20日，我有幸随市里领导干部经济管理能力提升班的40余名学员，在北京大学参加了为期一周的学习培训。14日11时从路桥登机，经过近两个半小时的飞行，顺利抵达北京，在首都国际机场著名的3号楼下机后，汽车直接把我们送到北京大学中关新园的住宿点。一路上，胡杨林葱葱郁郁，那蜡质的叶子在阳光下熠熠闪光，视线很好，并不见灰蒙蒙的天色，这应是奥运的功劳吧。路上刚好经过水立方、鸟巢，对于初上京城的我来说，兴致顿时高了起来，拿起相机这边拍拍，那边拍拍，我的举动真有点“乡下人上京城”的味道吧。我又想，如果我们生在科举年代，我们这一行人中，会有几人有机会背起行囊上京赶考来呢？

对北京的向往，最初来自于小学课本的开篇，和大部分儿童一样，首都、北京、天安门，是我们最早认得的几个汉字。雄伟的长城、神秘的紫禁城、天安门的城楼，还有颐和园、圆明园、香山等，都是令人向往的。而作为中国最高学府的北京大学，虽然常入我们的视线和话题，然而她毕竟离我们的日常生活那么遥远，犹如梦境中的神殿，可望而不可即。而今，我脚下即是首都的土地，还竟能有机会坐进北大的教室，聆听北大精英们的讲座，触摸她跳动不息的脉搏，感受她源远流长的文化积淀，怎不让人激动兴奋至极！

我们住在北京大学中关新园，隔一条马路，就是北大的东门。中饭和晚饭都安排在北大校园里，与北大的学子们共进餐。这倒好，让我们有机会体验北大学子的日常生活。正餐只要花十多元钱就能吃到不错的饭菜，我们就餐的那个二楼餐厅，有全国各地风味的饭菜，如江南风味、港澳风味、西南风味等，可供来自全国各地的学子挑选。授课地点多在北大西门边的外语学院，虽然路有点远，楼有点旧，却也古色古香。在正对教室的过道上，排列着几个大柜子，是北大老师的信箱，第一号信箱居然是大名鼎鼎的季羡林，这让我又惊又喜，忽然感到离大师是这么的近。只是在离开北大未及一个月，7 月 11 日早晨打开电脑，就看到了季老驾鹤西去的消息，我盯着电脑屏幕，不禁怅然，想起他的文章《八十述怀》《九十述怀》，多希望他能继续写一篇《百岁述怀》啊！像季先生这样品行高尚、实至名归的大师是中国知识分子的灵魂，是北大的支柱！

我们的上课日程表安排得满满当当的，有一堂课还安排在晚上。参训的学员虽然平日当惯了领导，但这次的学习都非常认真，聆听、笔记、思考，都做得非常之好。这可能是受北大学风的感染，也可能是北大的名声让他们敬仰，或者是北大的精英们精彩的讲课让人陶醉吧！我们先后听了北大王正毅、刘伟、张延、张智勇，以及清华大学刘玲玲、中国人民大学周孝正、中国农业大学臧日宏等老师的精彩讲授，内容涉及全球经济中的中国、当前宏观经济形势热点问题分析、中国社会问题剖析及金融释放、股市走势与调控等，他们多是各研究领域的权威人士，他们的讲课，有的博大精深、摄人心魄，有的观点新鲜、标新立异，有的娓娓道来、平中见奇，有的言人所未敢言、思人所未曾思，可谓争奇斗艳，异彩纷呈，让我们不虚此行，受益无穷。原本我们还请了中央党校经济学部教授石霞做《地方政府在区域经济发展中的作用》讲座的，那天早上突然接到她心脏病突发的通知，她的课只好临时取消了。

在北京的这些天，除了石老师因病空出的半天我们去了水立方、鸟巢，有一个傍晚从北大三角地租了辆自行车去了清华园，我们什么地方也没去。一者是因为学习安排紧凑，二是因为同行的大多来过北京，多已去过了那些风景名胜。于我来说，我之所以放弃了去游览那些著名景点，一是我舍不得那些精彩的讲课，二是每次上课下课，穿行于风光旖旎林木蓊郁的燕园，漫步于烟柳低垂波光塔影的未名湖，随处可闻、夹道相迎、来回穿梭的喜鹊，早已弥补了未及看其他景点的缺憾。

在北大的几天时间转瞬即逝。尽管没有感受到"不到长城非好汉"的豪情，没有亲临紫禁城去体味中华帝国和历代帝王君临天下的威严，甚至没来得及审视颐和园等皇家园林的精致华美，但这都不重要，因为与北京大学如此贴近的接触，因为聆听了那么多北大智者的精彩讲座，这次行程注定将是精彩而且是抹不去的回忆。

北大，你等着，我下次会再来，到那时，我还会带着我的爱人和女儿，细细地读你、品你、敬你，与你再聚首！

独对无眠

总有那么一些时候，心湖不再平静。或因世事的纷繁而心乱，或为邻里朋友的误会而烦恼，或被孤寂的环境压抑而躁动，更多的是那么一些或大或小的挫折和失败，时时相随在左右，使人久久不能入眠。于是，微笑消失了，皱纹悄悄爬上了额头。

记起师专毕业时，我被分配到一所偏僻的山村中学任教的那段时光，心里常感到非常烦躁和苦闷。夜里备课改作之后，常因孤寂而无眠。一次偶然的机会，在夜深人静之时，听到电台里的谈心节目，叫《今夜不寂寞》之类的。那时颇觉不错，十分契合我的心境，也引发了我对生活的思考，对内心的审视，躁动的心也就慢慢地淡去了。当然，随着年龄的增长，阅历的增加，现在已不很关心这类纯心理、纯情感的节目了。和电视日夜充斥生活的现在相比，那确实是一段非常令我难忘的日子。从无眠到充实，那是一个质的跃升过程。现在我对广播电台的好感多半缘于此。确实，当你因心灵空虚失落，或过于亢奋而无眠时，不妨打开收音机，那是一种让时间过得充实，让心灵不再寂寞的好方法。当我听着电波里那关怀备至、深入心灵的话语，心头会涌起遇到知音的感动，似乎一个年长者正和你相对而坐，促膝谈心。就像阅读一本有闪烁思想火花的书，感受孤灯夜读而有所顿悟的乐趣。今夜，因为你的寂寞，才使今夜显得不寂寞！

人是聚群而居而富有智慧的生物，需要经常的交流和沟通。可是在很多时候，我们找不到适合的倾诉对象，随之而来的是那一个个懒对星月的无眠之夜。古人曾有言:“衣带渐宽终不悔,为伊消得人憔悴”,古人的诗句证明了人性之一贯。古人终究是洒脱的,虽有一点无奈。据说好多作家都是深夜里写作的,当别人睡得烂熟的时候,他们正奋笔疾书。他们之所以无眠,是因为思想郁积的深切,洞察宇宙人生的深刻。此时,心灵的火花在心头熊熊燃烧。而许许多多的好作品就在那无眠的时刻喷涌而出。于是就想偶尔的无眠并不坏,至少此时,你的思想真如一支利箭,在高速的飞行中自醒,少了那些毫无意义混淆视听的零碎琐事。你可以不被别人打扰,深入地总结思索,和自己的心灵对语。也许在你无眠的时候,你对失败的思考会使你头脑更加精密。也许你埋藏在头脑中的东西会在冥冥的思索中,豁然开朗。也许一幅至善至美的图轴,就在你偶尔推开窗户的时候呈现在你的眼前。

面对无眠,重要的是学会对自己说:无眠的时候正是品味生活的时刻。真正的生活,就像牛的反刍,它经得起千百遍的咀嚼和时间的磨洗。不需要完整的注释,让我们独对无眠。

甜蜜的雨丝

当我偶然回想起那个雨天，那个男孩用心描述的雨天，我的心头就落起了阵雨。谁能够想象，雨天三月的乡村，两个人的世界，天空是多么的广袤，心空是多么的清亮。你踏着我的身影，我踩着你的脚印，就像思想坠入多情的夜空，星光闪烁。

啊，甜蜜的雨丝，你能否长驻于人们生命的晴空？多希望你就这样长久地洒落，永不停息。

又是雨天，丁香花开。“她那充满青春和稚气的笑容多么让人感动。”他忘情地回忆着：那个雨天，雨“嗞、嗞”地下着，他心怀惴惴地立在雨地里等她，他是那么兴奋和拘谨，以至忘了打伞。她来了，撑开一顶小花伞，毫不犹豫地遮住了他湿漉漉的脸。他的高傲和矜持、怯弱和自卑顷刻化作了脉脉的暖流。他艺术家般地想象着，“那时的天空多像一幅淡彩墨画！柏树卷曲遒劲的枝条显示他的茁壮和自信，受宠若惊的晶亮的雨珠在欢快的氛围中悄悄地坠下，在坑坑洼洼的泥地里吟唱美丽的歌”。

“就这样偎着吧！”他真希望时光就在此刻停留。可是，终究他听她说，雨停了。是的，天晴了。他的天空变得阳光般灿烂。

真的，天晴了，那时他的心头一片晶亮。

他说，记不清多少日子了，这个珍贵的回忆就这样长驻心头，让他在激情和亢奋中走了好长一段充实而充满希望和憧憬的路。

可是岁月如歌，时光易逝。他终究离开了那个能与她天天见面的地方。他要用他的事业来证明他的才智和抱负，填补他内心深处挥之不去的距离感。“其实，结果往往在开始时就已经注定了的。”他说。那个时候，在她的面前，他只是一个弱者，在悬崖面前他没有勇气跳下，在绝壁面前他只能做浅浅的攀爬。她深邃的目光就像一个湖，吞噬了他无数次的尝试和追求。生活终究朝着自己的轨道向前延伸。它更多的时候只能让人做无谓的喟叹，就像那个冬天，在白雪皑皑、严冰霜冻的日子里，他总想让那甜蜜的雨丝化作夏日的暴雨淋透全身。

我默默地听着，心里诸多感慨。在人的一生中，会遇到无数场倏忽而至的甜蜜的雨丝。这雨丝，有的让人振奋，有的让人消沉，有的让人在那一瞬间的温馨中迷失了方向。可不管怎样，当看到爱人脸上体帖入微的关爱，父母额头宽容慈祥的皱纹，我们就会站在高处审视这造物的恩赐或者考验，也许，我们会觉得那只不过是微不足道的一点。

走过岁月，走过甜蜜的雨丝，我们都希望自己或许平庸或许不凡的一生都会在绵绵不息的生活河流的筛洗中幡然醒悟。

老墙

一堵老墙，一段历史。以时光之翼凝固了唐风宋韵。

风动枯藤，传来天乐声声。在视线之外攀爬的青苔，有如古朴的篆隶，在老墙斑驳的身上从远古书写到现在。战栗的思绪在风雨中飘摇，一段刻骨铭心的记忆点亮了历史的明灯。

卑微、赤贫、高贵、富足，在历史的长河中那样微不足道，老墙沧桑的额头镌刻着今与古、生与死、动与静的偈语。在最后一顿晚餐之后，菩提树下，清纯猛烈的火光冲天而起，圆寂的灵魂幡然升腾。

在现代的摇滚乐中，老墙已无法坚守。春之清韵、夏之热烈、秋之壮美、冬之寒峭早已失尽原先的容颜，海与山已悄无声息地背井离乡多年。铸造灵气的一切，在混凝土和机器声中逐渐枯竭。没有灵魂的老墙，在高深莫测的文明中日渐消瘦。

老墙，一部城市的教科书，把过去和现在的距离缩小成一段墙的长度。老墙，一篇跨越时空的排律，断砖是韵脚，残垣是绝句。

晨曦

清晨，东方黝黑的天际一片混沌迷蒙。我从睡梦中醒来，心却难以平静。我想象的翅膀已随远天的朝霞在浩渺的东海上空穿行，越过层叠的云雾，穿透时间的高墙，去迎接又一个新的日子。我如一个虔诚的教徒，以朝圣的姿态，跨过梦的边缘，向着阳光地带前行。而此时，邻近的居民都沉浸在深深的睡眠之中。邻居的孩子正吸吮着母亲清香的乳液，做着天使的梦，享受着母爱的佑护。

迎着晨曦，多少儿时的梦想，历经20多年的风雨飘摇，依旧在家园的绿荫中寻觅。时光流逝，一个个熟悉的面孔，那些我生命之舟从幼稚驶向成熟、从天真走向深沉、从脆弱走向坚强的见证人，却禁不起时光的磨洗，在这个世界上匆遽而去，化为晚风中淡淡的忆念。他们也曾有过“夕阳无限好，只是近黄昏”的轻喟，而他们那隐隐约约的浅淡的音容，只在篝火燃起的夜晚，在别人追溯往事的偶然时刻，才被人记起，显现在淡蓝色的夜空和满月冷冷的清辉中。

我渴望晨曦的光临，她那样美好，光彩照人，生机勃勃，使我的思想丰蕴，生命盈实。现在，我感到她款款而来的身影了。她藏身在童年的桃花瓣上，她停落在红杏枝头，她歇脚在小草尖叶上变成晶莹的露珠，把清亮带到人间。我确实感到了她的存在。她笼着轻纱般的梦，乘着阳光之舟，穿着洁白的天使的衣裙，轻轻地从静寂的东海上空飘来，脸上漾着处子的微笑，为我洗净日渐被城市污浊了的青年的心。我感觉到她了。原先和我瞳仁一般黝黑的周围的一切，渐渐变得透明薄亮了。

她带来了轻风，我看到她轻轻地掀起我的窗帘一角，向我问好，把洁净的光亮洒落在我的床前，墙根，书橱上。她给我带来了宁静，温馨，光明。让我记起生命的宝贵，存在的美好。她用轻柔的嘴唇吻着城市和乡村的每一个热爱生活的人，轻轻地唤声："起来吧！去投入火热的生活，去上紧生命的发条。"

晨曦来了。学生们排着整齐的队列在操场上做操，军人们喊着口号苦练杀敌本领，群众在自己的岗位上计划着新一天的工作。晨曦真的来了，我听到她轻盈而匆匆的脚步声，我闻到了她的清香，我触摸到了她发际的轻柔。她在召唤我，在告诫我不要贪恋睡床，不要把生命中最美好的晨光耽搁掉。

我迎着晨曦去了。童年的激情又回到我的体内，那日渐枯竭、日渐怠惰的灵感之泉，又喷涌起感情的五彩浪花。充沛而激越的晨光，让我回复到盎然生机的生命的初始状态。我不畏艰途，登越高山，远攀险峰。在晨曦中我感受到了事业成功的喜悦，看到了爱人甜蜜的笑容。生命的真谛亦在晨光的洗礼中一步步升华。

书之于我

每每买到新书，翻开扉页，一股淡淡的油墨香气扑鼻而来，人即为之一振。偶或碰到好书，其间字句，品之不尽的是那蕴蓄着的心灵闪光、冲淡了的深邃思想。于是徜徉其中而致食不甘味。

眼看即将成为一个名副其实的老夫子了，就连老屋床头那本老皇历也似乎嘲笑我了。嗜书如命而致其永远常新。

既然书之于我是如此丝缕不割，于是许多幼稚的书的故事也如泉之水喷涌而出。

少时稚嫩无力的我，常被邻家大小孩威吓而后怕。于书却富足于人家，因此常乐，优越之感顿生。原因是父亲为教师，母亲虽布衣而常教我读书之道。每每有力大而调皮者对书非礼，我虽生性腼腆，却敢为书而破口大喊“捉贼”。因此，常也免不了一顿拳头。

上学后，自不必说了：爱书之如爱己之脸面。老师叫我在书上做个记号亦不敢用钢笔之类浓墨重染，而只用淡而尖细之铅笔做“蜻蜓点水”状！私下思忖：来日方长，等日后用橡皮擦去，不又是一本新书！因此，亦常得父母的夸奖，老师的赞扬，自是亦促进了自己本性的自洁、自爱。此乃书生之功劳也。

入初一未久，有同学激将我。那时，我沉默而自尊，虽弱而不懦，哪堪人欺侮，其时，早已面红耳赤，情急之下，自是撕裂而后快。后来，才知道这是我自己的书。当即泪满眼眶，誓不罢休，乃至老师力劝才罢，而后却一直耿耿于怀。现在想起，不免觉己稚气之可爱，其亦给我爱书之行添一笔亮丽之色。

读的书多了，一年一年积下来，不免堆满了灰尘。从小学到初中，从初中到高中，从高中到大学，书虽“汗牛充栋”，而用之不多，且多流失了，于是爱书之心日淡，不仅在书上画线做记号，而且也敢写几句眉批了。大学的一位老师说，既然用钱把书买来了，就要最大限度地用起来，我实在心有戚戚。窃思：也许这些记号或眉批将成为我读书历史的见证了。既如此想了，也就大胆地写了，一段时间下来，竟也积了些妙语出来。

现在，我之于书虽不常致其新，而书之于我，已到“一日不见，如隔三秋”之地步了。我还离得开它吗？我永远爱书，如痴似醉。

给朋友写信

一个人免不了有孤寂的时候，当暮色渐浓渐深，终于连近处的树影也变得影影绰绰，身旁的一切落入墨般的夜色之中，还不时传来几声鸦叫或狗吠的时候；没有电灯，没有笑声，没有敞室，没有人陪伴身边……这些时候，最好的开脱莫过于给朋友写信。

人的心情是最奇怪的东西，如果你的所作切合了当时的心情，即使这种所作在别人看来是多么的哀怨和缠绵，你都会得到莫大的愉悦和快慰。要想尽快地切入这种心情之中去，最好的办法莫过于给朋友写信了。

当我们的心情压抑、愁眉不展之时，对问题的看法也就少了些偏激和浪漫色彩，反而能冷静地思考一切，由衷地坦露出心里的一切，让人比较真实地理解你并和你平等地交流。有一段时间，我由于受到挫折很自卑，也很苦闷，于是写信给一个平时交往一般的朋友诉说我的烦恼，这位朋友后来谈起说很惊异于我的这种出自内心的自白，他也很感动；而在这以前，他一直认为我是很清高的人，后来我们就经常交流谈心，一直到现在。

工作之余，最高兴的莫过于收到朋友的来信了，看着那新鲜的邮戳，猜测那娟娟秀迹，莫不是人生一大乐趣？

同样，给朋友写信，我永远不知疲倦。

夜深的时候，看案头一叠远方来鸿，脑中就显出一张张真诚面孔，一句句诚挚的话语和那一片祝福和勉励。不知不觉地，我又睁大了那双疲惫的眼。

剪裁的乐趣

在我小时候，我们山村的女孩谋生计的一条主要出路是去学裁缝，做了两年的学徒就可以出师，自己开店挣钱。我妹妹也走了这条路。其实她可以不走这条路的，父母曾一再强迫她去上学，但她还是辍学去学了裁缝。这不得不让我相信了这样一句话：命运掌握在自己的手中。妹妹学得一手好手艺。虽然后由于裁缝业不景气，她没有继续从事这个行当，但裁缝的手艺给她的生活带来了便利。

虽然在小说《百万英镑》中领略过裁缝的虚伪、狡诈，但大体上说，我对裁缝师父是怀有好感的，这或许是妹妹的缘故。她们把一块块不规则的布料变成合体的装束，这与作家的创作极为相像。对作家来说，生活就是布料，一篇成功的文章就是一件得体的衣服。只不过裁缝用的是剪刀，作家用的是笔墨，裁缝以具体形象改变生活的外形，作家以抽象思维揭示生活的内涵，裁缝美化了人的形体，作家深刻了人的思想。

我不是裁缝，也不是作家，只是一个业余的写作者，但我同样能感受到剪裁的乐趣。在深深的思索中，我把我的所见所闻、所思所想积淀成文字。这写文章的过程就是剪裁的过程，我乐于去剪裁。我去剪裁生活。我发现平凡而又凌乱的生活沙滩中，堆满了真善美的贝壳，我一片一片地把它们拾起来，我的身后就是一条充实亮丽的路，我想象有一天，当我年老发白时，翻翻那本厚厚的剪报，我的眼前将充满光明……我去剪裁语言。我想象自己就是一位驰骋疆场的将军，指挥着由一个个美丽的方块组成的千军万马，这些兵卒曾经效力于秦皇汉武、唐宗宋祖的麾下，曾经在易水的岸边被荆轲悲壮地高声吟诵，曾在王羲之的笔下化成流畅的线条，曾在阿炳的《二泉映月》里洒落伤感的月光……我去剪裁思想。我认真地审视着、思考着、寻找着隐藏在生活里的规则。一截秦砖，一片汉瓦，一句唐诗，一阙宋词，都让我思接千载，情通万里。有时化为北冥之鲲鹏，随庄子逍遥出游；有时植菊南山下，与陶潜执杖同行；有时梦中登顶天姥高山，与李太白乘月神游……我的思想因此而深刻，感受着神谕般启示给我带来的愉悦。

在杂乱的生活间隙，我不知疲倦地剪裁着。当我睁开眼睛，看一看身边的世界，只觉得历史的烟雨不过一瞬，我便认真地生活起来，我便尽可能地把我的生活老老实实地记录下来。在记录的过程中，享受着裁剪的乐趣，我乐此不疲。

文章甘苦寸心知

因为工作的关系，这些年来，一直和文字打交道。熟悉的人就说，“你写个文章什么的，不就像探囊取物那样容易吗？能否帮我加工润色……”我知道对方说的是什么意思了，赶快地打住，弱弱地说：“也不是啊，我看到文字就头大呢。”然后，找个借口，赶快溜之大吉。

外人看来，为文写字，整天坐在办公室，动动笔就行了，多轻松。可有谁知道，整天和文字打交道的人，大有落入文字陷阱不能自拔的苦衷呢。且这些文字，大多是代人捉刀、奉命作文的“八股文”，其要求却不低，立意、结构、布局、用词，均得细心经营。特别是那些用于经验交流、重要会议的材料，更要精雕细琢，不仅要立意高，还要做到“言人之未言，道人之未语”，若能追古尚今、雅俗共赏则更佳。最怕写那些素材不足、例子缺乏的文章，但即便如此，也要绞尽脑汁，直到各方满意为止。就像寺庙里的素餐，虽以平常的菜蔬瓜果为料，也要做出个十二分逼真的鱼肉虾蟹、山珍海味来。凡事都道熟能生巧。而写字作文却不行，即便是例行的文章，也非得重起炉灶，用上新鲜的语汇。曾羡慕办公室的文书、档案室的档案员，收文发文，直来直去，多好。

八股文写多了，头脑不免有僵化之虞。事实上也如此，每每看到一段文字，总要先看看逻辑是不是合乎常理；再瞧瞧文句是不是通畅妥帖，标点是否点得正确，几成职业病。轮到自己写来，更是如此。樊篱既多，也就没了先前天马行空为文的畅快了。写出来的文章，不免如老夫子的脸孔，方方正正，自觉了无生气。这并非我之所愿。因为一直以来，在我的内心深处埋藏着一个青涩的文学梦，只不过时时被掩埋于琐碎中，藏匿于物象之外。细细想来，这梦发端于初中，发酵于高中，大学时得到了热烈的实行。那时参加文学社，与一帮诗朋文友交流切磋，编刊，印刊，忙得不亦乐乎。毕业后在乡村中学教书，边战战兢兢履行职责，边继续着青葱的文学之梦。当写的小文在当地报刊发表，会兴奋好几日。2000年初，我作为市文学协会的一员，经常参加笔会和采风活动，能经常见到当地的文学前辈和新锐，每每获益匪浅，写作的热情也就很高涨，发表了不少文章，尤在《台州日报》华顶副刊为多。

在写作中，常常也会有这样的经验，写着写着，心里就变得一片清净澄碧，那景清新，那情沉郁，那境幽美，那美好的情意就慢慢地在心头漾开，轻轻地在笔下流淌。当罢笔束手，竟不知时光已这般流走无痕。此时，方才未落的夕光已变成沉沉的暮色，窗台外的景致，渐渐地模糊，有几家的窗口已现出了昏黄的灯光。

而今随着年龄的增长，有了更多家庭的牵累，思维日渐地迟钝，年轻的棱角已渐磨平，一切都看淡了，平了，有时提起笔来，枯坐无言；有时，虽然有了好的想法和题材，却老下不了写下来的决心。眼看着博客上的日期一天天向后退去，而更新的文字却没几个，那负罪的感觉日甚，内心就更急了。这个时候，总会有一个声音在催促："快拿起笔啊。"也因为这，这些年来，我的写作虽然因工作或自己的偷懒而时有中断，但每年总会有若干新鲜的文字在墨香中与我见面。

细想起来，为文之路充满了艰辛，那青灯枯坐的寂寞，那等待灵感的绝望，那字斟句酌的煎熬，那石沉大海的投稿，无不考验着一个人的耐力。父亲可算得上是我最坚定的支持者和忠实的读者，每有文章发表，他戴个老花眼镜，认真地读起来。即便是现在，他还常常问我，"最近有什么文章登了吗?""没有。""很忙吗?"这时，我便会显出不屑的神情。而母亲每每就要责备父亲，"军都这么忙了，就别辛苦了。"而每当我有什么文章获奖或发表了，母亲和父亲一起为我高兴。这个秋天，经不住父亲的问起，以及心头的那份挂牵，近一年未提笔的我又尽心地写了几篇文章，并在10月下旬整理了3篇寄了出去。其中一篇已在晚报上刊登，另两篇也都有了着落。当父亲得知这个情况，我感觉到电话那头的他，脸上已溢满了笑意。

“文章千古事，甘苦寸心知。”多挤些时间，多写些文章，留下生活点滴，留住时光印痕。同时，争取多发表，这算是我送给辛苦一辈子、华发早生的父亲母亲一份不算礼物的礼物吧。

方城路边一串红

水仙花

餐桌上的那盆水仙花开得正盛，青花的瓷盆，配了那青葱翠绿的叶子，即便不用开花，也显得娴静雅和，何况现在一支支花箭争相吐蕊，送来阵阵芳香。

这盆水仙花是在春节前买的。那天下午，朔风扑面，在前溪的东门桥边，一对父女正摆着一摊水仙花在等待着顾客光临。看样子这是临时的摊点，不是长久的买卖，一者水仙花是季节性极强的花卉，再者那对父女也似乎对做这水仙花的买卖不是很在行。那父亲斜背着一个挎包，一脸的憨厚，全无商人脸上常有的狡黠和活络，正忙着侍弄地上的水仙；那小女孩，八九岁的样子，很可爱、很热情地在招徕行人："水仙花8元一盆，快来买水仙花啊！"我已好几年没买过水仙花了，水仙易养且美，况且女儿正在学国画，也应该给她多增加一些有关花卉的感性认识。我正想着，才一驻足，那小女孩马上送了一盆过来："拿去吧，拿8元钱来。"似乎容不得人半点的消停。我趁机和她开玩笑，给她出难题。见她有点急了，才笑着要了一盆。边上有一个顾客要买一棵散装的，问多少价钱，父亲回答："7元。"那小女孩马上以嗔怪的口气说："是6元，不是7元，妈妈不是说卖6元的吗！"父亲一时语塞，只是微笑。顾客把钱给那小女孩，小女孩向爸爸要了零钱找给顾客，然后就据为己有了。爸爸说："怎么就自己拿去了？""那当然，是我卖的呗。""那也至少要还给我成本钱啊。”我们这些路人都被眼前这对幽默快乐的父女逗乐了。我猜想，这个家庭一定很和睦。丈夫承让着妻子，妻子在家里虽是权威却也贤惠，孩子又很自由率性地发展。也许是因了这小女孩的热情甜美可爱，也许是因了给即将到来的春节增添些喜庆，人们纷纷围拢过来买水仙花。我到了家，把水仙从塑料袋里亮出来，女儿自然很是欣喜。她抚叶加水，问这问那，忙得不亦乐乎。她期望着那水仙花早点开出美丽的花朵来。

水仙花对我来说并不陌生，有过好几次亲密的接触。最早是在高中时，那时有劳技课，有一次教劳技的刘老师给我们详细讲解了水仙的历史、产地和特性等。令我印象深刻的是雕刻水仙的演示，说是通过雕刻，可以改变造型，还可控制开花时间，这可是很新鲜的知识。在江厦中学任教时，我也养过一回水仙，那时我住在教学楼楼梯顶层一个不到10平方米的小阁楼里，边上就是我任课的教室，于是常有学生光顾，桌上的那盆水仙自然成了蜗居的亮点，当春风拂过，水仙就会摇曳出美丽的倩影，引得学生们的赞叹。一转眼，十几年的时光匆匆而过，那些曾到过我寝室的正值豆蔻年华的学生，现多已成家立业，有的远走他乡，自我们分别后，大多都是至今未见了。

这个春节，我们举家在乡下过年。出发前，我把水仙花放在阳台上。女儿问为什么，我说，水仙花如果没有太阳照射，她的叶子会变得瘦长，就难看了。春节过后回来，水仙花的花茎已从叶丛中抽出，高于叶面不少，并有了花苞。再不久，那些花箭，像变魔术似的开出了白瓣黄蕊的花来，那就是“金盏银台”了！先是一朵、两朵，再是三朵、四朵，后来变成一丛丛了，大有宋代黄庭坚“凌波仙子生尘袜，水上轻盈步微月”的意境。每每从室外进得房间，就能闻见一屋的幽香！妻子和女儿都说这水仙花长得好看，而我，除却了那所看到的所闻到的，还历历所见购买时的情景，似乎还能听到那小女孩银铃似的童稚的叫卖声。原来我所买到的这盆水仙，不仅仅是一盆水仙，还有那种谐和轻松的气氛，以及由这水仙勾起的一串串回忆。

春节期间，同事也置了一盆水仙在办公室，虽然开得早，也盛，终究感觉还不如我自己买的这一盆好。我想，一个人对于一种花的喜欢或挚爱，除了它的外形和色泽，应该还有凝结在其中的一些情结，比如一句古诗，一个故事，一份心情，一种顿悟。就像我们内心对老家怀有的那一种难以割舍的深情，是因为那里面掩藏、散落着我们许多点点滴滴的陈年往事。

无患子

办公大楼北面有两排停车位。从我办公的12楼看下去，那些停车位整齐划一，就像一个个方正的盒子，它们或空着，或装着各样的车子，显得多少有些单调乏味。然而，去年开春前种下的那两排无患子却给这一溜地带增添了不少生机。

记得是前年12月的一个星期天上午，天下着蒙蒙细雨，去办公室途中，忽见大楼与那停车位间的车道上停着一辆大卡车，几个园林工人正把一棵棵碗口粗的树从车上卸下来，而停车位间原来种着的两排樟树都不见了。是要换树种了吗？不由想起刚买轿车时，夏日下午下班后去开轿车的尴尬情景：车被烈日晒得像个烤箱，一拉车门，就像打开了潘多拉盒子，里面的热浪汹涌而出，不得不把四个车门都打开，等车里的温度降下点后，才敢坐到车里。更让人纠结的是要不要开空调，不开的话，太热，像坐在蒸笼里；开的话，车内温度还未降下就到家了，太不经济、不低碳了。那时多希望边上那些樟树多些树荫，而今眼看樟树长得稍有点样子了，而且樟树也算是当地的市树啊，怎么又要换树种？又想起前几年人民路上的那些浓荫密枝的梧桐树被换上了新树种，那新换上的树虽然贵重且常绿，但遮阴效果极差，成长也慢，夏日里，人们只能边走在让烈日暴晒得发烫的大街上，边怀想昔日那一街的浓荫。于是，我的内心不由显现出一丝排斥的情绪来。我凑上前去问一名园林工人。“师傅，这里要换树吗？”“是的。”“为什么啊？”“不知道。”“这树叫什么啊？”“无患子。”我知道他们只是做事的，赚点体力钱而已，也就没再问了，但无患子这个名字却是记住了。并想，无患子到底是怎样的一种树呢？

于是我默默地关注起这些无患子树来，每次车进车出，我都要打量上几眼。而它们总是屹立不动，就像坚守岗位的哨兵，恪尽职守。冬尽春来，那些树克服因迁移而损根断枝的痛楚，艰难地萌出了绿意，但春天很快过去了。在夏天，那枝叶似乎还在伸展，它们用并不茂密的绿叶遮挡炙热的阳光。而最让人欣喜的是在秋冬时节，随着气温的降低，那些无患子悄然换了装束，每一次冷空气的来临，它们都要换一身不同的色彩，嫩黄、浅黄、鹅黄、橙黄、橘黄、金黄、褐黄，那是饱含生机的黄，不是暮气沉沉的黄。特别是那一片金黄，真是赏心悦目，难怪其又有黄金树之称，让人不由想起“冲天香阵透长安，满城尽带黄金甲”的诗句来。也许是江南的地气使然，那些无患子的叶子大多能熬过大半个冬天，直到深冬，才在风中飘落。此时，我才注意到那些直刺天际的枝丫上，竟然挂有一颗颗桂圆样的果子。那果子点缀其间，在高天的背景下，成为一帧剪影，像大师笔下的国画，显得风雅俊逸。还有一两棵的枝丫间竟然还筑起了鸟巢。那光秃的枝头顿时生动了起来，有如人生的末段，有子孙满堂，抑或硕果满枝，岂不是一个圆润丰实的人生。

我把无患子指给女儿看，女儿问为什么叫无患子？我原臆想其因果子繁多而有其名，不想一查，才知并非如此，相传以无患树的木材制成的木棒可以驱魔杀鬼，因此名为无患。资料说，无患子“原产我国长江流域以南各地以及中南半岛各地、印度和日本。”“喜光、稍耐阴，抗风力强，生长快，对二氧化碳及二氧化硫抗性很强，是工业城市生态绿化的首选树种。”此外，它亦被称为洗手果、肥皂果树，那果皮稍一揉搓就能产生大量的泡沫，可制造天然无公害洗洁用品，现在日本、韩国、美国很盛行。这使我想起了童年时大人们用一种山上采摘的树叶或乳白色果子洗头的情景，难道那圆果子就是无患子果实吗？老家的山地上也生长着无患子吗？到冬末，满地都是无患子的落果，我捡拾起来一看，果然像童年见过的那样。拿去问母亲，母亲说："那叫桂圆皂，早时没有肥皂，就用它来洗衣被的。"

认识了一个新树种，就像结识了一个新朋友。每当走进自然，看到它们，就像在陌地碰见了熟人，内心倍感亲切和温暖。遗憾的是，老家乡野里，那些自小和自己朝夕相处目遇的植物，就像这无患子，大多叫不出名字来。每次在老家村头再见到那些长久默默静立，像是在等我回家的写满沧桑而依然青翠的大树，除了感动，就因不知其名而心存愧疚，也更谈不上说与孩子听了。因此对当地建植物园的期待也就愈加迫切了。

过了这个残冬，春天就到了。我期待这个春天，那些无患子树在春风春雨的滋润下尽情地发芽吐绿，蓬勃地生长。

窗台上的番薯藤

推开北窗，窗外小山上的那片绿色不知何时已是如此深浓了。

前些日子，一阵紧似一阵地下着雨。而当雨尽处，这夏也就倏忽而至了。就像人之将至中年，上有老、下有小，奔忙中，不知不觉间，就踏进了中年的门槛。

毕竟已是初夏，阳台上那几盆刚种下未久的番薯蓬勃地生长着。

这番薯是去年秋冬时节母亲特意给我留的。煮饭或熬粥的时候放些进去，整锅的饭粥都迷漫着淡淡的清香。有时，也会拿出一个来，用刀削了外皮，学着儿时那样生吃，顺便招呼女儿来一起吃，女儿或是尝一下，或露出很委屈的表情，我也就作罢了。我们开火的次数毕竟不多，生吃也只是偶尔为之，加上妻又不甚喜欢，所以那一扁丝袋的番薯，最终剩下了八九个。既然没了别的去处，这些番薯，也就在不知不觉中留了下来。

过了时令，番薯就不宜再食用了。妻知道这是老家的东西，我是不会轻易扔掉的，就在打扫的时候，把这些番薯移到箩筐里，放在客厅的角落。随着气温的升高，那番薯渐次钻出了粉嫩的芽，这让女儿很是惊奇。那芽苞起先是一棵、两棵，后来越长越密，越长越多。因为长久裸露且没有水分补充，有几个现出风干的症候。于是在一个暮春的周日，我把窗台上荒芜已久的花盆，一个个搬到了阳台上来，与女儿一起，把那板结成块的泥土重新松动。然后，把这些番薯一一种到花盆里，再浇上水。有了泥和水的滋养，那芽就长得欢了，几乎一天一个样，这让女儿很兴奋。过了几天，父母来看我们，看到阳台上这些特殊的花，也很惊奇，说：“今年家里用于做种的番薯都烂了。”我说：“那就把这些拿去吧！”但最终他们没有同意，他们怎会扫了他们亲爱的孙女的兴呢。

现在窗台上的番薯藤长势正旺，可以剪了来扦插了，但这小小的阳台上，哪有插播的地方呢？剪了来送老家去吧，又怕母亲说这几株藤条，哪抵得上这来去的汽油费啊！于是只能让这藤长着，装点我这初夏的窗台。也许对面的人家会说，你看这家人，种了这么多年的花花草草，从未见这么浓密的绿色，今年的算是种得很出色了！他们哪里知道，这是来自老家的物种，是我在童年就熟稔的老朋友，她们既然来了，当然要为我增点绿、争点光了！

方城路边一串红

方城路其实是一条普通的路，两旁拥挤着高低错杂的房屋，水泥筑成的路面有几处皲裂得厉害。方城路也不长，始于虎山脚下，经温岭市政府门口，至万寿路口，不过几百米。然而它又不是普通的一条路。据《温岭县志》载，在明嘉靖年间，"因沿海倭寇猖獗，集资筑城""因城呈方城，故又有方城别称"。路以城名，这就是方城路所引以为豪的。踏着斜落的夕阳，轻叩这片沉静的泥土，人的心头就会涌起沧桑沉浮的感觉，这恐怕是老温岭们心头挥之不去的怀乡情结。

因为我的居所就在方城路的左近，我与方城路接触的机会就多了。比如去市政府办点公事，比如带朋友去虎山公园散步，比如去虎山晨练，都要经过方城路。走在方城路上，一边聆听着岁月缓缓流逝的蛩音，一边感受着现代文明带给人的日渐强烈的压抑感，自己就像跌进了一个充满矛盾，又充斥理性的世界。

这种感觉有时让人觉得过于沉重，老街也仿佛懂得行人的心思，就在路边给行人献上了一片血红的一串红，给这灰暗的底色以鲜亮。一串红我家种过，这花整个夏天，整个秋天，乃至大半个冬天都不凋谢。关于一串红，《辞海》里载着："萼钟状，与花冠同色，花冠脱落后，萼筒能保留较长时间。"也正是由于这些特性，在城市里，到处都有一串红的身影，无论是公园里，花坛上，花盆中，还是阴暗潮湿的街角，都可见她与风共吟，与雨唱和，与月共舞的倩影。据说，一串红原产于南美洲。这让人倍生敬佩之心。不是吗，这个来自另一个半球的物种，她们不是没有美丽的资本，却默默地坚守着一墙一角，一瓦一钵，开花结籽，生生不息。一串红，处优不骄，受屈不馁，落地生根，入乡随俗，那是多么美好的生存状态啊！而同样是外来物种，紫茎泽兰、凤眼莲（水葫芦）、空心莲子草却疯狂地破坏当地的生态环境，成了人人喊打的“过街老鼠”。方城路犹如一个风烛残年老者（说不定有一天它就会消失于我们的视野），而一串红犹如一个正值豆蔻年华的姑娘，他们的相处却是极为和谐的。

日暮之时，我常以入禅的心情去方城路走走，听听历史老人缓重的脚步，看看那火红的一串红，享受心灵顿悟的快乐，那颗日显浮躁的心也就变得平静了。

那棵银杏

因为搬迁，2006年12月我们离开温岭市政府旧楼来到新大楼，而对老市政府的忆念却并未因时光的流逝而消减。虎山的晨翠，方城路的夕照，仓后街的沧桑，大院内那随处可觅的沉淀着时光印痕的楼角墙隅，以及人声与夜静相杂的清幽走道，还有自己那份初入大院时的欣然和别时的怅然，都那样鲜活地藏于心头，并不时地涌现。尤其让我挂念的是大院东侧门边的那棵高大挺拔、俊朗古朴的银杏，不单是因为那银杏有140多年树龄，也不单因为我曾经每天在她下面至少两个来回，更是因为闻说她脚下的土地要给方城小学建体育馆，她何去何从？

记得去年秋的一天，我经过大院东侧门，禁不住拐了进去。只见那银杏树周身被草绳层层缠绕着，四周直立着高高低低的木桩，上面环绕着黑色的遮阳布。看样子，这些都是为着搬迁做准备吧。但她的新家会是哪里呢？真希望这银杏不要走远。

直到临近冬至的一天，在《温岭日报》上看到一条叫"百年银杏'搬家'了"的消息，旁边是一幅现场搬迁的图片，那文字说："昨天上午10点多，在众人关注的目光中，三辆吊机'站'成稳固的三角形，三条起重臂伸得老长，'吱啦啦'一阵响后，一棵20多米高、胸径80多厘米的树被吊离地面，慢慢移向50米开外的'新家'。"据说，搬迁这棵银杏要花40万元钱。这才知道那棵银杏真的搬家了，而且没走远。

当我在一个冬日雨天，绕过那堵满是爬山虎的老墙，再次走进熟悉的东侧门时，眼前的景象比起前一次显得单调多了，没有绿，一片黄。

原先那银杏树下的青苔满披的井台不见了，常见有人在这里洗衣的水槽不见了，那眼染着时光脚印的老井不见了，银杏树边上破旧的宿舍不见了，稍远处那幢我工作了两年的办公楼不见了，那楼前曾经苍翠着的其他的树：高大的水杉（其中一棵还是被雷劈后生存下来的）、形态严谨的柏树、生长在道旁低微朴实的冬青……现在都无处可觅，就连那条深夜加班后走在上面会因不平而发出钝响的石板路也几近消失了。我的心头顷刻装满了寂寥和失落，只有那一堆还没有清理完毕的断砖碎瓦，还标示着这里曾有的光景。

我终于望见了那棵银杏树，远远的，她立在那个操场的角落，孑然一身，那些昔日俊俏的枝干，早已被锯成一截截圆棍样，费力地伸展着。银杏是植物王国的"活化石"，是多年生落叶果树，又叫白果、公孙树、鸭掌树，是中国的特产。银杏寿命很长，有很多树达千年以上。郭沫若在《银杏》一文中深情地说："我怕你一不高兴，会从中国的地面上隐遁下去。"现在，我也为这棵老树获得新生而欣喜。也许移栽后的银杏会显得丑陋，但丑一点又有什么呢，只要能活下去，当春风吹来，又会是满枝的新绿。

像许多小朋友一样，女儿也很喜欢银杏树，喜欢拾像小扇子一样精致的叶子。女儿下半年就要在方城小学读书。也许她会在那棵银杏树下和小朋友们玩游戏、捉迷藏，秋天的时候，还会捡拾着那掉落的银杏叶，和同伴们比着叶片的长短大小。女儿是比我幸运多了，我从小长在山村野岙，童年无缘与珍贵的银杏相识，而女儿可以时常与银杏相伴。也许有一天，等女儿长大时，我们父女会再到这棵银杏树下，各自回忆着与银杏有关的故事，不再无端地为一棵树而落寞、惆怅。

一束山花

那是个让人慵倦的下午，一个人在乡下老家那间空旷的房子里醒来，再也没有睡去。才是农历年正月初七，记忆中就只剩了几声爆竹的清响。老家屋檐下的红绸带哪里掩得住我内心深处的失落和随着年龄的增长已渐渐散淡的过节的热情。我只定定地看着对面那束斜插在衣架上现已枯萎的野花，像看着凡·高作品中燃烧的色彩，要读出其中“咕嘟咕嘟”冒着热气的神韵。看到这花，我想起了六七日前和女友一起上山采摘的情景，心里充满了温暖。女友是个快乐的人，她那甜蜜的笑容常常感染我，让我感受生活的轻松和愉快。我也因此而格外地感动，加倍地珍惜。这次虽是小别，我却理解了诗人所说的思念像一股浓淡相宜的水流之类的诗句。我不知道这些年来孤身一人的日子是怎样过的，是否经历中有了与另一个人共同生活的历史，就再也回不到从前。牵挂就像一只无形的手抚慰思念的枝条，长满春天的嫩叶。我相信民间的说法，其实，月老的红线早已把我俩的双脚系上，这么多年只是我们各自忙着各自的生计，直到现在才让我们相识、相知、相爱。

这一年一熟的野花可有岁月如流的意念？我是有的。农历年就像一道门槛，宣告了生命的逝进，让人蓦然惊觉。这是一个醒悟和自责的过程。孔子说：吾日三省吾身。回望我们从容走过的路，许多因怠惰和疏忽遗留下的遗憾那样显眼，生命的某一环节上从此有了抹不去的污点。当我们能够坐下来冷静思考，展望未来的路途的时候，我们是否需要提醒自己：在高歌猛进的激昂中，留下一个属于自己、亲人和家庭的角落，用来容纳一份挥之不去的牵挂，一份更为广泛的义务和职责。在广阔的生活空间中，面对眼花缭乱的世界，我们要选择坚定地前行，用信念和热情抒写还未到来的下一章。

现代社会的千变万化，新鲜事物的层出不穷，时时改变着人对世界的看法，人生之于存在的意义，拓展开新鲜的层面和内涵。我们的思维之光会在飞速运行的时光轨道上，划出深深浅浅的轨迹。然而，人作为一个现实存在形态，注定是物质世界的一部分，他依附于别的物体而存在。他摆脱不了哲学家犀利目光的无情解剖。他是孙悟空金箍棒和火眼金睛下的原形体。造物主是公正的，他要让绝大多数生命，在匆匆体味人间冷暖之后，不留痕迹地消逝于宇宙时空中。而对于那些原本可以把欢歌和享乐留给自身，把苦难和付出抛给别人、抛给社会，却选择了提前支取生命，甘于在苦难中为社会、为民族、为国家、为民众经受煎熬，在孤寂的创造中为理想涅槃的人，他让他们的人性得到了空前的张扬，成为后人膜拜的圣贤。是啊！凡尘中人，又有几个人愿意在安康舒乐的日子中抛妻别子，刻意去奔赴捉摸不定的身后事呢？我们只能在历史的屠斩场中奠祭高尚的灵魂，以之来自省。

冷观前面的那束来自山野的花，她的花瓣已落，叶子已蔫，她的生命已经结束了，但不改的是臧青的颜色和花草的姿容。她是眷念着山野的风声，山野的清寂，山野间泥土的芬芳，还是惦记着“化作春泥更护花”的使命呢？我忽然想到一句诗：草木有本心。古人又云：“树犹如此，人何以堪？”我且记着这一个下午的怀想。如有可能，把这山花送归自然的怀抱。

别离是世间永恒的法则。注视一束枯萎的山花，就像注视一株大树，我看到了生活的本真，懂得该珍重什么，珍爱什么。

北门街的樟树

居住在北门街，就像傍着一条河。在这条被樟树的浓绿浸染的河上，我的岁月之舟在她上面无声地飘过。常常有这样的想法，江南的寒冬始终让人觉得意犹未尽。我想，是因为江南拥有很多像北门街的樟树那样经冬不衰的树木，时刻用满披的绿枝装点风情万种的江南。

当太阳告别南回归线，我听到春天的脚步率先在北门街的樟树上响起。历经冬寒的叶子在松动，然后带着满足跌落在绿意如水的风中，在街衢上堆积秋天的绚丽。而几乎在同时，我看见她们的枝头浮起了嫩绿的叶芽，像一个个婴儿用浅浅的微笑博得大人的爱怜。燕子来了，小鸟的啁鸣密了。北门街成了一个盛装的海洋。地上是浓得化不开的经霜的樟叶，在春风中欢歌。而樟树孕育新芽，舒展新叶，含芳吐翠。嫩黄，翠绿，粉红，深深浅浅，浓浓淡淡，像一群散发着青春气息的出浴少女，摇曳出人们多么美好的遐想。这实在是一幅动人的图画，生命的消逝与创造，构成那么强烈的对比。而且，这不是在森林，而是在城市，在普通的北门街。

当春天逐渐占据了江南的角角落落，北门街的樟树变得沉稳了。这里，是绿的世界。曾有的稚嫩都被成熟代替了，而所有的跳动都在早晨的阳光中沉淀：安静。在人类忙碌的身影之外，北门街的樟树迎来了一个热烈的季节：夏季。等待她的也许是台风，暴雨，骄阳。《诗经》说：七月流火。不经意间，我又听到夏的脚步声在樟树的枝杈间响了。

我在黎明中醒来，听到北门街那边传来了麻雀的叫声，画眉的叫声，白头翁的叫声，还有许多不知名的小鸟的叫声……那是北门街的骄傲。我知道这一切都源于北门街有很多很浓很绿的樟树。此时，她们如我，刚刚告别了雨露充盈的梦境。我从梦境中走出，在清晨的流岚中，迈步在北门街的樟树下，眼中只剩下一种颜色：绿。那是最美丽、最妥帖的城市的颜色。

文竹

寒冬已经到来了，我阳台上的文竹依然如刚买时那样青翠可人，却多了一种生命的倔强，可以想象她在维持着绿色的尊严。她营造出了一种让人感动的气氛。

记得刚买来的时候，是在初春，那时我的脑海里只有学生时代亲手培植而被人顺手牵羊拿去了的文竹的身影。因为惋惜和无奈，所以一直想有一盆文竹，翠翠的、柔柔的、芬芳的，装点我的阳台和我平淡的生活。直到今年初，我拥有了这样一个朝西的阳台，才遂了我的心愿。

那个时候，乍暖还寒，南下的燕子还未回访江南的暖巢，杨柳还做着绿枝满披的梦。而我却在春风未及的城市一角，拥有了春天，我的陋室也因文竹而美丽。她的绿色虽然仅有那么一丛，却如生命的火种在我的书房里燃烧，点亮我夜航的船，送我一程又一程，让我在书山文海里漫游。她犹如一颗翡翠，照彻四壁。她为我过滤去碳味十足的呼吸，静静地和着孤灯，伴我到深夜。在我那几个最难挨的日子里，我已分不清白天黑夜。然而，有了光和绿色，这世界就永远澄清碧亮。

我不禁肃然起敬。然而，在那个6月的午间，我曾认定我的文竹就是瘦弱渺小的代名词！她纤弱的身影，几乎被6月太阳一点点蚕食殆尽。她那微弱的绿，哪里比得过室外那生机盎然的绿的世界。你看，森林绿得巍然可敬，行道树绿得洒脱自如，山涧藤蔓绿得娇态可人！而文竹，只能吐出一点让人心软的可怜的绿。因此，我很长一段时间漠视了她，让她自生自灭也罢。我忽然想起了儿时读过鲁迅的那篇文章，当

“我”看到车夫把“伊”扶起时，“我”忽然看到了车夫的高大，也看到了自己的堕落。那是一种多么刻骨铭心的自剖啊！唯“我”之崇高，才能有“剖”己之深刻。哲人说，世间万物都是通人性的，我当对文竹致以歉意和谢意。然而文竹依然无语。

我默然了。对于文竹来说，你即使用最恶毒的语言咒她，用最冷漠的态度待她，她依然能承受冷遇之重，在春天里吐绿，在夏天拔节，在秋和冬酿造成熟之美。你也可千百遍地向她道歉，以求良心上的开脱，而她依然沉默。这是一种让人崇敬的风度。如果我们每一个人都能冷静地面对别人无知的恶意，平静地接受别人真心实意的忏悔，我们的社会也就大大地进步了。无论是对孩子还是成人，这都是一种重要的生活氛围。

临窗的梧桐树

刚来这里，是去年秋天。蜗居的北面，隔着一条清浅的乱石铺底的溪流，有一株梧桐树，和乡村常见的梧桐树一样，枝枝节节的，缺少像杉木那样痛快淋漓的长势。我的心平静了，我不再指望窗外能有一片绿树浓荫伴我度暑。

虽然如此，那树依然挡不住春风的呼唤，不多久，已不见先前那一身猥琐和别扭了。那一面面宽大的叶子，不知是何时长成，它们阻挡夏日灼灼的热光，却泛着一层油亮的淡青色，似一个谦谦君子，且那样精神。每到雨天，听梧桐滴雨，别有一番思古之幽情，想那古人唐明皇，堂堂一国之主，当梧桐滴雨时，却也止不住清泪涟涟。

更妙的是每到农历之望日，三五月明，那梧桐扶疏弄影，愈发显出无穷的好处。常有三两闲人，从对面的老屋里踱了出来，掇条短凳，摇把棕榈扇子，月光下彻，树影憧憧。这些人中，多为白发老者，他们心里不知藏匿了多少的世事掌故。只是那些孩子们，看惯了电视里的卡通，已无心听那月宫里的嫦娥和守桂吴刚了。老人们在无奈中轻叹。梧桐轻轻地在淡风中摇落倩影。这一切，又让我想起小时候老屋旁边那几株苍老的梧桐来。而现在我已远离了童年老屋，再也不见他们的音容了。

在没有月亮的晚上，远方晚睡人家的灯光，会把梧桐的影子投在我蜗居的粉白墙壁上。忽而微风一起，它就会把自己的倩影，化为一串动人的诗句，勾起我种种的联想。它们多像一个个跃动的精灵！叶和枝共同组成了一幅灵动的图画。微风弄清影，淡淡入梦来。每当夜梦中醒来，百无聊赖中和梧桐的倩影对语，也是一大乐事。

暑假刚一结束，我迫不及待地推开窗子，视野里再没有那片浓荫了。只有那光秃的树干，正伤痕累累地伫立。看远方的梧桐还绿意正浓。它们是被砍伐了。可能是台风的缘故吧！我不禁愀然心痛。

我希望明年，再见那片浓绿。

童年拾柴

转眼秋至，这个江南小镇街道两旁梧桐树的叶子渐渐消掉了鲜亮的绿意，有几片已枯黄了。冷风还没有起，树就开始把不安的信息向四周传递。隐约间，我似乎看到昨夜之灯，在苍凉暮色中的梧桐树枝叶间亮起来。我看到童年的我从树间走来，忧郁的眼神中带着一丝满足和快乐，后面跟着弟、妹，硕大的篮子里装满了枯枝残叶。

我是一个易动感情的人，尤其当回忆起小时候的点点滴滴，这不，我又忆起那如缕如丝的童年往事。那时，因为地里活儿多，父母忙不过来，我和弟妹每天放学后就得帮家里做饭。要多少番薯丝、多少米，多少水，都得自己把握。我们站在凳子上，倚靠着灶壁往锅里下料，努力安排妥当每一个细节。没有鼓风机，只有一个笨重的木制风箱，但常常漏风。为了使灶膛里的火更旺，就得不停地用手推、拉风箱，向灶膛里送风扇火，一会儿胳膊就酸了。歇一会儿，拉一会儿，煮一顿饭非得三五十分钟不行，累得人心身俱疲。烧饭时间的长短，主要取决于一个关键因素：柴。

由于我家的山薄，出不了多少柴，不够维持正常的烧饭用柴。因此常常是母亲利用工余时间，我和弟妹利用课余时间，去路边割些柴草、拾些枯枝落叶什么的，以解决柴火不足的问题。每到秋冬之交，去野外拾枯枝枯叶，我们都是自愿且挺兴奋的。一者拾多了可得父母的表扬，二者烧饭时可省却不少时间。因为枯枝叶易燃，火旺，烧饭时间自然就短。不像在梅雨季节，柴火都湿漉漉的，烧了半天，锅里还没见动静；也不像稻草，出不了多少火，烟却很浓，有时一阵风逆着烟囱下来，呛得人不住流泪；也不像枯番薯藤，它们紧紧缠绕在一起，得边烧边用柴刀砍，让人心烦。而父母历经苦辛从自家山上砍来的山柴，火力虽猛，也易燃，却有刺，常常扎到我们的手。因此，枯枝叶成了我们的上等好柴。至今，那拾叶的情景我还记忆犹新。地上的枯叶拾尽了，我们就拿着长竹篙向树上的枯枝枯叶尽打尽打。直到篮子装满了，才回家。先让妈妈过目，然后“息里索落”地把枯枝叶倒在灶间。那些枯枝叶特别易燃，毕毕剥剥地在灶膛里响着，一会儿就把饭烧熟了。常听母亲说起，我在5岁时就独立地烧出了第一顿饭，让我感到自豪之极。

现在想起，我们对于劳动刻骨铭心的体验，可能最早就是从到野外拾枯枝叶开始的，它让我们认识到了劳动的价值，懂得要珍惜劳动的果实。至今，我还十分留恋我那常到野外拾柴的童年，我们在极其朴素的教诲中，带着为家庭分忧的喜悦走上人生的旅程。

苔之魂

绝不仅是潮湿的象征，我生命之律动曾于苔而奏出一个强的音符。

丝丝泉涌的地角，苔只不过是褐黄里的一丛青绿，受人青睐的只是那一汪如涌的泉流。然到了泥干石燥，只有苔，干的躯体仍点燃人的希望，深刻着有水的日子，苔于此而永恒。

在我的想象里，苔是老屋斑驳历史的完美装饰。在老屋陆陆续续被推倒之后，苔的深绿已失去了许多暖色的回忆：含情脉脉，情意绵绵。这一切诗一样的句子，梦一样的情怀，只刻在老人将要作古的脑里，沉在年少者记忆的底层，而我之于苔，却如隔世之感情，虽丝缕然不绝。

又是清明，又是谷雨，在水痕斑驳的流动里，三月的雨浇洒着砖墙和岩壁，三月的雨精心沉积出一缕缕如丝的苔来。而世人，或为雨迷了眼，或是激动于春之于冬的大解放、大解禁来，只在朦胧的脑境一隅里，迎来活力迸发的青苍的苔。

雨季过了，苔在枯干。拨开干死的苔层，仍有许多生动的苔之种在蠢蠢欲动着。下个雨季，又有一望鲜绿，如墨、如泉涌来，于眼帘处幻成一汪碧瀑。

苔，苍老着山的深沉，点缀了生命的浓重。至于其干死，火亦难燃。我甘愿是一簇野苔，沉默于斯，奋斗于斯，默默地生，不屈地长。而后带一个青苍的梦，告别缺水的日子，去另一个世界。

藤

一根藤，生命的触角，在夏日最热的时刻，努力地伸展，用它稚嫩的触须爬行，像一只钢铁的飞爪。它要攀上藤架，远离鼠类的噬啮，远离地虫的吞嚼。攀上去，一点一点地。

它幻想藤架舞动的姿态，那种在台风中倾倒的形象，那种坠地的悲壮。

藤架在剧烈地惊颤，藤的触须千百次地滑落，那种被击的感觉乃是一种弧形的畅想……

依然用卷曲的蓄势，把生命的果实送上一个临风的高度。

寂寞玫瑰花

那是一个静寂的角落，阳光断断照不到这里，即使满天的彩霞披上光芒四射的鳞袍。这里盛开着一朵硕大的玫瑰花，可城市的高墙挡住了她的美丽。

在月光如水的夜晚，从高墙的那边传来情侣们软软的细语、轻碎的脚步、缠绵的呢哝……像雨季的水笼着青纱的梦从墙的那边漫过来。虽然严寒的冬季还遥远，可季节的到来是必然的。玫瑰花禁不住向往春风在野地里吹拂，杨柳在清水塘边婀娜，燕子在碧蓝的天空里低回……然而，情侣，春光，美景，都成为风中恍惚的梦影。玫瑰花只能用美丽装点落幕的黄昏。

其实，美丽的玫瑰花可以有许多许多的选择。她可以走上金碧辉煌的殿堂发表爱的篇章，可以在装饰一新的华贵的厅堂里接受多情的礼赞。可是她不愿意抛头露面，不愿意把自己委身于易碎的花瓶里，那不是她所追求的生活。她在热望中等待着年轻的恋人。当欢乐的脚步踏响这里的宁静，她会替他们打开爱的心门。可是坠入爱河的年轻人不来这儿，他们手挽着手走了，踩着舞步去了。他们错过了一朵心地善良的玫瑰花真诚的祝福。她等待天真烂漫的孩童路过这里，她要用爱心滋润无邪的童心。可是孩子们并不来这里，他们被年轻的父母圈藏在快乐的庭院中。她期待着老了容颜的爱侣来这儿歇歇脚，她要问问他们心里羞涩的秘密。可他们也不会来这儿，他们或者像玫瑰花一样形单影只地寂寞，或者携手去了梦中的幸福园。

玫瑰花在撒播爱心的热望中孤寂地开着，不禁有一丝焦虑，有一丝渴望，像一支摇曳在风中行将熄灭的红烛，像一个能诵会吟的潇湘美女，似一个能歌善舞的红楼裙衩。她走过四季的风霜雨雪，走过鼠类的肆意啮咬，经受着孤芳自赏的流言蜚语。她吸收着大地的精华，积蓄着开放的力量。她远离繁华和喧闹，静守在高洁而神圣的殿堂。她用生命的手指在时光的弦上弹奏着关于青春和美丽的变奏曲。可是光阴在她的额头悄悄留下了淡淡的痕迹，这让人充满了忧伤。她是我的平凡而聪慧的姐妹们，珍藏着善良和质朴，在平淡的生活中等待爱情的芬芳。

啊！雍容高贵的玫瑰花你来自何方？孤寂的玫瑰花无语。她就这样静静地开着，点缀着被高墙阻隔的平淡生活。那实在是一种别样的生活。她要用她的坚守，证实生命的重量。在她的轻言微语里，激荡着古老文明和传统道德的阵阵回响。

荷花朵朵开

夜住荷花村。

我像一只夜游的鸟在荷花村里逛荡，走遍整个村庄，没见着一朵荷花，没遇见一位像荷花一样的姑娘。

我来迟了，错过了去年的荷花。我来早了，今年的荷花还未开放。

于是我站在那桥边的垂柳下，想象一朵朵花苞怎样变成满塘的荷花，想象满塘的荷花竟是为我一人开放。

给这个村庄贴个头像，非荷花莫属。从去年开始，这个村庄里的所有人，似乎突然间都与荷花沾了点亲气，他们的口风里透出荷花的气味，他们的脸上写有荷花的影子，就连和别人打个招呼，他们也是用了荷花优雅的手势。昨夜在村老人协会，我与一个村庄的异议分子长谈，尽管他那张被太阳晒黑的老脸被一支香烟的雾气蒙住了，我依然能看出荷花对他施加的影响，他的脸就是一张冬天里发皱的荷叶，在早晨一点点打开，他说他要种粮食，不要荷花朵朵开。这个村庄里让荷花伤心的共有两户，这是其中之一，这是村主任说的。连这么美的荷花也收拾不了一个庄稼汉的心，别人的劝诫只能白费口舌。我佩服这个硬汉，他克制了对荷花的偏见，没有在背后说荷花的坏话，他只是想吃自己亲手种出的粮食，不想利用荷花赚来的金钱去买陌生的粮食。这个村庄还有无数个不一样的人，可惜我无缘一一结识，一定还有无数的有趣故事，掩映在村庄的河道转角，如荷花朵朵开。

今夜，在杨家浦村，我和整个村庄一样，表面如此沉静，内心却在酝酿一个巨大的阴谋。

江南橘

你是江南的一盏灯，高高地悬挂在游子的心头。你寂守在家乡弯弯的河港，你映照着老家袅袅的炊烟，你让我的心头落起一阵又一阵蹁跹的杨花雨。

有多少双饥渴的眼睛在翘首企盼中等待？一遍又一遍咀嚼、品味你遗落在衣袖上的清香。你点亮了家乡落日的霞光，也点亮了离人苍茫的思念之灯。在那个无水的季节，我把你当作啜饮的香铭，那垄丰收的田野里，蓦然蒸腾起缕缕无绪的乡思。

江南橘，我现在身在遥远的北国，我想起了你，你的酥软如醇的皮，你的如珍珠般光亮的核，你滋润我成长的晶莹的汁液。江南橘，在这飞雪漫天的季节，你在哪儿停留？入我的梦吧，那里温暖如春！在我童话般的梦境里，有我天真童年的剪影。把你埋在心田里，我就永远不会童心泯灭。把你深深地埋在异乡的土地，我在那多情的江南水里播种一份永久的牵挂和期待。我等待着春天的滋润，夏天的生长，秋天的收获。

江南橘，你勾起了我对那个物资匮乏年代的回忆，你让我想起了我的命途多舛的爷爷、我的饱受饥寒的祖祖辈辈、我的含辛茹苦的父老乡亲。在他们的眼里，你是他们送给儿孙最最至高无上的福佑和祝愿。

江南橘，你是江南乡村一盏最亮、最红的灯笼，在我童年暮色的树影中缓缓地升腾。

雨落中秋

犹忆西中年少时

人是摆脱不了记忆束缚的。它像涟漪，如薄云，犹轻流，偶尔一个场景、一句话语、一个梦呓，就会勾起你那沉沉的往事，熟悉的故事在你的思绪中讲述，绵绵的细节在你的心头铺展开来，荡漾开去，让你充满了温暖、感恩和怀念。对于母校温西中学的记忆，就如此。尽管过去了十几年，我也从昔日的懵懂少年，迈进而立的门槛。然而母校的一草一木，恩师们的谆谆教导，同学间的深厚情谊……依然那样清晰而切近，让人感慨系之。

1987年初，我从乡下中学转学到温西中学，开始了在母校达4年半时间的求学生涯。与乡下中学相比，这里有严谨的校风，有浓郁的学习氛围，有丰富多彩的校园文化，有更多为人师表、知识渊博的老师，这一切都激发了我的学习热情。尤其是我在这里打下了较为扎实的文字功底，使我至今受益匪浅，这与教过我的几位语文老师的精心指导、悉心培育是分不开的。

任我初中语文老师的是金宗炳先生。他是个很风趣的人，脸上经常挂着微笑，没有教师的架子，经常和学生开些玩笑，课讲得也生动，深受我们的喜爱。他喜欢写作，经常写些通讯、消息之类的文章，在广播电台和报纸上发表，是我的偶像。金先生为了激发我们的写作兴趣，挑选一些同学的好作文，定期刻印成“作文讲评”发给大家。有一回，也就是在我刚到徐明华先生任班主任的“快班”的第二学期，金先生把我的一篇《二十年后的我》的习作收集到“作文讲评”，使我一下子“成名”了。记得习作的开头是这样叙述的：“在一个风和日丽的日子里，我、我爱人和我的那个八岁的小女孩坐上了‘的士’牌小轿车，向着童子山开去。”那天“作文讲评”一发下来，教室里马上像开了锅似的，我知道这很大程度上是源于我的大胆叙述，须知那时我们男女同学界线特别分明，互相间不随意讲话，颇有“老死不相往来”的遗风。当时我是既羞愧，又兴奋。我也由此多了一个“乐清湾海底开发公司总经理”雅号，这其中饱含了先生对学生的期望，可终究我没能迈上经商的路，怕是辜负了先生的厚望吧。此后，我对作文的兴趣更加浓厚，作文的水平也有了较大的提高。

中考后，我继续在温西中学就读。高一时的语文老师是邵宗明先生，他曾经在学校创办过文学社，自己也经常动笔写一些诗歌之类的文学作品，是一位很有才华的老师。邵先生在上课的时候总喜欢把头略微地向上仰着，讲话抑扬顿挫，那神情颇为投入，也许先生是以此引导我们去更好地品评课文中优美的意境吧。先生改作文颇为仔细，常常把我们叫去面对面地对作文进行点评，使我们收获颇大。邵先生教了我们一年，后来调到别的学校去了。

高二时，由陈贵友先生任我们的语文老师，陈先生曾任县教研大组的组长，教学经验非常丰富，教风严谨，学识广博，深受我们的敬重。在先生的鼓励和精心指导下，我的作文得到了很大的进步。在全校现场作文大赛、假期调查报告等各类征文中频频获奖，我的作文也经常被先生选为范文在班级上朗读。先生改作文很细致，除了篇后的总体评价写得切中要害外，还常常在文章内的句子下划横线进行点评，让我们知道这句话好在哪里，不足在哪里。1990 年，浙江省举行保险作文大赛，学校也积极响应。在那天作文课上，我不假思索地就要下笔，先生走到我身边，提醒我不要仓促动笔，要深入思考，精心构思，争取写出好文章。在先生的指导帮助下，经过几天的努力，几易其稿，终于形成了一篇情节较为合理、与征文主题较为契合的名为《张寡妇的定心丸》的文章，在校获奖后上送温岭县（今温岭市）参评，后来获得了浙江省保险作文大赛温岭县高中组一等奖，并获台州地区二等奖，我还光荣地出席了县里的颁奖大会。这次获奖除了进一步激发了我的写作热情，增强了我的自信心外，还让我看到了先生对工作的一丝不苟，对学生的关爱有加，并学到了如何把一件事做好，做出成效。此后，我还向陈先生借《雷雨》等文学书籍，先生都慷慨地借给我。那时由于我过分地投入到文学作品中，影响了数学的成绩，班主任谢敏鸿老师还专门找我谈心。这件事也让我明白了一个道理，凡事都要有个度，要做到统筹兼顾。1997年，我到温西中学任教，在语文教学上陈先生又给我以极大的支持和帮助。

一位作家说过：人生关键处就这么几步。人生犹如一只航船，需要正确的方向，需要不竭的动力，才能到达成功的彼岸。我庆幸，在漫漫的人生求学路上，能在温西中学起步、成长，并且遇到了这么多教我做人、给我启迪、促我上进、为我指明方向的好老师、好先生。这份美好的回忆和深深的情谊，将永远珍藏在我的心底，催我奋进。

父亲，你是那挺立的路灯

难得今夜这么凉爽，虽然已是深夜了，我还守在电脑前，像等待一段剧情，希望它能悄悄地发生。坐在这个江南小镇临街的窗边，能听见窗外梧桐树叶发出簌簌的响声，它们经过一天阳光的照射，现在正尽情地绽放自己，尽情地吮吸着夜露的清香吧！浓密的梧桐树叶中间，透射过一丝光来，那是路灯的光。夜风过处，那叶子像打了个冷战似的忽地动了，倏然露出了远处那杆苍老的路灯的身影，只一瞬那枝叶又恢复了原来的样子，开合之间，好像动的不是树，而是那静立的路灯。那些灯，亮着，照着空旷的西大街，偶尔一个人走过，一辆车驶过，如石子在水波上惊起一丝涟漪，慢慢漾开，然后重归宁静。

节气确实是变了吧，那夜风从陈旧的纱窗渗进来，已有了一丝的凉意。才记起，立秋已经过去好久了，前些天在车载收音机里模糊听到好像又过了一个什么节气。对于节气我并不热心，所以总是记不住。刚刚过去的到底是什么节气呢？因为今晚的清凉，我竟然有点迫切地想知道。这让我想起父亲来，他应该是知道的，即便不知道，他也会很快拿出那本翻得有点老旧的历书来，戴上老花眼镜，仔细寻找，然后充满欢欣地告诉我那个答案。

父亲于2003年在教师岗位上退休。这几年，他和母亲一起帮助我们兄弟俩照看孩子。刚几天前，他还打电话过来，说有人请他去一个学校帮忙，被他回绝了。在我的记忆中，父亲是一个富有追求的人，他不专横，甚至有时还会被别人改变主意，按母亲的说法是“耳朵根软”。这当然也有好处，那就是我们家总有浓浓的民主和宽松的氛围。父亲之所以这样，一者是受母亲的影响吧。母亲崇尚积德行善，凡事都要顾着别人，替别人着想，对于父亲的言行，母亲总是提醒了又提醒，所以父亲在行事上也会变得谨慎。一者是多艰的生活遭际造成的吧。父亲小时候家里赤贫，住茅草屋，冬天没鞋穿，上学时只能赤脚在刺骨的冰水地里跑。初中时，他只读了一个学期就因为家里供不起费用而辍学了。后来去苏北当兵，由于学习刻苦，表现优秀，被确定为提干对象，后却因种种原因而未能如愿。

退伍后一段时间，父亲回村当了民办教师，那时村小只有父亲一个教师，却要教两个年级、几十个孩子，父亲只好半节课教一年级，半节课教二年级，我也是在那里读的一年级和二年级，父亲在两个黑板前来回奔忙的身影历历在目。成为一名正式教师是父亲的最大愿望，也因如此，父亲总是积极参加各种培训，还参加了中师函授，由于学历低、文化底子薄，父亲总难遂愿。我依稀记得小时候夜里父亲坐在床头看书的样子，可能是那些文字太过深奥，或是父亲确实累了的缘故吧，看不多久，他就会打起瞌睡，这时我和母亲就笑话他。

从 20 世纪 70 年代中期起，父亲当民办教师一当就是 20 多年。民办教师的身份使父亲总有抬不起头来的感觉，因此，当我成为一名中学教师时，他非常欣慰。尽管如此，父亲教书依然认真尽责，每每在统考中考了个好名次，他都会兴奋异常，而如果考得不好，他脸上的阴云会持续几天。后来校网调整，父亲先后在附近两个村小教书，由于路比较远，起早摸黑成了常事。

及至 20 世纪 90 年代末，父亲才转正了，这让父亲高兴了好长一段时间。后来，出于多方面的考虑，父亲最终选择了提前退休。如果到正常年龄退休，父亲的教龄就达到 30 年，退休工资也可增加一个档次了，同事或朋友都替父亲可惜，父亲并不后悔。事实上，父亲的退出，确实腾出了位置，也让孩子有了接受更好教育条件的机会，我想这是父亲不后悔的理由。

仔细审视父亲，父亲确实有些老了，他满头的黑发已有了白发的侵入，额头的皱纹也日见深了。父亲近30年的教学经历，虽然因地域所限而少有“桃李满天下”的荣光，却也可算“桃李遍乡里”了，每每上街入市，当听到学生或家长们叫他老师，他都会欣然地应答，满心的喜欢。当闻知某个曾经的学生考上了大学，事业有成，他更是喜上眉梢。父亲是一个乐观的人，他随时准备着为他的儿女或有求于他的人解难释疑，那是他最大的乐趣。

夜已经很深了，对面的小炒店最后一盏日光灯也熄灭了。四周的黑暗让路灯微黄的光显得更加明亮。路灯就这样立着，守着夜，那寂寂灿灿的光在婆娑的枝叶间灵动着、跳跃着，给夜行的人带来无比辉煌的光亮和继续前行的勇气。

我忽然想，父亲不就像那路灯，他坚守着，挺拔地立着，为我们照亮了前进的路。而我们，不就像那路灯下偶尔走过的人，那影子长了，短了，又长了，然后消失在光亮之外。而当我们碰到困难，回头眺望，总会看见父亲挺拔的身影，带给我们心灵的光亮。父亲的眼光会支持和鼓励我们大步向前，不断进取，他乐见他的儿女、亲人、学生平安幸福。

母亲

现在，母亲的手经常发麻，半夜醒来，一边身体都没了感觉，她得用手揉掐脊椎骨，然后才能缓解这种令人苦恼的症状。我想带母亲去医院看看，她却推脱不去，说："没有用的，白浪费钞票，这些都是年轻时做事太过，没有注意休息落下的，治不好的。"我叫母亲现在就不要做事了，待在家里和父亲一起看看电视，听听戏，但她却闲不住，每每打袋到深夜 12 点，早上四五点钟又起来继续打。直到有一次测血压到 150 多，她才有点吃惊了，才听了我的劝说，夜里不致太迟，早上也不太早起床。

记忆中，母亲总是含辛茹苦，拉扯着我们兄妹 3 人长大。早时的日子，辛苦是不消说了，现在生活好点了，我希望母亲少受些累却也不行。母亲总像一架不知疲倦的机器，铆足了劲在工作。我担心，这从来顾不了休息的生活，有一天突然停止了运转，那该如何是好？母亲依然我行我素，她劳作着，心里只装着家庭和下辈人的幸福。

母亲的家庭出身其实并不穷困，外公家置有一些田产，因为全是靠辛苦劳作得来的，也没雇佣别人，所以在划分阶级成分时，外公被划分为中农，除了田产要贡献出来，政治上和人身上并未受到多少限制。但那以后，外公的劳动积极性就有所下降了，只种好属于自己的田亩，不像年轻时那样地竭力打拼。是的，当看到自己亲手创造的高产肥沃的田地无端地归于别人，外公的心里肯定是不好受的。

母亲在家里排行最小，小时读书成绩并不差，但上学途中曾受男同学的欺负，母亲就怕上学，后来就不去了。外婆当时说，如果你不上学，就要帮家里做家务，到田地里做苦活，谁知母亲痛快地答应了。而我的三姨继续上学，后来当了教师，母亲说起，真后悔自己没有继续上学，但因为是自己满口答应的，我从来没听到过母亲埋怨过外公外婆没有让她继续上学。小时候，母亲就帮外公做农活，不管是地里收获、田里播种，还是上山砍柴，母亲都积极去做。母亲就这样，从一个懵懂的小女孩，在辛劳中成长为一个善良朴实的少女。

父亲当兵回来后，没有工作，加上家里一贫如洗，没人来上门做媒。不仅如此，比父亲年长的二伯也是独身。有一次，母亲的一个族人跟爷爷开玩笑说，要把母亲讲给父亲，爷爷曾当过别人家的长工，这在旧社会可是两个等级的人了。但现在已是新社会了，加上外公一家待人都和气厚道，所以憨厚的爷爷并不认为这有什么不妥，当晚就去借了一些钱，把聘礼送到外公家。就这样，两家结了亲。

母亲和父亲结婚时，那场面也是轰动了十里百乡，那扛嫁妆的队伍一直从山脚排到山腰。当时，爷爷分给的家产少得可怜，除了一间屋壳，连一个凳和一个盛盐的碗都没有。从中农家庭嫁到贫农家里，母亲并没有显出自己有什么特别来，她孝敬公婆，与妯娌之间相处和睦。不久，二伯也因了父母的婚姻而娶到了二娘。

母亲的吃苦耐劳是常人所不可比的。母亲嫁过来后不久，父亲当了民办教师，因为有了职业，所以一些农活重活就顾不上，有一年因为拉车用力过猛，不知怎的，口里吐出了血。自此以后，一些本来男人干的粗活重活，母亲全揽了下来，农忙时去田里浇水施肥，第一次造房子时，从山里担石头，第二次造房子时从山上担到山脚，她都拼命地干。后来母亲成了乡里的交花员（为温岭花边厂收发花边的人员简称），为了节省一点点路费，她总是自己用瘦弱的肩膀背起百来斤重的花边，从花边厂步行到北门车站。而别人，都是雇了黄包车。为了省下吃饭的钱，常常中午不吃饭，甚至舍不得花一两分钱买一杯水喝。她把省下的钱，有时买一个开花馒头带回来给我们，那可是我们的美味。有时太迟了，车到不了家，只能在江厦或姆坑下车，她又背起比她大好几倍的大包袱，步行回家。即便就在前几年，春节前后，有人来叫她去海里拔蛸摸蛤，不管天寒风大，她也总是要去，我们劝也劝不住，她说这几天价钱高。平时，母亲总是闲不住，总要想方设法弄些事情来做做。前几年，有了到幼儿园帮着洗碗洗菜的差事，她高兴极了，和父亲一起去做了两年。后来，因为考虑到不能多沾水，身体也每况愈下，她这才同意不做了。但常常还在叹息，人老了真没用了，本来可以继续做，赚些钱来的。也因此，她在家总要打坐垫什么的，一天赚上个十几块，也很高兴。

母亲小时候，曾参加过宣传队，会跳秧歌，小时候，我还听到母亲和着父亲对唱上几句。母亲喜欢越剧，妻去年给她买了一个MP3，并买了许多越剧唱本，母亲现在一边做事，一边听戏，她高兴极了。前几天，邻村有戏，但母亲却不去，说是怕耽误了打坐垫。在我的好说歹说下，她才欢喜地去看戏了。父亲常常想打电话给我，跟他的儿子孙女说上几句，母亲知道我忙，总是叫父亲不要打扰了我们。

母亲就是这样，她总是闲不住，她忍耐，她与人无争。想起女儿小时，母亲好心好意按着她的经验教育女儿，我却常常还要责怪她，还当着父母的面训斥女儿。我想，对母亲来说，这是让她内心很不安的事。

现在母亲因为年轻时的辛苦，因为坐月子时没有好好休息，落下了一身的病痛，作为儿女，我们只希望这病痛少一些，母亲能过得更轻松快乐些，和父亲一起走的时间更长些，我衷心希望，饱经辛劳的母亲晚年幸福、健康、长寿！

阿毛

阿毛是我在乡村中学任教时认识的一个要好的朋友。他来自江西吉安的一个山村。20世纪90年代，温岭为改变师资紧缺的现状，教育部门组团赴外省院校大量招聘毕业生来温任教，掀起了一波引进人才的浪涛。阿毛就是那波浪涛中的一朵小小浪花，他满怀着开创人生新天地的激情，从内陆来到了海滨。那年，我刚好也回老家的中学任教。于是，我们就同时进了这个相对偏僻的乡村中学。

阿毛当然不是他的真名，我们叫他阿毛，他很乐意地接受。于是我们就都这样叫了，甚至他的学生，也有这样叫的。我怀疑阿毛是他的小名，一直被家里人这样叫，我们这样叫他，自然也就感到亲切。如果不叫阿毛，叫真名，反而显得有些见外了。

阿毛喜欢吃辣，每到周末，从他寝室外的过道上传来"兹兹兹"的声响，一股辣味迅即迷漫了整个校园，我们知道一把红红的辣椒在油锅里备受煎熬，而阿毛一定拿着饭撬，小心地翻炒。他说，油煎辣椒，就是用猛火把辣椒中的辣味一股脑儿地煎出来，那才够味。说说容易，那过程还是有些艰难，要防止被溅出的油烫着了，被浓烈的辣味刺着了眼睛。阿毛总是眯着眼睛，侧着脸，小心翼翼。但有时也是防不胜防，当他红着眼睛出现在我们面前，我们还当他被人欺侮了呢。阿毛的性格也像辣椒一样充满了热情，不管见到谁，黝黑的脸庞上总是憨厚地笑着，他的目光里充满了友爱。阿毛对朋友真诚相待，人缘好，他的寝室成了朋友们的集散地。

那会，我们这帮年龄相仿的年轻教师，大概有七八个吧，男男女女，无牵无挂。我们常在晚饭后，迎着傍晚的夕光，一起在韵味十足的乡村小道上散步。学校的南边有大片的橘园，一到春夏时节，那橘花的馨香就整个地把我们包围了。我们常穿过狭窄的田埂，踏着不平的山路，漫步来到梅溪边的古老石桥上，看桥下的水一路蹦跶着跑向远处的江厦湾。我们就着夕阳的倒影，谈前途、谈爱情、谈人世间的种种烦心事。阿毛是很乐观的一个人，他有时会附和，有时会深入浅出地分析一番，然后抛给我们一个乐呵呵的笑脸。

我在这里教了两年就调走了。后来阿毛恋爱了，女的也就是我们原先一道嬉玩要好的同事。但女方的父母可能不愿有一个外地的女婿，就反对女儿与他交往。阿毛下决心要用行动和实力来证明自己。在女友的支持下，他狠下心来苦读考研，后终于考上了省城的一所大学。他用他的上进和真诚打动了女方的父母。阿毛毕业后，又在省城找到一份满意的工作，并把家也安在了那里。我曾带了妻女拜访过阿毛，那次正巧杭州烟花大会，他邀请我们一起参加了盛会。除此，我们的交流也仅限于过年过节的短暂会面。

2010 年秋的一个下午，我忽然接到了阿毛的电话。他说他通过了扬州市的一个副处职位公开招考，他要作为新任职干部代表在会上进行发言，希望我给他的发言稿修改润色。我为阿毛感到由衷的高兴，他是一个优秀的人，理应有更大的发展空间。此后，阿毛别妻离子，一路北上赴扬州任职。阿毛多次邀我前去，怎奈都不得成行。

前年 10 月，我因事到扬州。到达已是晚饭时间，扬州街头已是暮色沉沉，灯火点点。我打了个电话给阿毛，阿毛立马就过来了。在扬州的街头，阿毛向我介绍一个个有趣的景点，讲述着他到这里的见闻。我们站在文昌阁前，走在古运河旁，想起扬州以她独有的魅力吸引着各色人等，上至帝王将相，下至落魄士人，更有那来自四方的骚人墨客、富商巨贾、名妓美姬，带着“骑鹤下扬州”的豪情壮志，来了人生夙愿；想起扬州八怪等名人雅士曾兴会于此，追求着人生的制高点。而现今，扬州又以礼贤下士的热望，招徕像阿毛一样的各路贤才，聚集此地建功立业，也让我有机会与好友阿毛一道漫步扬州的街头，聆听古都的蛩音，体味这里的风物人情。当晚，我就住在阿毛在瘦西湖边的一个临时住处，彻夜长谈。

阿毛知道我喜欢看看当地风物古迹，第二天一早，他就带我来到古运河边上的东关古渡，参观了宋代东门城楼，去了汪氏小院，去“后冶春园”吃早茶。这后冶春园可是扬州很有特色的小吃店，我们去的时候早就坐满了人。我们找到了一个临河靠窗的位置，窗外是一色的碧柳，清清的水波，缓缓的游船，时光似乎突然慢了下来。阿毛给我点了一个全套早点，要了一杯茶。那早点品种之多是我前所未见的，足有十几碟，还有一个蒸笼，里面竟有三四样的包子，有一种包子，里面装满了汤水，需用吸管去吸才行。据阿毛说，一个早茶，扬州人坐在那儿可吃一个上午。可惜留给我的只有半小时的时间，我不能慢慢地品味，只能做匆匆的尝试。

与阿毛一别又是几年了，期间虽有几次谋面，但都是匆匆别过。阿毛一直远离了家乡。现在是在同样是异乡的杭州和扬州间来回穿梭，一头是家庭、老婆、孩子，一头是事业、责任、前途。我想满脑智慧的阿毛是能处理好这些人生大事抑或生活小事的。当你总是习惯于抛给世界一个热情的笑脸，那么这个世界也会还给你一个更加热烈的表情。这是我从好友阿毛身上得到的一个启示。

雨落中秋

月到中秋分外明。可惜这个中秋节等不来圆月朗照，等来的只是一阵紧似一阵的秋风秋雨。窗外淋漓斑驳的梧桐树叶，像外婆额头飘动的白发，写满了岁月的绵长，生活的辛苦。

尽管如此，中秋的况味却不见一丝的消减，反倒分外浓烈了。首次成为法定假日后，中秋节真正成了团圆的节日。就连13号台风“森拉克”也从千里之外赶来，给团圆的日子凭空添了一点淡淡的愁绪。但又何妨，这不，电话这头的一声“路上小心”，亲情顷刻填满了来路和去程，让关爱和感动提前上演。中秋也是个怀人的日子，因了这千古一般的月盘，燃起了多少情丝，“情人怨遥夜，竟夕起相思”“今夜月明人尽望，不知秋思落谁家”，思古之情顿起。我也想起了住在西大街娘姨家年届九旬的老外婆。尽管十几年的相守，外婆早已习惯了这个江南小镇那悠闲绵长的时光脚步，但有些特别的日子，依然会让她思绪绵绵。

外婆与我的岳父母家相隔不远。中秋节的午后，我带着月饼，踏着落叶和青苔满布的人行道，去看望外婆。外婆正坐在那把磨得光滑而显出古铜色的竹椅上。我轻轻叫了声“外婆”，外婆抬起头，黯淡的目光突然有了光亮，她马上认出我，并叫出了我的名字。她颤巍巍地站起来，要给我拿椅子，我赶紧制止了她，自己去拿了来，在她旁边坐下。我问外婆一个人在啊？外婆说三娘姨和三姨父去梅溪看望大娘姨和大姨父了。外婆说我好长时间没来了，我不好意思地应了声是。外婆又问起我母亲、女儿、妻子，还问起我生病的姑姑现在怎么样了。说着说着，外婆又说起了外公。外婆说:“外公离开已经6年了,他走的时候是92岁,现在我都94岁了。”她又提起了我奶奶:“你奶奶离去也6年了,外公是那年正月×日走的,你奶奶是九月×日走的。”我佩服外婆的记性,能准确到某一日。那些曾经逝去的特别日子,她老人家不知反复念诵和播放了多少遍。外婆还提起我的三伯公100多岁了还很轻健。她说自己的身体都还好,只是耳朵有点不好使了。在我说话的时候,外婆尽量地侧着头倾听。有一回说到一个发声不太响亮的词语,我说了两三次,她还听不清,外婆的脸上露出了自责的神色,像小孩子做错了事的样子,我不禁有些愀然心痛,人终究是挡不住自然兴衰的规律。

与外婆聊不多时,三娘姨和三姨父从梅溪回来了。大娘姨和大姨父去年秋季丧子,中秋团圆之日不免会寂寞伤心。听三姨父说,每每说到死去的表哥,大姨父只是叹息,禁不住老泪纵横。尽管过去了一年,大姨父丧子的悲痛却挥之不去。我叹息不已,往事历历,在大姨父家的那老屋里,曾经和表哥他们留下的少年的喧闹欢笑,而今,只留下一对沉默的老人和孤寂难耐的漫漫长夜。中秋节那天晚上吃饭时,岳父母也提起我表哥,每次来吃快餐,有什么就吃什么,能吃多少就点多少,绝不浪费。还说前几天,表嫂也来过这里,一提到表哥——她死去的丈夫,也是悲从中来,泪流满面。我也知道,表哥虽然是一个有钱的生意人,但他生前生活低调,待人热情,我家几次遇到急事需要钱,他都倾力相助,谁能想才40出头就匆匆走完了人生路呢。我又想起了外婆,在这短短的两年里,病魔就夺走了她的一个女儿,两个外孙。当她的晚辈一个个离她而去的时候,她老人家的内心该有多少的悲凉和伤痛啊。

在散淡的秋光中,我与外婆做了简单的告别,午后的西大街显得如此的空落。大街两旁播撒了一夏浓荫的梧桐已显出了几分疲态来。仔细审视,那原本浓绿的一片,已呈现出不同的色彩。有的叶子已是半边枯黄,好像被霜打蔫了似的,就如那重病在身的人,一边是生的挽留,一边是死的召唤,已丧失了选择的权利!有的叶子已经整片枯萎了,那叶柄却还紧紧地抓在枝干上，只待秋风吹过，随着簌簌一声响，它们就停止了生命的旅程。最多的是那有一角已变成淡黄的叶子，像爱美的姑娘发际染上的那层或浓或淡的黄，透露出几分成熟和矜持。是爱美的天性抵挡不了美的诱惑吗？是生命过惯了盛夏的繁茂葱茏，禁不住向往那秋天的纷繁多姿，而匆匆奔赴这秋天的盛宴吗？而谁知一滑入这肃杀的秋天，再也没了回程的船票。大街上的落叶都被淋湿了，安静地待着，保持着枝头临风的姿势，任由行人的踩踏，它们是在与路人做最后的告别吗？那些落叶，犹如一个个逝去的面孔，音容笑貌宛在，灵魂却离开了。他们的夭折和早逝，带给他们至亲的人是一生的心痛。

这个中秋夜没有月亮，台风也没与团圆的人们为难，若即若离地在洋面上盘旋徘徊，然后折向北去。今晚，只有那绵绵不绝的秋雨，不停地洒落，在街面的积水上打出无聊的小水圈。在昏黄的路灯光中，西大街上的梧桐叶子又掉下了几片，似乎那秋意又浓了几分。“秋雨是一阵凉似一阵了”，不知明年的中秋，又是怎样的一番景象，年迈的外婆还康健如昔否？

先生忽已远

当秋风吹起，教师节来临，我不禁想起了我的高中语文老师——陈贵友先生。我怨怪自己，在先生罹病的最后时日，这个5月，因自己的怠惰，错失亲见恩师最后一面的机会，未能再听他谆谆的教诲。

记忆中，先生红光满面，目光炯炯，举止间带着一丝军人的威严和刚正。10余年前，先生曾罹患过一次凶险的病，他勇敢地挺过来了。想不到这一次，退休才一年多的先生，就这样忍心抛却一家老小、亲友故旧，驾鹤西去了。窗外，翻滚着夏的酷热，有关先生的点滴浮现在我的心头。

先生曾当过兵，后来在温西中学任教。据说，在我初中从乡下中学转到区中学时，我父亲因和先生是同乡，就找他帮忙。先生爽快地答应了。后来，我顺利地转学到温西中学继续我的学业。

高二时，先生教我们语文，先生曾担任过温岭县（今温岭市）教研大组的组长，教学经验丰富，教风严谨，学识广博，深受我们的敬重。我的语文成绩有了很大提高，特别是学语文的兴趣陡涨。记得那个学期的期中考试，我语文考了全班最高分，先生碰见我时，异常喜悦地告诉我这个消息，让我激动了好几天，也增强了我的自信和学习的热情。

先生改作文很细致，除了篇后的总体评价切中要害外，还常常在文章内的句子下画横线进行点评，让我们知道这句话好在哪里，不足在哪里。记得有一次，我写外婆对母亲说的一句话，先生在下面画了线，并点评说很贴切，符合人物的身份，至今让我记忆犹新。后来我当了老师，在批改学生作文时，也会做这样的点评，希望我的学生也有我一样的喜悦。在先生的鼓励和精心指导下，我的作文得到了很大的进步。我的作文经常被先生选为范文在班级上朗读。参加学校举行的现场作文大赛、假期调查报告等各类征文，基本上每次都获奖且都列前茅。

1990 年，浙江省举行保险作文大赛，先生专门做了布置。在那节作文课上，我不假思索地就要下笔，先生走到我身边，提醒我不要仓促动笔，要深入思考，精心构思，争取写出好文章。在先生的鼓励和指导下，经过几天的努力，几易其稿，终于形成了一篇情节较为合理、与征文主题较为契合的名为《张寡妇的定心丸》的文章，在校获奖后上送温岭县（今温岭市）参评，后来获得了浙江省保险作文大赛温岭县高中组一等奖，并获台州地区二等奖，我还光荣地与先生一道出席了县里的颁奖大会。这次获奖进一步激发了我的写作热情。在学习《雷雨》等戏剧作品后，我向先生借阅有关现代戏剧等方面的文学书籍，先生都会毫不吝啬地借给我。

先生还让我刊出学校语文组的黑板报，这对我来说无疑是一种信任，一种激励，也催我奋进。大学毕业后，我有幸成了一名乡村中学的语文老师，我常常找先生，向他请教语文教学方面的问题，他总是毫无保留地进行指导。1997 年下半年我有幸调入温西中学，与先生同校，就有更多机会向先生请教和学习。可惜我只在温西中学待了一年，之后我就调出了教育系统，没能更多地聆听先生的教诲。

我和妻的相识相知，也是缘于先生的搭桥牵线。在先生的葬礼那天，我和妻都出席了。哀乐低回，我们手持洁白的菊花，缓步在先生不知踏过多少遍的温岭街头，我们在心底默默祝福：敬爱的先生，您一路走好！

三公

前年冬天快要结束的时候，百岁老人三公——我爷爷的亲兄长走了，他没有等到又一个春天的来临。也许，春天对他来说也不过如此，他经历的春天已足够多了。一个人能度过那么多的春天，他应该是很知足了吧。

对于三公的离去，他的晚辈们的悲伤是有限的，毕竟三公是高寿而终。当人们把目光投向路边那盛着三公骨灰的红木匣，眼中流露出的更多是敬意。然而伤心总是有的。最伤感的应算是三婆了，在接下来的岁月里，她只能一个人度过，这么多年来，她是第一次感受到如此孤独吧。

"如果他不跌倒，可能不会这么快就走了。"在那个春阳高照的午后，三婆站在我家的道地头，一边守着那床晒在水泥矮墙上的破败的棉絮，一边叙说着那个惊心的场景。"那天中午，我出去一会儿，他坐在门口的那张小竹椅上，等我回来时，就看见他跌倒，仰躺在地上，动也动不了，并直喊痛，后来在别人的帮忙下，才把他拉起来。后又送去拍了片，说是骨头跌碎了。"

说着说着，三婆下意识地揩揩眼角，往日的时光在她的心头翻动，她又说起了那段她与三公的相识相爱的历史。

三婆的第一段婚姻生活是在水洋(即平原地带)度过的。那时年成不好，经常会遇上荒年水灾，平原地带地势低，水漫水洋是常有的事。一有水灾，水洋人就会没饭吃，加上前夫又游手好闲，好吃懒做，一家人经常是食不果腹，两个女儿经常饿肚皮。三婆几次想带女儿出走，但都未成功，前夫的责骂就越发厉害了。后来有一年夏天，前夫把她们带到宁波。三婆找了一个机会带了女儿一路讨饭出来，一直讨到了岭头三公家。从三婆的叙述中，我分明能感受到那个下午的阳光充满了哀怨和期盼。

“跌倒后，只吃了两天的饭，没过半个月，他就去了。他去的时候105岁，我也94岁了。”三婆的叙说中充满了悲伤，干涩的眼睛显然已分泌不出泪液来了。忽然，三婆又似乎自我安慰地说：“我28岁过来，如果没给他带大两个儿子，他这辈子还没地方住呢。”三婆指的是跟了三公后，除了带了一个女儿过来，还给三公生了一个女儿两个儿子。在三公去世前，他们一直住在大儿子家里。

三婆三公其实身体还很轻健的。平时老两口没事了就去捡垃圾堆里的废旧，那些公共垃圾桶里有用的垃圾几乎都被他俩承包了，弄得清洁工因少了收入而直埋怨。就在三公去世前，他依然还在捡拾废旧。他们是在用一如既往的勤俭，打发已知不再多的时日吗？

三公三婆一生清苦，勤俭持家，清茶淡饭度日，至老不舍劳作，与邻里和睦相处，也没结下什么大的怨恨情仇。在三公过世后做祭礼时，子孙满堂，他的已80多岁的女儿女婿都只能让晚辈扶着，连下跪的动作都做不了。

据说，也因为三公年轻时的一些经历，在那个政治清白高于一切的年代，我父亲在部队里提不了干。而父亲对三公却从未有过一丝的抱怨责备。

三公把生命的长度拉得如此之长，令人惊叹。他走了，带走了一个多世纪的记忆，给晚辈留下一抹淡淡的哀思，在三月的春风里滋长。愿三公在天国安息！

好好活着

清明时节倍怀人。或许是时令使然,或许是所见的生离死别多了,所以就不免时常想起生死的话题来。自古以来,谁不珍惜生命?王羲之在《兰亭集序》中说:“古人云:‘死生亦大矣。’岂不痛哉!”

“人生如樱花一般,绚烂却短暂。”记得刚迈入中学大门的第一课,老师就在黑板上画了一个图,一头是一个人的样子,一头是一个坟墓,然后,在两者之间画了一条长长的带箭头的直线,意为人从出生那一刻起就慢慢走向坟墓。老师无非是告诉我们,人生苦短,所以必须时不我待,勤奋努力。

在人类很长的一段时期内,人的寿命很短,所谓的“人生七十古来稀”是也。而在今天,不仅长寿的人越来越多,而且百岁老人也比比皆是。据2002年的一个统计,我国的平均寿命已达71.4岁。尽管如此,因为地震、台风、矿难、火灾、车祸……多少生命顷刻间消遁于无形。还有的是疾病,尤其是癌症,成为生命的杀手。癌症来势汹汹,有资料显示,2007年,夺取了160万中国人的生命,全球达到了700万,癌症在中国已进入高发期并出现了低龄化趋势。

只有经历了死亡的威胁,才会更加懂得珍惜;只有目睹了生命消逝的无奈,才会明白活着的珍贵。的确如此,最近一两年,我的许多亲戚朋友都因罹患此病而逝。小时候曾与我一起玩耍的两个表哥,一个姨妈,一个婶婶,还有一个大学的女同学都得癌症而去。那位当教师的大学女同学是去年10月离世的,我还清楚地记得前年我们去看望她时她说的话:“想不到自己辛辛苦苦地教别人的孩子,自己的孩子自己却教不了。”“如果能让我再活个5年,我也满足了。”2006年春末,我去看望正在上海治病的表哥,他神情黯然,说家里的海鲜生意不能落下了,待在这里费用这么高,自己的病也没什么大碍,想早日回去。最后,家人还是说服不了他回家的念想。在他弥留之际的那个夏日,他躺在那破败的乡下老房子里,好像死亡提前来临。只有别人说到他的儿子的名字时,他才会睁一下无力的眼睛,他实在是抛不下身后事啊!

当我们面对那些逝去的生命,那些对生命渴求的眼神时,我们才会觉得,人活着,能呼吸,能走路,能倾心地去爱一个人,能做自己想做的事,是多么美好的一件事啊!

既然生命那样脆弱,那样短暂,在熙熙攘攘的人群中,为何还要去争名夺利,互相倾轧?为何还要斤斤计较蝇头小利?为何还要嫉妒别人的鲜花和掌声?为何有的人还轻率地结束自己的生命呢?虽然生命禁不住季节的变换和风雨的吹折,但我们可以多培土施肥,让其变得强壮而丰盛。不妨就做一个简单平和的人,不要心怀仇恨,心平气和地生活;不妨做一个真实率性的人,不囿于世俗的成见,不被名利之绳束缚,让曾有的梦想随风飘飞,直达理想的彼岸;不妨做个充满爱心的人,与人为善,爱满人间,那样每一个日子都会变得充实而快乐。

泰戈尔在《飞鸟集》中说:“生如夏花般灿烂,死若秋叶般静美。”读着这样的诗句,觉得生命的春天真是如此的美好,生机勃勃的一天又在熹微的晨光中拉开了和美的序幕。好好活着,才不辜负这大好春光!

山水有清音

春日梅溪赏李花

早听说梅溪的李花开得好，难得这个周六上午得闲，且又是“三八”节，就决定去梅溪看李花。梅溪在我的老家那边，我的大娘姨家就在梅溪，小时候去大娘姨家拜岁，常常和表哥在梅溪里玩水，我也算是梅溪的半个熟人了。我们的计划是，早上不用起太早，先去梅溪看李花，然后去老家吃中饭。

天公不作美，从周五晚上起“滴滴答答”的雨声一直响到天明。按往常我会担心这雨天给出行带来的不便。但那天却没有，内心像是去走亲戚、看熟人那样坦然。开车从温岭城区出发不过 20 分钟左右就来到了梅溪水边。

相比于晴天，天气是冷了点。但雨天的梅溪水比往常要大多了，哗哗哗地流，当然少不了夹带着些浑黄。在明因讲寺前方，终于见到了一大片的李树。白色的李花点缀在枝头，远远看去就是一堆堆的雪花落在树枝上，那雪落下来，沾在树上，点点的白，沾不住了，就掉下去，露出一点枝条的深褐色来。李树紧挨着路，有几株的枝条都快要贴着行人的脸了。于是我把车慢慢地靠近那些枝条，有的都几乎要伸到车里来了，女儿很是惊喜，抓住了枝条，仔细看那花的样子。妻则不失时机地拿手机来拍摄。刚才路上女儿还在愁这次一段话作文的内容，这时突然说：“就写李花！”“好啊！”这算是我们与李花举行了一个简短的见面仪式。

尽管是雨天，路上还是碰见了两三拨观花者，多是拖家带口的。还见到路边停着一辆旅游大巴，估计是远地而来观赏李花的吧。我把车停在了白岩下村村部，回到溪边。这时，迎面来了一位老年妇女，她很热情地向我们打招呼，我说是看李花的，问哪儿最多？她用手一指，说梅岭脚下那边开得不错，不过有些早开的花都要开始谢了。我谢过了，就和妻女一人打一把伞，沿着轰鸣的梅溪水向梅岭方向前行。放眼远处，只见远山被薄雾包裹着，每个山头都好像裹着一条条薄薄的纱巾。

梅溪源自梅岭，是江厦森林公园的灵魂。历代的文人墨客都很有些写梅溪的诗句。如清代太平人陈世环诗云："一径入梅溪，溪流水深绿。"沿溪的李树有零星生长着的，有成片种植的，伸展着各样的身姿，吐露如雪的芳蕊，似乎正在与溪里的白色浪花斗艳。你看对面那株，多像一位少女临水而立，背靠身后的青山，守着边上的老屋，倚着边上的古樟，似在等待，又似在企盼，它的内心定然装满了热烈的梦想。近处的山坡地上，也零星地或成片地开着一树树白色的李花，那样醒目，那样热烈。溪旁人家的门前屋后，常常有一两株李树，伸展开各样的姿势迎接远道来的客人。洁白的李花，配着老屋，黑瓦，石砌的老墙，透露出一股诱人的古韵来。难怪那几位游客，站在一座老屋旁，使劲地拍起照来。

看着这满眼的春雨中的李花，我想起了一句诗："杏花春雨江南"，还有"深巷明朝卖杏花"，却记不起写李花的诗句来。为何是杏花而不是李花呢？查了资料才知，李属蔷薇科，为落叶果树，原产地中国，别名三华李、李子，落叶小乔木，果实称"李子"，熟时呈黄色或紫红色。写杏花、桃花、梨花的诗句不少，写李花的诗确实不多，独见唐韩愈有几首写到，如《李花赠张十一署》中的："风揉雨练雪羞比，波涛翻空杳无涘。"《李花二首》中的："谁将平地万堆雪，剪刻作此连天花？"看来韩退之是李花的知音了。和李有关的成语倒是不少，如"李代桃僵""李下不正冠”“桃李不言，下自成蹊”之类的。

女儿是挡不住溪水的诱惑的，她早早地下到了溪边，这里本来是条路的，被水淹了。女儿说，如果有凌波微步的功力，就可以过去了。溪上，还见到不少鸭子，人一走近，它们就都游远了。我们戏称其为凌波仙子。我们继续往里走，来到一处聚居的小自然村落。这里一条石子路已被水漫过，形成了几十米长的人造瀑布水，壮观得很，估计是昨夜的好雨使然吧。我们又拍照玩水了一会儿。

见时近中午，怕让母亲等久了，就决定离去。本来如果时间充裕，还可以去到梅岭脚看梅溪源头的瀑布，还可以去到始建于唐咸通五年(864)的明因讲寺看古樟、听禅音的，或者继续观赏那些明媚的李花，我们只能留待下次再来了。

探访九龙湖

一个城市能拥有一个湖，那是大自然的馈赠。杭州的西湖，南京的玄武湖，济南的大明湖，岳阳的洞庭湖……曾引来多少骚人墨客讴歌赋咏，留下多少名篇佳话。如果大自然没有馈赠给你一个湖，那怎么办？就挖一个吧。

温岭要在河道纵横的新城区兴建九龙湖，这是好多年前就传出的信息。但遗憾的是我一直没有机会走近它，更不要说亲身去一览那里的湖光水色，目睹那里的碧波清流。直到今年 4 月底，才了却我的这个心愿。

我们去的时候湖还未开挖，但这并未减去我们的游兴。九龙湖其实是九龙湖湿地的一部分，除了观光，还有滞洪的效用。据介绍，规划中的九龙湖湿地位于温岭新城区水网密集地带，南北长 8 000 米，东西宽 400 至 1 000 米，总面积 5.6 平方千米，与杭州西湖的水域面积相当。

暮春午后的阳光分外有劲。车载着我们一行人来到了新开辟的樱花大道。我们急急地下了车，直扑向四五十米外的河埠头，想早点一睹九龙湖湿地的容颜。眼前是一条被绿树裹挟的水道，把对面一丘丘形状各异的田亩包围了，绵延向远处，似乎在等待着我们去探访。埠头的这边，是一垄垄临水的菜畦，种着青菜、四季豆、西红柿、土豆等各样蔬菜，那是当地村民的菜园。站在埠头放眼望去，只见景在水中，水在景中，虽然有些粗糙，但那原汁原味而充满了浓浓生活气息的水乡泽国风景，让人倍增亲切之感。

在船夫的帮助下，我们小心翼翼地上了船，那船是农用水泥船，上面临时放了几张椅凳做座位。一声“开船喽”，我们就在柴油机浑重的“突突”声中开始了行程。

此时正值暮春时节，江南草长，杂花生树。何况这里水道纵横、河港交错、绿树夹岸、瓜果飘香，所谓绿色润人眼，水声悦人耳，花香怡人神，在这里这些都那么完美地糅合在了一起。这是一个多么令人沉醉的暮春下午啊！我们每个人的神情都是欣喜的，欢愉的。一位平日爱白的女士竟然忘记了戴上遮阳帽，阳光从水面上反射到她的脸上，红扑扑的，恐怕她和我们一样也陶醉于这纯粹的自然美景中了。

船夫是这船的主人，是当地一名普通村民。船夫 50 岁开外的样子，言谈举止间显出农民的本色和朴实来。他一直坐在船尾，默默地为我们掌舵，脸上总是荡漾着笑意。当我们问他，他就热情地作答。后来我们逐渐地熟了，他的话也就多起来。他指着被河道分隔开的那田块说，这圩和边上的另外两三圩原来都是高产的良田，现在大多种了果树、茭白、瓜类等经济作物，收入也提高了。我们还得知，这船是平日用来下田地的交通工具，这次是临时被征用来作为“游船”的。我们还知道他有一儿一女，儿子有一份稳定的工作，女儿还在外国公费留学。“将来九龙湖开发了，我们的日子更有过头了。”船夫两眼望着湿地的深处，充满了对未来美好日子的无比憧憬和期待。“乡村四月闲人少，才了蚕桑又插田。”在对话之间，我竟生出一丝小小的惋惜来，不是为船夫，而是为那幅行将消失的优美的乡村美图。

说话间，船在一处地方靠了岸，船夫说这是一个小岛，这里和外面联系的唯一交通工具就是船。在船夫的帮助下，我们一一上了岸。映入眼帘的是大片的桑树林，枝繁叶茂，枝头挂着一串串沉甸的果实，那是桑葚，还未熟透，有青的，有红的，有紫的，只极少数已成熟透的紫黑色。面对大自然的“诱惑”，我们这些平日枯坐办公室，固守规则和信约的人，也止不住心襟摇动，露出了“原形”。我们顾不了那是谁家的，可否采摘，纷纷把手伸向枝头，好像这里是世外桃源、大同社会。摘一个放进嘴里，酸是酸，可那酸的里头有浓浓的春天味道和自然风味。后来有人指引我们到某个田块采摘，我们才收了手，但顺手牵羊的事在浓密的桑树林里谁会保证没有发生呢？不管怎么说，我们都有了新的收获。看，哪个的嘴上、手上没染上了桑葚的紫色汁液。而收获最大的莫过于同行的女同志了，她们从一上岸开始，就蹲在了地上，原来她们是在采摘地莓。这地莓小时候我帮妈妈摘过，是绝好的做青团的原料，以前田垅地头随处可见，但现在却少有。也许走进自然，脱落凡俗，男女天生的区别就出来了，不是吗？男人们只忙着解自己的嘴馋，而女人们心里装着的是整个家庭！你看她们的脸上洋溢着的喜悦，岂止一枚美味可口的桑葚可比！

不一会儿，我们再次上了船，继续着未竟的行程。小船穿梭于那纵横交错的湖漾港汊、鱼塘芦滩间，我们观赏着圩内水边茁壮成长的庄稼、俯身探水的绿树、昂首挺立的芦苇，还有那桨声水影。不知不觉，太阳西斜了，阳光穿过垂柳，跌落在水面上，闪着粼粼的波光。这时，鸟声也响亮起来了。船过处，一群麻雀从枝头飞起，落向另一片林子里。几只白鹭，翩然升起，降落到对面的田间，优雅地迈着不紧不慢的步子。但愿，我们的游览和即将进行的大规模改造，不会过多地打扰了它们悠闲的生活，不会过度地侵占了它们世代生息繁衍之地。船从一个港湾进入另一个港湾，从一个航向变为另一个航向，在我们的行进途中，忽然有那么一刻，远处的山，稍远处耸立于万昌路上的在建高楼群，以及近处河畔的石桥、垂柳，一同倒映于平静的河水中，组成了一幅充满现代气息的优美图景！我的心头不由跳出南宋翁卷的两句诗来："闲上山来看野水，忽于水底见青山。"而我们行船过处，那幅图画迅即被波浪拍碎了，卷走了！

当我们弃船登岸，我在心里说：再见，九龙湖，请你保留住朴实憨厚的本色，愿你有更加美好的明天！请用你的湖光岛影、亭台水榭、碧水绿树装点城市的色彩，点亮人们的眼睛。我还热切地期待，一幅山、水、城和谐共生的美好图景早日呈现于五龙山下、夫人石畔。

梨花带雨乌龙岙

乌龙岙在温岭城东街道肖村。据《嘉庆太平县志·叙山》记载:“消山西连泾岙……山有南、北二岙……北岙夹谷茂林,白径前通,中容四五村落,土人呼胡咙岙……”可见,乌龙岙今名系“胡咙岙”谐音所致。乌龙岙以梨闻名,这里出产的梨叫箬包梨,就是蒲瓜梨,又名青屿梨,以果品个大味美著称,因果农为防虫害,多采用箬叶包裹,故称“箬包梨”,种植历史至少有上百年了。

落了一晚上的雨,早上还滴滴答答的,临出发时竟然停了,只不知这梨花还好吗?2014年3月29日上午,我携了妻、女儿和侄女,想也没想路怎么走,就凭着感觉向乌龙岙进发。开了好多路,又怀疑起自己了,就停车问路边的村民,他笑说:“这里是肖溪,乌龙岙在肖村,你是把肖溪当肖村了吧!”肖村,肖溪,一字之差,却是相隔了几十里地呢。似乎这是乌龙岙给我的下马威,谁让你姗姗来迟呢?

马上调头转向。我们在一个叫前岙的村子路边停了车,沿溪往里走,一路上但见溪水清澈,碧潭如玉,篁竹篷生,又见一奇特的桥,用一直立的石板做桥墩,远看有摇摇欲坠之感。

“看,梨花!”女儿喊道。不用说,到目的地了。

我们没有直接进村,而是向村口坡地上的那一片白走去。路是难走点,但安静。一株株的梨花开得多好啊!越向上走,那梨花开得越好,蜜蜂在枝间穿梭,一派繁忙景象。特别妙的是这山坡正对着乌龙岙村,那村里房屋的摆布,门前屋后的高枝低丫,人的进进出出都一览无余。“梨花一枝春带雨。”雨后的梨花一定更娇艳吧！放眼望去，但见那梨花如雪，一堆堆，一层层，一抹抹，和那老屋，黑瓦，篱笆，组成了一幅多么漂亮的山村梨花图啊！

梨地的尽头，种了不少杨梅树。我们又爬上了岩坡。

“肚子饿了！”女儿是惦记着背包中早上妈妈烧的菜吧。“那就吃中饭吧！”于是在岩坡上找了一处相对宽的地方，坐下来用中餐。早上煮的饭、烧的菜还是热的，味道还真不错，两个孩子吃得津津有味。我们一边吃着饭，一边面对乌龙岙的美景，感受野外的春声美景。“仔细听听，都能听到什么声音？”我们开动了听觉的机器。鸡叫声，犬吠声，鸟鸣声，蜜蜂嗡嗡声，风声……还有对面游客的说话声，让这个往日沉寂的山村变得异常的热闹了。吃了饭，喝了饮料，用了水果。我们这才动身下山。见一位老先生，正面对乌龙岙而坐，拿了一支铅笔在写生。他说他是一位退休教师，闲着没事，用画画来消遣时间。那画上，村道，老屋，梨花，还真像模像样呢！

过一座桥，上一个斜坡，我们就到了乌龙岙的村头。这里停了不少私家车。有一个50岁左右的妇女在卖石莲糊和青草糊，价钱还是可以接受的，山下是2元一杯，这里是3元一杯。我喝了一口，凉丝丝的，热气顷刻消去了大半，真好。

我们向村里进发，走村道，过溪涧，钻小巷，看梨花在坡地里尽情绽放，在破败的老屋墙头铺陈芬芳。又见一处院落上写着“乌龙山庄”几个红色的大字，原来这里就是辛亥志士林子英的旧居？我举步进去，但见一堵高墙壁立，上有林氏旧宅灰雕。从墙的左边进去，是几间木质老屋，柱上和门窗上贴着几副白对联，其中云：“流水夕阳千古恨，春露秋霜百年愁”，对联旁边的木墙上，写着一个红色的“拆”字，院里的竹席上晒着菜干。高墙的右边就是山庄，里面人来人往，生意还真不错。

在村头，碰到了一个拿着《温岭日报》的老者，那报上登的正是介绍林子英和乌龙岙的文章。他说，他原来就住在这里，现在与村里的其他人一样都移民到山河村那边去了，现在住在这里的只有两户人家，其中一户是在这里养鸡。我问他经常回来这里吗？他说是的，在这里种些园头小菜，看看老屋梨树之类的。问他现在梨的收成怎么样，他说上几年村里人承包了，治虫施肥，需要不少成本，亏了不少。问这里山庄的生意如何？他说也就梨花盛开的这些日子生意好，也就是梨花开落间，大概3周吧。受梨花影响的，当然，还有卖石莲糊的妇女，山下卖着各样土特产的阿婆们。

我在村头看着，想着，拍摄着，也担心起这片散落的梨花来，担心那些因长久未住人而加速坍塌倾斜的老屋来，如果没有梨树，没了老屋，这片曾经生机勃勃的村落坡地，也就失却了灵魂，缺少了灵动，终将被人遗忘。

当地曾有顺口溜："肖村乌龙岙，脚踏石板两头翘……"现经改造，村里已难见石板路了。真希望乌龙岙的美丽能延续下去，就像那一株株梨树，虽然老杆虬枝，沧桑老态，却倔强地挺腰立身，每年都开出娇嫩的花朵。

在坞根看油菜花

喜欢春天，尤其是初春的时节，放眼看去，那一抹淡淡的、疏疏的颜色，嫩绿，嫩红，嫩黄，嫩白……染在枝上，洒在草际，落在花间，如云烟轻漾，如淡墨初洇，实在是养眼。然而春光是不待人的。你看这个春天，倏然过了大半，那东辉的梅花、乌龙岙的梨花、梅溪的李花、桐岭的桃花，都因自己无绪的忙碌而错过了。于是对自己说，切莫再错过那黄灿灿的油菜花了。

一朵两朵、一丛两丛的油菜花是不够味的，须种成块连成片才好。这样的情景，小时候随处可见（也许是熟视无睹了），现今却难觅，细细地数来也不过几处。比如仙居的油菜花种得很不错，不仅种得多，而且还办成节，热热闹闹的，但于我来说却是太远了。据说东海塘的油菜花今年开得相当不错，然去年已去过，也就作罢了。而几年前就小有名气的坞根油菜花我还未曾见识过，今年是下决心要去的，那里离老家也近，方便，况且又有乐清湾温和、湿润的春风吹拂。

尽管如此，也直到这个清明节假期，才得成行。从老家出发，驾车过"七一塘"，傍着"江厦潮汐电站"，过坞根岭隧道，就来到了坞根腹地。这里水网遍布，乐清湾丰沛的雨水让这里充满了江南水乡特有的丰盈，显现着令人钦羡的湿地景致。出发时还好好的天气，到达时却下起了绵绵的小雨。

"看，油菜花！"女儿欢呼起来。不是吗？你看，在那河港交错处，有大片大片的油菜花，在雨中芬芳地开着。春风挟带着丝丝春雨，轻轻洒洒，淅淅沥沥。远远望去，河道与水田交错着，融合着，你中有我，我中有你。现在水田都种上了油菜花，那一垄垄油菜花田就好像生长在水里，与天空的云朵一起映在碧清的水里，水光云影，水天一色。又有一座两块水泥板拼成的横跨河道的石板长桥，远望如纤纤手指，被那一个个桥墩托住了，映于水中，别有风味，一群鸭子游过，水波漾开，那桥影又柔柔地轻摇。“春江水暖鸭先知”，这水是早就暖了，而那映于水中的油菜花，让人的心头也暖暖的。

还有许多沉默钓者，他们在油菜花香里垂杆而立，等待鱼儿上钩。有几个游人撑着鲜艳的花伞，漫步在田埂上，品尝着这盎然的春意。还没走进油菜地里，我们就已沉醉在这迷人的春色里了。

我把车停下来，几个小孩子就飞也似的向那油菜地奔去，妻忙拿了伞追了上去。我不由想起一句诗来：“儿童急走追黄蝶，飞入菜花无处寻。”我则赶紧拿起手中的相机，记录下那美好的时光。

其实，油菜花只是一种极普通的花，记得小时候，家乡的地里有成片的油菜花，我常常提了个篮子，钻进高如我的油菜地里拔那绿油油的野草，帮家里分担打猪草的任务。那时候，农人完全是把油菜当作一种经济作物来种，用来养家糊口的。而现今，成片油菜花大多是政府政策性引导种植的，主要是为了让游客一饱眼福，发展乡村旅游经济。据说，眼前的这些油菜花，那些油菜籽是坞根镇政府免费提供给菜民的，又每亩给予适当的补贴，今年共种植了近 2 000 亩。从我小时候那会儿主要为了生计种植油菜花，到现在政府为了满足人们欣赏美的需求，进而拉动当地旅游经济而种植，这是一个多大的跨越啊！

在油菜花田里，我们与油菜花亲密接触，驻足赏玩。那些远远看来金黄一片的油菜花，其实好多已结成了绿绿的油菜籽荚。是的，毕竟已是四月了，她们一面在开着花，展示自己的美，一面不忘结籽回馈给辛劳的人们。不由记起清乾隆帝一首名为《菜花》的诗：“黄萼裳裳绿叶稠，千村欣卜榨新油。爱他生计资民用，不是闲花野草流。”一个帝王歌颂普通的花草，其中又处处为农人着想，可见他把百姓的冷暖时刻放在心中，难怪他成就了“康乾盛世”之伟绩。

知道当地正在大力建设美丽乡村，看了油菜花，我们又朝着山那边的村庄开车过去。一路上，但见村道、楼房、院落、绿树，错落有致，整洁美观，让人欣喜。在一个东里村庄，在村民家的外墙上看到了一幅幅美丽的图画，我不由停车驻足观看起来。村人告诉我，这一幅幅图画是中国美院的老师、学生的杰作。

脚下的这片土地，是第二次国内革命战争时期的革命根据地，一直也是经济相对欠发达地区，现在是逢上发展的好时机了。我由衷地为这里的老百姓和孩子高兴，他们是幸运的，天天那么切近地在艺术的熏陶下，心灵会变得更加自由，生活将更加幸福安逸。

当我们从村里出来，又见一片油菜花田，花儿带着雨露，金灿灿地开放。

上洋赏荷

1

过了繁花似锦的春季，入夏后，开得最盛的，要数荷花了。荷花，又名莲花、水芙蓉等，分观赏和食用两大类。赏荷品莲，自古以来为文人墨客，乃至凡夫俗子之雅事。在我最早的记忆中，莲花的形象来自佛教用品和书页插图，隐约记得小时候老家墙上简陋的神龛两边有“凉风动水碧莲香”之句，连环画《西游记》上如来和观音的莲台点缀着极美的荷花，让人过目不忘。而最早看到的荷花实景，似乎是在杭州的曲院风荷，那是很后的事了。前年去扬州，在瘦西湖堤上看到“荷花桥”，桥上玉亭与湖中荷花相映成趣，至今印象深刻。

荷花花期长，从6月新荷初放至10月落霜前都可观赏。我们温岭当地有名的观荷点，有长屿硐天、上洋等。6月末，我随了驴友跃岭去上洋看荷花，算是赶了个早。

上洋，在温岭市大溪镇西南，国家级风景名胜区方山东北麓，因近年广种荷花而被称为“荷花村”。上洋种植的荷花以太空白莲为主，还有碗莲和红莲等，兼具观赏实用价值。

2

那天早上6点多就到了上洋村。抬头看，果然见一片面积广大的碧绿的荷塘。晨光下，那些出水的荷花荷叶在晨风中共舞，荷叶碧绿，成片连缀，荷花吐芳，有袅娜地开着的，有羞涩地打着朵儿的，在远处俊朗的山景下显得更加优雅大方。那山就是方山吧，这是不需多问的，就像影视剧里从大户人家出来的人，你一见其雍容的风度，就可猜出个大致来。荷塘间的小径上，早已聚了不少赏花的人。看得出，那些早来的人中，大多为摄影爱好者，他们拿着长枪短炮捕捉着变幻的光影，其中有一个着一袭黄色长裙、颈间系了红绿丝巾的长发少女分外抢眼，她拿了一个相机，或站或蹲，聚精会神地拍摄，在一片凝碧的荷叶间，她也成了一朵绝美的荷花。没带相机的，则拿出手机不停地拍摄。

荷花塘里有一座观荷亭，亭柱上有“雨盖风荷赏心亭畔，天光云影觅句樽前”之句，为乡人陈诒所撰。在观荷亭里有一两个人闲坐着，估计他们来得很早，有一个上了年岁的，凭栏而望，呆呆地出神，不知他是在慨叹眼前的美景，还是想起了一个美丽的陈年往事。

3

终于可以静下心来，近距离观赏这唯美的夏之精灵了。这里的荷花有各种的颜色，红的，粉的，白的，黄的。身边的一朵盛开的荷花上，有一只小蜜蜂正在花蕊间劳作，我忙拿起照相机，轻轻地按下快门，捕捉到了上洋荷塘早晨里动人的一幕。我想，那小蜜蜂不单单是在采蜜，更是迷恋于这片绝妙的美色吧！

上洋居于方山之麓，自然得了方山的灵气和大气，其荷自是多了一份别样的动人之处，娇艳而不失优雅，奔放而不失内秀，那些花儿错落着，承让着，你先开也好，我入镜也好，都无关紧要。好像每一个清晨，既是展示容颜，又在修炼心性。而那些大片的圆盘似的叶子，更是沉默着。她们从《诗经》、汉乐府和南朝乐府民歌里一路走来，从文人墨客的吟诵中走来，从王昌龄的《采莲曲》到李渔的《芙蕖》，从周敦颐的《爱莲说》到杨万里的《晓出净慈寺送林子方》，从朱自清的《荷塘月色》到季羡林的《荷塘清韵》，荷花以千年不变的枯荣盛衰，任凭人们寄情托意。荷塘里有几尾红鲤，在花叶底下隐现。她们在找寻什么呢？或许是为了逗乐游人吧！想起汉乐府《江南》的句子来："江南可采莲，莲叶何田田。鱼戏莲叶间，鱼戏莲叶东，鱼戏莲叶西，鱼戏莲叶南，鱼戏莲叶北。"这可能是古代的流行歌曲吧，至今读来还那样有味！

这荷花塘原是稻田。一丘一垄的稻田，就有了高低错落之感，增加了观赏的意趣和画面的丰厚感，那田间的小径也便利了我们的行走观赏。我走着，就像农人行走在田间，为田里的秧苗施肥，观察着稻田的长势，恍然那些亭亭的荷花荷叶都变成了那茁壮的秧苗，金黄的稻子。在那个食不果腹的年头，谁会想象得到，将来这里是成片的荷塘，而且主要是用来供人观赏呢？负责种植的村民胡兵云告诉我，种荷花其实很辛苦的，要想产量好，每年都要重新翻田插苗，而且要保证水源充足。看来，每一事物光鲜的背后，都凝结着一份艰辛和汗水。

4

正出神处，忽然从对面的田埂上传来打招呼的声音，同行的两个美女让我给她们拍张照片，只见其中一个人拿了一个硕大的荷叶，意欲作为增色的道具，我示意她们扔了，不要破坏了这美丽的荷塘晨景，以及两个娇美的身影。不知这荷叶是否为她们所摘，她们是否理解了我示意之中的含义！又想起《温岭日报》上的报道，说今年长屿硐天的荷花疏于管理，附近村民随意采摘，将采摘的荷花花蕊和莲子低价售卖，甚至是买莲子送荷花，原先荷花满池的美景不复存在。这不由让人唏嘘，美丽乡村中的美景需要管理，更重要的是要培育爱美、尚美、护美的人。

在上洋，我在看荷花，荷花也在看我。千百年来，我们的一举一动，一笑一颦，以及变化迅捷的人情世事，尽在荷花开落间。

黄泥山卧草

年初曾计划今年多参加驴游活动，不想年底将近，屈指数来，随了驴友队去的，却只有两次，一次在春天，去花芯看水，一次在夏季，去上洋和寨门看花。而整个的秋天，就这样在忙碌中滑过去了。在节气上，到12月中旬，早已是冬天，好在这个冬天不冷，而暖冬带来的好处是，街道的树叶尚未落尽，野外秋意还浓。于是就想再出去转转，来弥补我因偷懒错过的活动。于是赶紧登上大温岭论坛，忽见上面登出一则信息来，题目叫《黄泥山卧草，珍珠滩听潮》。发帖的是老驴跃岭，去年跟过他多次，他说这条线路是他去年走过的，感觉这草很不错，所以就推荐给我们，再次组织这次行程。跃岭是一位小学体育老师，本不算是文艺范一类的，现在他随口就吟出这么好的句子来，可见他的内心定然是深受那美景感染了！驴友们的跟帖纷纷给予了好评："这标题真唯美，像诗词，对仗押韵。""不愧是老师。"这到底又吊起了我的胃口，我立马报了名。不想，报名后，就被告知，周六下午要办事，我只有一个上午的时间，而活动则需要一天，但我还是不改变报名的初衷，想：即便听不了潮，至少卧一会草也是不错的。

不知黄泥山在哪呢？有驴友跟帖问。跃岭回答：在箬山，我起的山名，黄泥山是草山。又有驴友跟帖：应该是大黄泥村吧！可见，这黄泥山本无其名，因边上有大黄泥村、小黄泥村，就干脆叫其为黄泥山。

2013年12月14日早上8时，我们一行20余人，开了5辆小车，从市区出发，不到1个小时，就来到目的地。随了跃岭把车停在一个码头，然后穿街走巷，返回山边。我们随着山道拾级而上。路边古井，碧水满盈。山上石屋，古老质朴。崖边残墙，沉静安然。山野是个打翻了的调色板，各种色彩错杂着，绿的是松树，红的是枫叶，还有梧桐以及那不知名的大树小树一并把秋意呈现。山上有几个小型水库，由于水位下降，都成为小水塘了。半山腰有一座三清宫，寂寂无人，前面有菜园一畦，小庑一间。翻上一座山冈，眼前豁然开朗。一面是海，一面是连绵的山冈，另两边都是村居田舍，因是阴天，雾气较浓，景色自是有些迷离状。我们观赏了海景，就折回，朝另一边的山岗走去。

这片山没有树木，都被黄黄的茅草覆盖了，中间有一条人踩出的小道沿着山脊向远处延伸。草不是很茂密，但枯黄，瘦劲。继续前行，茅草逐渐多起来。我拍着照渐渐地落在了后面。

越过一处山脊，眼前就呈现出了一片草的世界。那草不仅浓密，还厚实，富有质感，远远看去，一片浑黄。前头的人们欢呼着，纷纷走向那山岙。最妙的是那波浪起伏般的景象，极有上保山上山峦起伏的韵味。但上保山上的草欠匀净，总夹杂了其他的树木和野草。而这里的茅草显得单一而纯净。那波浪般撒开的草，与远山的青色映衬着，别有风味。在一个岙处，又有几抹绿痕，那草就更富有层次了。

同伴们欢呼着奔向草丛，跃岭带了一块红色的垫子，铺在草上，然后睡了下去，引了这一干孩子们，也争相躺了下来，等我下去的时候，他们都已是睡着了的样子。边上的家长们拿着手机，争相把孩子们的快乐用镜头定格。我们开玩笑说，跃岭正在孵一窝小鸡呢。我用单反给大家拍照，他们或站或卧，把全身投在草丛里，摆出各样的 pose，露出开心幸福的笑容。一个戴着眼镜的读小学四年级的小女孩，拉了爸爸妈妈，依样画葫芦地躺在草丛中，闭上眼睛，安闲地睡去。“咔嚓”一声，这小女孩美妙的童年回忆里，就此有了草的影子。

热闹慢慢消去，我又一个人落在了这个满眼枯黄的山坡上。此时，远处传来了阵阵鸟鸣声。想象有太阳的中午时光，在暖暖的冬阳的照射下，风静了，热气在草里积聚，躺倒在草丛里午休，听山野的鸟鸣，感受冬阳的安抚，这样的时光，定然是非常惬意。

面对一坡草色，我就绞尽脑汁地想象古人写草的诗句，除了那几句名句，如“离离原上草，一岁一枯荣”“风吹草低见牛羊”“谁言寸草心，报得三春晖”，似乎脑子里再难觅鲜明的草的形象。就是在《实用名句大全》里，在“植物”一栏，除了“萱草”一目，也无草可查。可见草是多么的不为人所重视。但细究起来，涉及草的诗句也是有的，如：“独怜幽草涧边生，上有黄鹂深树鸣”“草色遥看近却无”“年年陌上生秋草，日日楼中到夕阳”“记得绿罗裙，处处怜芳草”等。只不过那些草似有若无，不为人所看重。

这片草枯叶黄的山野，在许多人的眼里，自然是一片肃杀的气势，但我却并不感到孤独，也不感到凄凉。远远地看那下山的石级路，队友们穿着红的、黄的、绿的，在枯黄的背景里，分外地显眼。为了不让自己太落后，我加紧了脚步。将近山脚，忽然从草丛里传出一个低沉的声音，回首看时，只见一个喇叭搁在树杈上，然后经过刚才在茅草山头远远看到的一座黄墙黑瓦的寺庙。走了一段路，忽然又听到了那低沉缓慢的声音，像在沉思，像在劝诫。我仔细地聆听了，应该是一个大师在讲经，正在做现场直播。在下山的路上，每隔一段路，就有一个喇叭，大师定在细心地劝诫世人弃恶从善，而世人大多只是过而不闻了。

这个寺庙叫什么？我也打算不再细究了。就像邂逅这黄泥山和黄泥山上的茅草，它们本无什么名字，只是人强加给的。而风景也是这样，只在人的内心，只在人的眼里，你认为好，就一定是不错的了。

邂逅陈和隆旧宅的春光

在暮春四月一个天朗气清的晴好日子，我随温岭市基层组织建设考察调研组来到中国大陆新千年第一缕曙光首照地——石塘镇了解村情。我们随机抽选了几个村，其中一个叫里箬村。村部依山濒海而建，会议室外就是一湾海水，我们就着一窗海景，听着村里书记与村主任如数家珍的介绍，不觉对渔村的美好未来浮想联翩。而后，他们说："既然来了，就到陈和隆旧宅看看吧！"

我不禁有些愕然！早就闻听过陈和隆旧宅，也曾有过亲访的念想，但终究搁了下来。现在竟然近在咫尺，让人多少显得有点措手不着，诚惶诚恐！仿佛在街头邂逅一位倾慕已久的名家大腕，内心的惊喜自不必多言说。既然主人如此盛情，我们也只能客随主便了。

从村部出来没走几步，就来到了一处石头屋前，这就是陈和隆旧宅。村主任随身带着钥匙，娴熟地打开了那扇古朴的大门。看来，参观旧宅，是村里接待来客的保留节目了。是啊，家有宝物，自然要拿出来让人赏析品鉴的！随着主人轻移的脚步和充满自豪的言语，宅第里昔日的时光碎片和生活细节就一一在我们眼前呈现了。陈和隆是清末当地大渔行主，也可算是一位富甲一方的资本家，他建的这处木石结构建筑群，分前后两幢，前楼与后楼楼层不等，用途各异，之间有飞桥相通，还建有用于防卫的炮台。我们穿过前楼厅堂，来到楼前的观海凉台，周边围立着青石栏杆，上有"小鄉嬛""忠厚开基"等石刻匾额。这里视野开阔，向东看，山上绿树石屋，相互掩映，洋溢着浓郁的渔村风情；向西望，极目处有一个绿树满坡的岛屿，前面停泊着一排排整装待航的钢质渔轮，近处有若干渔民正在船上忙着做出海的准备吧！此时，艳阳高照，春风送暖，浪音船声，鸥鸟船影，不由让人想起海子以及那著名的诗句来。镇里的陪同人员指着对面的一溜房屋说，村里准备对那些房子进行征用拆迁，就地建一些休闲的处所，而那些新近建的建筑，也将对其外墙进行石形处理。

村书记告诉我们，“文革”时，这里也曾遭到了严重的破坏。他指着阳台东面的民居楼房说，这里原址是陈家花园，后拆了建成这幢楼房。现在花园只剩一角，只有几平方米的面积，残墙上嵌有一块“陈氏小园记”石牌。小园入口有一株紫藤正在开花，她是从墙肚里长出来的，以致那墙面都鼓凸了出来，只好用一木棒支撑着。紫藤是最无辜的，人们在破坏这里的建筑时，是不忍下手，还是因为她根在墙里斩不断的原因？据说，这紫藤已有百年历史，已被列入名木古树名录，而今，它在春光中默立，淡定地开着紫色的花，引来蜂蝶翩跹。

我们从阳台东侧石台阶下去，就来到了宅子底层，这里的设置独具匠心。下得石梯，右拐出石门，就是陈家私人的船埠头，涨潮时船直接可以在这里上下人员、货物，现在这里满地水痕，墙上爬着斑驳青苔；左拐就径直进入原作为地下仓库的底层，由于这里位置低，常有飓风恶浪的袭击，所以外墙全用大石垒成，但也留有若干个通风口，一些小的货物可从这里直接与外面的船只交换。但毕竟岁月流逝，盛年不再，旧宅也出现了沉降、开裂、倾塌等现象，文物部门已对木结构做了加固。现在整个底楼都用来陈列渔家用品，供人参观游览。书记还特地指着一个墙洞对我们说，这是用来存放贵重物品的暗道。原来过去常有海盗、土匪来劫掠，做此夹层、暗道，以防万一。作为富足一方、称霸一域的渔业大鳄也留这样一手，由此观之，防患未然，乃人之本性，不管海陆、穷达都是一样的；而当时世不济，穷者和达人之遭际也大抵是没有特别大的差异了。我凝视着那些筑在底楼的石头，它们一年又一年抵御狂风恶浪，它们见证了人间几多沉浮悲欢，与其他石头相比，它们显得更加沧桑沉默，怕是早已看透了这时光流年。

快要走出宅子的时候，我稍一凝神，就掉了队，等我到门口，只听到外面正在上锁的声音。我大喊了一声，村主任才又打开。同事揶揄我："是不是被这里迷住了，想在这里长住一宿啊！"是啊，时光沉淀的地方，最能让人沉醉，何况这是春风劲吹的暮春时节！

从旧宅出来，我们看到东门口立着一块石碑，上书"省级文物保护单位"字样，这是去年立的，还听说原箬山镇还是浙江省首批历史文化名镇。我们走上了山道，道路依山随形，每个拐弯角落都显得精致妥帖。我们从几户人家门前经过，只见那房子里里外外都整理得有条有理，整洁妥帖。我问一个老人家：平时，这里也这么整洁吗？那人说：那是当然了。边上的同事说：这里的妇人很勤快、爱干净，常年把屋里屋外打扫得一尘不染，所以城里人寻保姆都喜欢来自石塘的。据说，这里的渔民祖先大都是明清时期从福建惠安一带移居而来，现保留了闽南许多古老风俗，比如信奉妈祖，妇女发髻上戴花等。路上，我们碰见了不少村民，交谈间，感受到了他们的纯朴、热情、好客。有一个60多岁的妇女，正在路边用刀剖鱼，我们才起问，她就热情地介绍起这些鱼的名字和用途。我们还顺便走进了当地一户专门制作古船模和雕刻水晶的人家，大海给了他无尽的灵感，他靠自学起家创业，成为不可多得的乡土人才。是的，俗话说，"靠山吃山，靠海吃海"，大海带给了这里的人以死亡的威胁，也让他们得以时时思考如何活得更有意义，他们蓬勃的生命状态，就像大奏鼓那样带给人们以惊憾和回味。

一路上，村书记、村主任述说着村里的人情掌故，我们能听出他们对这片土地的热爱，对保护文化、振兴村里的壮志豪情，他们指着海湾边的那片长满绿树的坡地，自豪地说："这些都是靠我们自己发动村里人从山上移栽下来的。"他们还在半山坡上用双手就地取材开辟出一个简易的篮球场。站在山的高处，放眼海湾，那些树在春风的召唤下，显得尤其郁郁葱葱，蒸蒸日上。透过树的间隙，可以看到那海面在蓝天白云的映衬下显出明亮的色彩，而那幢古朴静美的陈和隆旧宅，在海浪的轻拥下，继续站立着，等待着，无言，却又似乎诉说着一个关于海与人的故事，一段关乎村庄兴衰荣辱的历史。

村书记和村主任一路送我们到村边，然后做热情而郑重的告别，我们沿着曲曲弯弯的山间小道，沐着和煦的春光，又向临近的东山村走去。

感受明因讲寺

明因讲寺是一座古老的寺院。她像一个娴静的少女，温婉地坐落在与温岭县城只有一山之隔的江厦省级森林公园内。她历经沧桑，几度兴衰。走近她，你的心灵会触摸到历史的厚重；凝视她，你的目光就穿越了千年时空。1 140余年的漫长历史，犹如过眼烟云，在彼此的凝神间悄然消逝了。据《温岭县志》及有关资料记载，明因讲寺始建于唐咸通五年(864)，后几经修葺。最盛时，有梵舍百余间，田地二百余亩，山林百余亩，常住僧众百余人，多时达二百以上，民国时为台州规模最大的寺院之一。

龙鸣山的晨岚和叠翠，梅溪水的夕照和流影，让这座千年古寺迷漫着亘古不灭的青春气息。纵横交错的历史经纬，平行生长的时光年轮，在轻袅的香火里，在盈耳的木鱼声中，显得那样从容而苍劲。远望明因讲寺，大雄宝殿尽显雄峻，藏经阁写满沧桑，几幢以黄和黑为底色的楼宇，在绿色的围拥中显得那样端庄和安逸，和四周的参天古木、修篁幽径、寒泉鸣涧构成了一帧和谐的图轴。

因为我的大娘姨家就在梅溪边上，小时候每次随父亲去大娘姨家拜岁或"吃月节"，每次经过明因讲寺前，我都会用敬畏的眼神看着藏在树林中神秘的明因讲寺。当地的习俗，"吃月节"要演社戏。周边卖小吃的小商小贩，各色的货郎担闻风而来，把戏台周围摆了个遍，"吃月节"的气氛也愈见热闹，特别是对精神生活贫乏的农民来说，这无疑是一个文化的盛宴，有的借了暮色紧赶慢赶走了几十里的山路过来看戏。

这更是孩子们的节日，大人们或为了自个看戏清净，或顾着亲戚朋友的面子，对孩子的管教也放松了，任他们捉迷藏、做游戏，四处乱窜。有一年春，趁着看社戏的机会，我与两个表哥一起去明因讲寺看一个和尚。那时，明因讲寺还是江厦中学的校舍，可能受了电影《神秘的大佛》《少林寺》的影响，我对寺庙与和尚是敬畏有加。一路上，我就着手电微弱的光线，在田埂土路上行进，听表哥饶有兴致地说着和尚的法号及其趣闻逸事。夜很静，远方的锣鼓声壮了我们的胆，偶尔还传来几声狗的吠声，夜游的鸟不时在耳边飞过。终于到了，但庙门已经关了，我们终究没见着和尚。几年后，听说那老和尚圆寂了。随着年龄的增大，我对明因讲寺的感受也从神秘、敬畏和偏见，转变为平和与宽容。时光如水，会洗去往事；岁月如霜，会染白鬓发。谁知曾一起玩耍、一起夜访明因讲寺的表哥，却患了重病。4 月时我借去上海出差之机，顺便去医院看望了表哥。那天上午，乍暖还寒，外面落着雨，冷飕飕的。表哥神情黯然地坐在病床上，他见着了我，不觉哽咽着。我多想重提当年一道夜访明因讲寺的经历啊，但面对也许与日无多的表哥，我终没提起，就让往事沉淀在记忆的深处吧。

1995 年我回到家乡江厦中学任教。江厦中学已从明因讲寺迁移出来。我常在春日的傍晚，与友人一起穿过狭窄的田埂，踏着不平的山路，就着那阵阵沁人心脾的橘花香去几里之外的明因讲寺。我们谈前途、谈爱情、谈世间的烦恼，杂乱的思绪被清澈洁净的梅溪水浸润，被明因讲寺的晨钟暮鼓净化，并在氤氲的夜雾中禅悟升腾。那位江西籍的友人后来发奋考上了研究生，现远在杭州工作，因为路途的遥远，因为各自奔忙于生计，联系日渐少了。

明因讲寺周围布满了百年以上的名木古树，其中有好多是几个人合抱不过来的大樟树，每到秋天，这些大樟树郁郁葱葱，与周围的浓浓秋色形成鲜明对比，相映成趣。我想，这要感谢明因讲寺，因了它，才使这些树远离了人为的砍伐，野火的吞噬，至今蓬勃地生长着，显示着茁壮的生命力。明因讲寺的后山门，有一个小池塘，山水汇聚在这里，清澈见底，在秋天还可以在溪石间抓到石蟹和溪虾。寺后紧挨庙宇的竹林，一经风吹，就会发出细碎的声音，像天籁，静极了；那乱中有序的竹叶，在阳光的照射下像水泛着粼粼波光，美极了，让人感受到了禅之静。

置身明因讲寺，你会感受到时光的律动。那些被历史的风雨无情冲刷去的珍贵细节，都复活了，在你的眼前跳跃腾挪，让你应接不暇。在这里，几任法师曾先后在这里创办了“佛学研究社”，开设“梅溪讲舍”，盛况空前；这里曾有无数爱国爱乡的僧尼开展救护训练，奔赴松门参加抗日服务……而今，明朝所植的香梓木在寺院内静立，它们生长在温软的江南风雨中，拔节在浓郁的袅袅香烟中，送走了一个又一个春夏秋冬。

“开户碧峰入，问途黄叶封。寒泉鸣绝涧，落日在高松。”这是明朝文人林璧咏明因讲寺的佳句。那天，我从明因讲寺出来，一路踏着零落的树叶，低吟着向前走。前面不觉已是江厦古渡口遗址，她与不远处的江厦古道一样，在历史的风雨中已濒于湮灭，已没有多少痕迹了。相比于它们，明因讲寺应是幸运多了。

千年沧桑温岭街

温岭街，在十八都峤岭。南通江下水路入海，西陆路通乐清、温州，北水路通路桥官河，东陆路通本县、黄岩。贾舶交会，人烟辏集，实一大市镇云。

——明《嘉靖太平县志》

1

温岭街位于温岭市温峤镇，离市区约 6 千米，至今已有 1 500 多年的历史。民国三年(1914)，因与山西、四川、安徽诸省之太平县同名，太平县遂改名为温岭县。县以街名，足见温岭街之重要和不一般的影响力。

温岭街可谓是江南建筑“河街相邻，水陆平行”的典型，从东西方向，可分前后两条街，中隔以龙鸣溪，前街为双面街，长约 1 000 米，后街一边临溪，为单边街，长约 500 米。从南北方向，又有上街、中街、下街之分。老街的建筑基本上还保留着明清时期的建筑风格，以两层楼木建筑居多。民居间为小巷小弄，有过街楼，分而不隔，处处相连。凭借温岭街悠久的历史和保存尚好的老街，2006 年，温峤被评为第三批省级历史文化村镇，温岭街吸引了远近游客前来访古探幽。

走在古老的温岭街，从墙上“新德和茶食店”“绸布庄”等招牌字迹上，人们能感受到昔日的繁华，从那倾斜的廊柱和苍老的柱头图案中，人们能读出岁月的沧桑，这里留有徐似道、丁希亮、戴豪、戴师观等当地名人的足印，让人体味到此地文脉的厚重。千余年的日升月落，这里，更多的是为了生计和财富奔波忙碌的人们，他们来了，又去了，去了，又来了。千年的时光缓慢地流走，耕读式的生活方式绵延着人们的追求。直至20世纪末期，风起云涌的变革，让以小农经济和作坊式生产为基础的集市交易日渐式微，人货物流减少了，昔日热闹繁忙的船埠头衰落了。老街，在时光中闪烁光芒，被时光所抛弃，它与留守在这里的老人一起，回忆往昔的繁华，归于静寂。

2

儿时，温岭街是我们的梦中天堂。我的老家离温岭街15里路。尽管路隔不远，但以屋岭栋为界，我老家那边被称为街外，而以温岭街为中心的周边富庶之地，被称为街里。这似乎也侧面印证了昔日温岭街商贸之发达。温岭街每逢农历一、六是集市日，我们总希望父母能带着去，但这是一种奢望，只有在年底购年货时才有机会去。记得那时人山人海，尤以食品铺周围人多，可谓水泄不通，我们在人流中挤挨着前行，即便双脚离地，人流也会推着你前进。

十四五岁时我在温西中学读初中，寄居在老温西医院的家属宿舍，每天上下学都要经过老街。雨天，那些被时光磨洗的石板光滑如镜，可以照出远处的街景。犹记得晚自习后那幽静的老街，在幽暗的路灯光下，我瘦削的身影被路灯光拖得很长。夜静中，我常常一个人走在街上，鞋底磕在石板上发出的“笃笃”声音，以及石板因不平而发出的钝响，使整条街巷显得更为空落。

妻自小生于长于温岭街，对老街的街巷更为熟悉。她家在下街，那时人多房狭，在闷热的夏夜，为贪求凉快，常睡在窗台上。据妻说，离她家不远处的后街上有一处专门说书的场地，那里常有人讲《水浒传》《三国演义》等，她常去听。那时的玩伴很多，非常热闹。而今，昔日的同学少年人，都分散在天南地北了。妻小时候住的那间老屋也在20世纪80年代转卖给别人了。

3

趁着看望岳父母，今年农历七月末的傍晚，我携妻女又一次走上温岭街。妻给女儿讲着她儿时的游戏和乐趣，女儿听得入迷，不时提出问题。

我们来到妻小时候住过的房前，有一个阿婆正往石板缝里插香，我们问其缘故，她热情地说，今天是地藏王菩萨的生日，这是当地的一种习俗。那间房子与另两间合在一起做卖熟食的店面，一个女孩子正在电脑前做作文，她是在城关读书的，因为今天是星期六，所以回来了。后来又遇到了一户妻小时候相熟的一直在这里开小店的街坊。阿公阿婆热情地相请挽留。我想，热情待客，也是老街远古遗风之一吧。闲聊中得知，这些房子好多都换了主人，现在住在街上的，大多是租在这里的外地民工。

我们一路行去，街上的香火多了起来，星星点点的，自然，那房前插有香的，多是本地的住户了。而那些没有插香的老屋的门口，不时射出昏黄的灯光，那些外乡人聚在一起用餐或闲聊，一天的劳累之后，这是属于他们的闲暇时光。街尽处，随着收录机里播放的激烈的音响，几个中年妇女正有力地做着健身操。

穿过一座叫新桥的小桥，就来到了后街。后街就冷清多了，临街的小溪，传来了淙淙的水声，溪上的吊脚楼静立，不时有一两座小桥。很难想象，这桥下曾经还能行船。走完后街，天已不早，街上星星点点的香火已渐熄灭，抬头天上，有几颗星在这秋凉中闪烁，伴我们一路回家。

因为要拍照片，翌日早晨，我又走上老街。在当街井，我看到了早起洗衣服的妇女们。我想起得最早的恐怕就是这些持家的妇女了，千百年来，这老街是被她们用吊桶打水的声音唤醒的吧。在晨光中，在千年不灭的水声中，老街一次次焕发了青春。

我一路走，一路看，一路摄，怕落下了任何一个细节。那湿漉漉的石井栏，那老街建筑上鸟形、花形、象鼻形的斗拱，那斗拱上雕刻着的人物花草、飞禽走兽、几何图案，都勾起人的思古之情。我在晨风中搜寻着小时候的记忆或古籍里的描述，那拥挤的人群，那满街的吆喝，那林立的商铺：茶食店、参药店、绸布店、杂货店、竹木行，那闪着红光、叮当有声的铁器社……然而随着光阴的流走，有些记忆永远不会复生，有许多场景再也不能重现了。

4

时光总会让一部分东西消逝，一部分流转。温岭街也这样，也有让人惋惜和心情沉重的一面。曾让人引以为傲的“一市书声”、戴氏六牌楼、丁园都几近消于无形……

失去的永远失去了，要紧的是保护好现在，但这保护谈何容易？“住在这里，最怕的是火烛。”在下街的一间老屋，一位老年妇女说，这些木结构的房子很容易发生火灾。这里租住的人多且杂，防火意识又不强，很容易出现意外。老人的担心不无道理。2008 年，上街的一场大火，烧毁沿街商铺民房 34 间，一名 6 岁的湖北恩施籍小男孩在火灾中丧生。

除了防火灾，温岭街的自然风化毁损也值得重视。我看到至少有两处，因为年久失修，已经自然倒塌毁坏了。“建又不能建，修又很难修，不知该怎么办才好。”路边一户人家非要请我进楼参观，只见房间断壁败墙，墙已严重倾斜，顶上瓦片漏出天光，确实有点摇摇欲坠的感觉。在离街不远的程家里，四合院也破败不堪，亟待修补救援。

还有的是那些传统的手艺、老字号，面临着失传的危险。在上街，有一个做木桶的老者，头发花白，鼻梁上架着一副老花镜，在一间矮房前细致地做着木桶，周边坐着几个七八十岁的老者。我凑上前去，看那一套叠得齐整的木桶，他们热情地给我介绍各个桶的名字：洗脚桶、托盘、筛粉桶、杭州篮……他们任由我拍照留念，看着这些年逾古稀的老人，我在想，这样的手艺，不知有没有传人？他们坐在老街缓慢的时光里，坚守着，传承着，艰难而执着地延续着老街昨日的记忆。

误闯荒村

趁这个国庆长假，我与妻女去住乡下老家，一来是尽点孝心，也遂了父母对晚辈的念想，二来，可让女儿有玩伴——表妹、表弟，还有从外地回来的堂妹。当然，也少不了要带他们出去——去海边，爬山，去公园……我提议去桐子山。

桐子山在温岭市温峤镇西，与乐清市交界处。对于桐子山，我是熟悉得很，也去过多次。绝壁高崖藏于茂林，幽涧曲径没于茅草，最是攀爬那立于半山的圆球状巨石，须有一份手劲，须有一份胆量，才能上去。据说当地之名大球，即源于此石。此处由于景美、岩奇、峰雄，成为驴友们户外穿越的经典路线，又因位于上保村，驴友们就以上保山称之，而桐子山之名反而鲜为人知了。

这次去，当然是想要找到驴友们的穿越线路，至少也走其中的一段吧！把车停在上保村村部，我们 3 个大人 4 个小孩共 7 个人，就向山上行去。在山脚碰到一位中年村民，问上山的路，他指了西去的那条小路，说只要向山的方向行去就行，还说，路上有村民铲的台阶，还有上山的指示牌。他说他是从石井头迁下来的。

我们就向着那边行去，因为并不知道这路是不是通向山顶的正路，所以一路摸索着前进。那道路是狭窄的山道，似少有人走，路边的茅草很密，有几处都遮住了路，大人还好些，苦就苦了几个小孩，特别是两个小的，那茅草都高过了他们的头顶。侄女怡妮穿着短袖，有一两回，她说有点走不动了，但她很坚强，还不时说，要坚持，不能中途放弃，像是在为自己加油，又鼓励了别人。而年龄最小的外甥宇进也来了劲，一直坚持向前走。也许这就是集体行动的好处，对于孩子，榜样的力量和自己的亲身体验对于成长都是必要的。

因为不知路径，不知前路如何，总是在凭着感觉摸索前进。因此，就像爱丽丝跌入了兔子洞，总感心里没底，路不好走，时有滑倒的危险。路边的茅草一人来高，好多是会划手的那种，也就是传说鲁班发明锯的那种草，孩子们很小心地推开穿过。3 个大人要照顾 4 个小孩子，也是让人有些手忙脚乱。

我们一步步地循路上去。几个盘曲，几个转弯，大人孩子们忙着采摘野花野草。穿过几个台阶，忽见前面高树间有一石墙兀立，周边杂草丛生，又有一处小院，院内几株橘树，树头挂满了橘子，在阳光下发出青亮的颜色。这是一处古村落？在这荒山冷岙，竟然还有人家！记得刚才问路的人，他说是石井头迁下来的，莫非就是这里？这意外的遭遇徒增了我前行的兴致，仿佛唐僧师徒西行时遇见了庙宇那样高兴。

又向前走，两边的茅草遮天蔽日，在高处交接，形成了一个隧洞，我们要低头弯腰才得通过。时在正午，洞内漏下些阳光来，而洞那边绿草丰茂，一片明净，却是别有一番风味。而设想在阴雨天气，或者暮色四合，人走在其中，又有簌簌风声雨声，不免会让人心里发毛。

过了这个草的隧洞，呈现在眼前的是多么熟悉的场景啊。儿时的记忆忽然全被激活了。这是一个典型的山村。虽然已被废弃多时，但从那断墙残垣上依然可以看出昔日的兴盛来。在高树的遮蔽之下，整个村落显得那样平和安静，似乎还在保持着最后一位村民离开时的那个样子。也许它在等待，等待村民回归的那一刻。那些用来砌墙的石头都是那么平整，雕琢精细，尽管风吹雨打，依然巍立不动。那墙上爬着爬山虎，墙顶长着狗尾巴草等植物，有的茂密，有的疏朗。有一种藤上长出的是圆形的叶子，现在已有点微红了，秋阳从树缝间漏下来，照在这面墙上，显得那样沧桑平白，如果我会丹青，肯定会一时兴起，将它描摹下来，可惜我空有欢喜心，没有高超技，也是无可奈何了。我只能举起相机，频频拍摄，将这时光沉淀的美景再一次定格。那些房子的屋瓦和木梁大多都没了，想必是被村人拆下来，手提肩扛到山下，用于重建了。而那高墙壁立的房子里，都成了高树荒草的天下了，有的房子里已长出了一丛丛树木，大的已有碗口粗了。

村里随处可见一蓬一蓬的竹子——篢竹，村北尤其多，集中生长着几蓬，竹上的竹箬片不少，地上到处都是，宇进拿了一片起来把玩，我慌忙叫他放下，他吃了一惊，赶紧放了手。我指着竹箬片反面的绒毛说，被这个刺上是很痒的啊。在路上时，他妈妈又叫他不要碰那有锯形齿的草，弄得他都不敢碰草了。其实，我们大人大可不必这样，就让他感受刺痛的经验，他下次就会自然而然地注意了。但我们往往禁不住要说。就像刚才，怕女儿遇到危险，我对一直走在前头的女儿说，不要走太快，也许会有野猪啊！后来女儿就有点退缩了。

村里道路上几乎没长出青草，所以并未给我们的行进带来困难，我惊奇于这景象，仔细想想，可能是得益于这长遍全村的高树了，是她们阻断了阳光，让村道旁的草儿们绝了侵村占道的想头。村的落差很大，中间主道陡处都铺满了石级，缓处则是卵石平铺，有一处，下面中空，我问孩子们是做什么用的，他们猜到了，是为了雨天时通水。

继续向上行，路已逾难行，终于到了一绝处。我只身到前面探路，翻上一台阶，前面就是绝壁。抬头望天，只见巨石直穿云霄，似要下倾。循着壁走，似还可上行，但太凶险，而且此时已近中午，就此打住了。在离绝壁不远处，有一处石板盖住的地方，只听到里面轰然声响，水声清晰可辨，却只闻其声不见其影，不免让人心神不安。我们就顺原路返回，荒村秋日午间更见寂静，又闻秋虫唧唧。这一切，与我小时候生活的岭头村有多相像啊。可惜那里自从我们迁移后，荒草没径，我很少再去旧游。而在前几年，又被村里平整了。山村的一切，只能存于记忆中了。

这个秋日的午后，我们虽然没能按设想到达上保山顶，没见着那杜鹃的残茎，没见着那清澈的水库，没见着那蓝天下的险峰，但我们感受到了昔日村居的记忆，这何尝不是因祸得福呢！或者说，只要有一份好的心境，所有的景色都是美景！而在此过程中，如果只是一味地怨怪，一味地后悔，哪还能看到多少美景，感受到多少美的记忆呢。

回来之后，我查了地图才知道，我们所到的那个荒村叫洋山平头，而阻挡我们去路的绝壁就是百丈岩。

我打花芯水库过

花芯水库位于温岭市箬横镇西北部，周围群山环绕，西有叶茶寮山，东有雪山，南有大车山，是温岭的第三大水库，库容量为420万吨，为箬横镇近10万人饮用水的大水缸。从温岭市区驱车半个小时，即可直达水库边。

温岭有湖漫、太湖、花芯、桐岭四大水库，她们犹如四个冰清玉洁的美女，亭亭立于山际，含芳吐华，酿造琼浆。早就感受过湖漫水库的广阔，体味过太湖水库的清幽，见识过桐岭水库的澄碧，唯有花芯水库，直到今年3月才有机会见其真容，切身感受到花芯水库之美。

3月，正是春暖花开，大地苏醒，蛰伏了一冬的万物蠢蠢欲动。尽管工作繁忙，我还是带上女儿参加了由海天组织的“绕花芯水库一圈，看梨花，桃花”驴游活动。我们的路线是从市区坐公交车出发到城东街道肖溪村部，步行到花芯水库，再到庆恩王，然后回到肖溪村部乘车返回，全程大约用了6个半小时。这可是驴友们评出的温岭十大登山穿越路线之一，内心更是充满了期待。

出发了。我们一行几十人，队伍浩浩荡荡，穿行于白山黑水之间。由于是第一次参加海天组织的驴游队伍，所以与大家都不相识。好在满山盛开的春花春草，美丽的溪涧沟渠，增加了我们交流的机会，不久，彼此都大致相熟了。其中有一个已届60的老驴，一路上兴致盎然，畅谈人生看法，生活态度，不时唱上几句经典剧曲，增添游趣。

走着走着，远远地就听到了轰轰的水声，因为事先知道花芯水库有两个水力发电站，我们都猜想花芯水库就要到了！翻过一个山冈，果然见群山之间一汪碧波如玉，奇峰映碧水，让人眼前一亮，不由人讶然奋然。那就是我所期待已久的花芯水库了！但同时也有一丝遗憾，那水库边上为何有这么多闪亮的建筑？还有新造的房子？会否影响这里的水质？湖漫、桐岭水库都在大量迁移居民，为什么花芯水库还这样无动于衷？想着，脚下的步子也加快了。

不久就到了水库大坝上。这坝处于水库之东，坝长156米，高29.6米，为土石混合型坝，如巨龙高锁峡谷，气势恢宏。坝外深涧巨谷，引人涉足探访。驴友们在坝上进行简单用餐，女儿更是喜滋滋地吃着从未经历过的盒饭待遇。这时有两个干部模样的人过来，是镇干部，说在巡查，下一步将对周边的环境进行整治。这使我原本有所下降的热情得到了补偿。餐后，我们继续徒步环行花芯水库。

女儿依然像往常一样，走在队伍的最前头，而我则流连于山水间，东拍西摄，渐渐地落在了最后。正是春盛时，水库边有各种各样的花儿，梨花之洁白，桃花之嫣红，菜花之嫩黄，围拥着如翠玉般的湖水。与我一样落在后面的，是一对年轻的恋人，女孩子很是羞涩，男孩子则体贴周到，不由人想起"年轻多好"之句来。

这里为什么叫"花芯"？《嘉庆太平县志》是这样说的："叶茶寮山，在县东稍北三十里，昔叶姓种茶结合之所……此山左右列嶂，莲萼朵朵，中间名'花心'，地转平衍，田庐相望，疑别有天地，故得'中山'之目。"至于当时这里的景色，也有古人做了精彩的描述。明林贵兆《中山小隐记》说："邑东行际海，有峰岓然，四山皆蜿亶环抱。峰半地稍旷，村舍陇亩相间，错水依山，回绕若带，至涧门隐隐合流，下泻碧萝潭出海。乍入，宛一武陵村也。"无疑，一直以来这周围美景，早被人所称颂。1958年6月，为兴修水利，政府决定就在此筑坝蓄水，至1962年12月完工。

行走在水库边，走在春光洋溢的花芯村，不由人想起出生在离此不远的屏下村的大诗人戴复古，小时候，他一定也在此流连忘返，低吟长歌吧？而今，高峡平湖，换了人间！他是认不出眼前之景了吧？我们行走在水库边，由于水库为群山环绕，所以那水面向群山深处漫展，“水面时而狭窄如瓶颈，时而细长似鹿腿，时而开阔不见涯岸，时而屈伸隐匿峡谷”。这就让环湖的公路也随之曲折伸展，无限延长，难为了我们的双腿。

我们在村落里沿湖行走，见到不少的游人，有的聚在一起烧烤，有的席地野餐，还有很多来垂钓，一片热闹景象。花芯水库周边兴起了不少的建筑，有好些建筑直达湖心，边上村居参差，花芯村村部大楼就紧邻水库而建，还有大大小小的农家饭店，以及夏日屡禁不绝的游泳客，不由人担心起这“大水缸”的水质来。我是爱恋着这湖光山色，脚步就慢了下来，落后一大截了。正在我担心找不到大部队时，在一个林荫小径旁，见到了同队等候的驴友，又遇见了返回来找我的女儿，我才意犹未尽地告别花芯水库，取道山间小径，直奔庆恩王而去。

2013 年 8 月初，媒体的一则消息说：“今年 5 月以来，先后 3 次对花芯水库库区农家乐、违章建筑、畜禽养殖、烧烤等问题进行联合执法，7 月份又开展了为期两周的整治库区游泳专项行动……”这消息，又勾起了我再访花芯水库的兴趣，于是，这个 8 月的下旬，我顶着烈日，又一次来到了花芯水库。这次是从新河那边驱车过来，穿过传说中的“花芯隧道”，直达水库边。访农家，探古屋，看碧水，尝美味，花芯水库又给了我一种别样的感受。在水库西南角那个古旧的石板屋里，那位看上去不过 70 岁，实际已有 90 岁的老者，那古味浓郁的老房子，那偶然相遇的村人的热情好客，还有那水库边清爽的凉风，吹开人的遐思，让人恍然入梦。

我再次惊叹花芯水库的清碧了。她广施恩泽于周边，自然更应受人之景仰，受人之爱护。那些想靠水库发财的人，或者为一己私利，一己愉悦，而不惜违反规定，以污染水质为代价的人，可以休矣！

彭家坟的冬日午后时光

抵达彭家坟的时候，呈现在眼前的一切不由让我惊叹：这么安静的时光，繁茂的草木披着深秋的颜色，还来不及换上冬的素服淡妆；清澈的溪水缓缓流淌，流过落叶斜依的溪底，发出婴儿般欢快的咿呀之声；那些老屋站立在茅草丛中，掩映在高枝阔叶间，像在互相倚望，像在彼此鼓励，像在等待着、回忆着……因为我们的突然闯入，这个叫作彭家坟的小山村突然醒了过来，那些美好的时光碎片，也在这个冬日的午后顷刻复活了。我们追寻着、还原着昔日的美景：黄发垂髫，竹篱茅舍，良田美池，溪鱼桑竹，鸡犬之声相闻……

彭家坟，一个离城区很近的小山村；又似乎是一个离我们很远的地方，她“藏在深宫人未识”，我从未听说过她的名字。

1

这是一次意料中的活动。2012 年 12 月 4 日，“翻山跃岭”在大温岭论坛里贴出一则活动消息：“周六天晴，驾车直达斗米尖下的山村，这里四面环山，小溪静静流过。大家一起动手，搭灶拾柴，洗菜烧火，做一顿美味的午餐。”“8 人成行，20 人上限。集合后开车到目的地，下午三点前返回。”这无疑是一次休闲、有趣、富有情调、亲情洋溢、其乐融融的快乐旅途。

这又是一次含有很多意外的聚会。我们一家到集合点横湖小学时，跃岭已等在那边了，竟然有 32 个大人，10 个小孩，最小的只有 3 岁。

驴友们来自四面八方，有像我们一样举家出动的，有邀了好友同往的，有同在一个单位组队而来的。我们稍做分工，就去附近的菜场采购一应物品器具。9时许，我们一队人马浩浩荡荡出发了。在岙底杨村的一个不起眼的屋角，我们向山上拐去。山路盘曲而上，然后是一段坑洼不平的碎石土路，对驾者和乘者都是一个考验。而最让人意外的是，前面的车忽然停下了，原因是前头在浇水泥路。天哪！离目的地还要走一个多小时的路程，空手也累人了，何况还要带上这么多东西！我们只得把车上野炊用的一应物件化整为零：锅碗盆盏，袋包筐盒，刀桌椅凳，鱼肉虾蟹，酱醋米盐，挑的挑、扛的扛、提的提，像搬家似的在宽阔的大路上行进。而这反倒给了孩子们自由玩乐的机会，她们叫着喊着，快乐的笑声打破了这寂寂的山林。女儿和表姐及一帮孩子远远地走在了前头，我已看不见她们的身影。

阳光很好，太阳渐渐爬向我们的头顶，手上肩上的物品更见沉重。一路上，我们互相帮助着，鼓劲着，一步步向目的地靠近。

2

路旁不时露出几间破败的老屋。在一个叫杨梅坑的小村，碰到一个打理着菜地的妇女，还有两条狂吠的狗，又碰到一个中年的男人，他们都很热情回答我们的提问。未久接到了女儿的电话，说她们已经到了。我们也加快了脚步，绕过一个山口，看到一座高峰耸立在前面，下面是一片相对平坦的谷地，还听到了一阵阵欢快的说笑声。看来，那山峰就是斗米尖了，而那片谷地就是彭家坟了。

进入彭家坟，最先映入眼帘的是一长溜的老房子，有的屋顶没了，但墙壁还是完好的。可以想见，当他们的主人离开的时候，是多么的不忍和不舍。那长溜的老房子前，是一片茅草地，那些茅草没膝高，并不杂乱，可以想见，这里曾经是一片空旷的晒场，或是平坦的田地，一定也是孩子们玩乐追逐的乐园吧！

进村得先跨过一座小桥，桥下是溪流。先头部队找到了一个三间宽两层高的楼屋，屋瓦门扇完好，里面还有一些还未搬尽的家什。是为远来的客人提供方便的吗？我们到达时，跃岭正在屋前堆叠石块垒灶，而老驴丁木则早已在老屋的灶膛里生起了火，他在烧一锅拿手好菜红烧肉。而小七和其他家庭主妇们则带着孩子，在村里的小溪里洗涮开了。这里有安静的环境，有清洁的水源，有充足的柴火，正是野炊的理想之地。

正在我们忙活的时候，另一路探路的人马，在村西发现了一个庙，里面做饭烧菜的物品一应俱全，还有鼓风机。我们立马转场，只留丁木在那边慢慢烧着他的红烧肉。主妇和大厨们各显神通，小孩子们也忙着帮助大人干这干那，其乐融融。

我抽空出来，在村里闲逛，尽享这冬日午后的时光。说是冬日，其实江南的冬天本来也不太有冬的意味，何况在这“山中无甲子，寒尽不知年”的地方，也不过是深秋时的景致吧！村西的树木深处，似有屋舍，我独自向那边行去。这里有一大片茂密竹林，其间有一幢六七间的两层石筑楼房，门窗都关着，透过幽暗的窗台，见里面的陈设都还在，当然破败是在所难免的了。再向西去，依然不时错落着老屋石墙。又听到潺潺的水声，原来这里又有一条溪。而最让人难忘的是那满耳的鸟声了，“叽叽喳喳唧唧”，长音短声，悠扬宛转，不知鸟儿们互相在传递什么样的信息。那石级的路一直通向前方，那边应该是坞根地界了，我怕走太远，也想早点吃到美味，就此收住了脚。

终于到开饭的时候了，满满三大桌的食物就呈现在面前，丰盛无比，我们开怀畅吃，感受到了在集体大家庭聚餐的无穷乐趣。酒足饭饱后，我们打扫卫生，洗刷碗筷，还在空地上燃起一堆篝火，孩子们加柴添火，兴奋是不必说了。而后，我们分散开来活动，打牌的，闲聊的，随处走走的，而孩子们忘情地游戏着。我们以万分的惬意度过这午后的消闲辰光，大有忘了归去的意思。

3

一拨人来了，又走了。一拨人走了，又来了。

彭家坟敞开着她的怀抱，以同样的热情迎接未曾谋面的来客。

在彭家坟，我们没有碰到过一个村民，但我们无时无刻不感受着这里人们的热情和好客。而我们这些匆匆的过客，当然也要以礼相待，只留下脚印，不带走一片云彩。

在彭家坟的冬日午后时光里，我们收获着大自然的赏赐。

在回来的路上，我们互相讨论着，交谈着。这里为什么叫彭家坟，"坟"在我们这里应该是避讳的啊？难道这里有一座名人的坟墓在？难道是古时避难的人家在这里落脚，希望不要被外人打扰，故意出这样一个骇人的名字来？

带着未尽的疑问，我们走在宽阔的公路上。这路还是新造未久的样子，还没有浇上水泥或铺上沥青。

这样一个行将废弃的山村，为何要造这样一条宽阔的公路，难道这里在不久的将来要开发成别墅或者其他什么休闲的景点吗？这样想起来，我又有一点担心这一片秀美的山水，这个叫彭家坟的小山村，莫非，这里的景色，连同这个容易让人反感的名字，也要消失在时光的舞蹈里吗？希望这只是我的杞人忧天。

我喜欢彭家坟这冬日午后的时光，她缓慢地流淌着，轻轻地诉说着，有关村庄的盛衰，有关我们散落在那里的迹印，以及那一缕午后的炊烟，饭菜的清香，儿童天真烂漫的笑声。

方山的水

时在初秋，应《海风》杂志第二届笔会之约，与诸师友同游方山。方山地处浙东南沿海温岭境内，为省级风景名胜区。十多年前我曾去过方山，记忆中山山岩岩的，并无觉得有何佳处。

车一直把我们送到方山脚下。方山诸景之精华全聚于七洞。七洞与高崖互为映衬，此隐彼现，明明灭灭，徒增游趣。其中一崖，岩壁凹然，称为峭斗嶂。崖之凹处，可遮风雨，视野非常开阔，为峭斗洞。在凹壁深处，有一石槽，内盈一池清水，旱天不枯，雨天不溢。传说晋代王羲之来方山时曾在这里避雨，写下了《游西郡记》，并在池中洗笔净砚，“右军洗墨池”即缘于此。驻足墨池，但见一水盈盈，清澈见底，似有柳宗元《小石潭记》中“寂寥无人，凄神寒骨，悄怆幽邃”之意境。又听说明代乡贤大溪的谢铎也曾在此读过书，顿觉视接千载，情通万里，真切地想起王右军聚众贤于会稽山下作《兰亭集序》的热闹情景和在此书《游西郡记》的雅情别致来。终究，“以其境过清，不可久居”，带着摆脱不了的怀想，随众而去。

七洞览后是登顶。上得山顶，顿觉进入沿海平原地，远处是丘陵、小山，近处是肥田沃土。大家谈起方山之独特，似乎方山顶之平坦旷阔无与匹敌，这里的山顶方圆达 700 余亩。忽见两块碧玉，嵌于平原之中。原来是山顶的两个湖，一叫瑶池，一叫小三峡。从起名来看，瑶池当为仙境之物，充满浪漫主义情调；而小三峡似乎更契合人间实用，譬如长江三峡，极具现实主义色彩。瑶池边有一亭子，我们都去坐了。终挡不住湖水的诱惑，我拿了矿泉水瓶去灌了一瓶。那湖水本来碧绿可人，是朱自清先生所谓的“女儿绿”吧？谁知到了瓶里，这碧玉般的颜色变得透明了。我最终把这水倒在了池边的矮松上。我带得走这水，却带不走碧绿的颜色，水只有在这里才是纯洁的。古语云：“橘生淮南则为橘，生于淮北则为枳。”方山的水也是这样的。这两潭水，是方山的灵魂，是方山的血脉。它们让方山有了生命的绿意。

方山的水是沉静的、深邃的，当然还有灵动。我们向着白龙瀑进发了。但见高崖之间一流泻出，离出口未远即化作点点滴滴的雨水，被风卷起，水随风势，在太阳的照射下，摇曳多姿，像烟圈，像霰雪，像落红，丝丝缕缕，飘飘忽忽，变幻莫测。听大溪镇的同行说，狂风大作之时，瀑水将落未落之时，即被风卷回湖里去了。我们虽无此眼福，却也勾起了无穷的想象，想大风之时，此瀑犹似蛟龙吐舌，岂不奇绝！然而谁看到过龙舌呢？大凡游山赏水，怕是非要想象不可的。这水是从山顶的潭里落下的，想不到刚才山顶上见到的温顺的潭水，变化出这么多的姿态来。想必是地球的引力造成了落差，而恰到好处的落差造就了飞花溅玉般的神奇。白龙瀑下是白龙潭。白龙瀑的水到了白龙潭里，变得清澈冰凉，就像经历了大悲哀、大痛苦、大生死的人，一切都娴静如水了。当我们掬起一捧冰凉，低头洗脸，一不小心，被风翻卷的阵雨打了个满身，那是白龙送给我们的礼物。

方山观水实则不是时候，因是枯水期，本来有水的地方现在看不到水了，如鹊桥下，原本是一个狭长的大湖，而现在看到的只是深峡浅涧，这不能不说是一个遗憾。但我依然感到不虚此行。方山的水是灵动的，没有了水，方山将失却一半的神韵。大溪境地，曾产生过王居安、谢铎、赵大佑等一代名臣，他们或多或少与方山有所渊源，是方山的水给了他们灵性和智慧。

石夫人

一尊石头的造像，大自然鬼斧神工的杰作。一个美丽的传说，像闪烁的星光散落于时光的隧道，一瞬间走过千百年。

那样的一个女子，如秋枫般静美，长于水滨，逝彼山林。尽管她卑微的名姓湮没于历史的风雨，她朴质的音容磨蚀于时光的流水，她深情的呼唤消融于东海的涛声和大山的烟云，然而她从未绝望。她要找一片安谧的领地，向山岚流云倾诉胸臆；她要用一生的守候埋葬一切流言蜚语；她要以石头的硬度重新定义信念和真诚。她站成永生永世的石夫人，坚守着一方净土，风餐露宿在时光的驿站。她如一潭澄清洁净的水，如一句人生的箴言，浸润着进入她视野的每一个灵魂。

仰望石夫人，就像瞻望一段刚刚从古墓中发掘的历史。那里记录着原始的沉重，饱含着大地的芬芳。历史的风雨雷电深入人的灵魂，历史的狂飙巨澜掳掠不走人们心中那图腾般的虔诚。我真想撩开她如翼般透明的面纱，一睹她真实的芳容，而她却心如磐石，把坚定的目光投向滔滔东海。

从此，她的一腔柔情化作山涧碧涛，倾泻于五龙山巅。而今，在岑寂的月夜，有无数广袤的心灵沙漠被她坚毅的目光一片一片打湿。

古渡寻踪

立在20世纪末的风口，古渡如一卷古书，泛着赤黄的潮水，席卷我思念的高堤。江厦湾的风冷冷地掠过古渡的遗址，温岭驿在历史的变迁中成了一个尘封的名词。我望不见黄昏下晚归的帆影和帆影下枯立凝思的书生，只有远山近水固守着不变的诺言，冷看世事的变迁。我只是一名匆匆过客，循着前人用螺号吹出的跫音，寻觅古渡的踪迹。

流年似水。远去的和消逝的对于古渡是同一种概念，那样彻底而决绝。"昨朝初泛临海舟，今暮已登温岭驿。"我想象北宋曾为殿中侍御使的赵抃路过此地的情景。那时的意境应更为苍凉而旷阔吧。山还是那样的山，水还是那样的水，可是人却不同了。我在史书的夹缝中窥视古渡，古渡依然是一个苍白的名词。我站在历史的墓地旁边凭吊空山阔水，在老人的记忆和尘封的往事中深深挖掘那截失落的历史残片，用粗糙的笔墨衔接它与现实的空间。我听到古渡的风里传来先人沉重的叹息。我无言。是啊！我们在用现代人的目光打量历史的时候，首先应问问自己，是否已经读懂苦难和艰辛的含义。

临风相向，眯眼而瞩。古渡遗址上的那条窄小的古巷在震震的响雷中诉说着往昔的故事……那刻写着渔民们多舛命运脚印的坑坑洼洼的鹅卵石地面，在腥味浓郁的海风中追寻着往昔岁月的温馨……

时光流逝，沧海桑田。当那座巍峨的大坝把大海阻挡在很远很远的山脊时，古渡被废弃了。造物主把大海的坦荡和雄奇永远埋在了地层的履历中，等待着别人的翻阅。而台风草依然在季节的信风里拔节声声。

那一批曾在古渡上来去匆匆的生灵在时光的流水中或带着满足，或带着遗憾无可奈何地在风中消逝了。只有我，带着一脸迷茫，在时光的迷宫里拾掇一段或许精彩或许无望的故事，以此来凭吊逝去的古渡。湮没的历史犹如一段残缺的记忆，让后人空发出多少慨叹和怀想啊！

潮汐电站

潮汐，从第四纪冰期的零点中涌来。诗篇的扉页从此黯然了大海古典的静，涌出一首首雄壮的歌。

潮汐电站，江厦闪烁的明珠。

驱走了渔民冬晨里冰冷的下海之梦，彻骨寒心。诗人伤感的泪液亦于电而升华。潮和汐脉动出另一种电光火种，江厦于此彻夜不眠。

渔民珍藏滩头的第一片贝壳。汗和血滴。预备给抱手的孩子启迪原始的想象力。

墨绿的橘园长在千年的海底。粉黄的梦不再有传奇。干裂的海滩，山泉汇聚，海涂结晶着一粒粒白色的盐分。咸渍台风季节的死魂。

长长的大堤提炼了小山的平庸，聚集了东海的长长滨岸，在这里。你知道吗？太平洋的风暴曾经悄悄地涌起。

闸门的启动边缘，一种落差在升级。渔民的白发和银须在少年的眼里是伟大的双肩。

渔网在涨潮的时候张开，捕获一个不老的梦，白色的浪花或须发，点缀电站的风景。

站在海蚀的斑驳风景里，有一段原始的记忆随潮退落和涨起。

江厦，从此灵动了国人的瞳孔，也炫目了非国民的眼眸。

山水有清音

自小生长于农村，老家背靠山面朝海，耳濡目染中，对于山水和自然，内心总怀有一份特别亲近的感情。曾去过不少的旅游胜地，也想及时记下所见所闻，但终觉走马观花式的游览太浮浅，仓促下笔，未免是对胜景的不敬，于是就作罢了。既然如此，那就利用闲暇读些古今名家的游记，这些广被推崇流传的名篇佳作，有写名山大川的，更多的是描述乡村野景的，如柳宗元的永州八记，苏东坡流放中的许多游记作品。这些处于乡野的普通景致，因幸遇名人大家作诗题词为文，寄情托意，而为后世人传诵凭吊。累积起来，就是文化的积淀，也是所谓的文脉相传之一例吧。一度远行旅游成为许多人追求的目标，随着私家车的普及和出行观念的转变，以自驾为重要形式的驴游逐渐兴起，因其具有随意、自愿、便利、就近，且适合人群广泛的特点，成为人们室外活动的首选和最爱。我也在朋友的鼓励下，加入到这个行列中。所走的都是近地的小景点，乃至山野冷岙，但每每给人以新的发现。这些居于乡野的景点，虽难比名山大川，但其怡人心性是一样的，只是，还需要游者一份闲适散淡的心。

说到山水，不由想到了写作。很多时候，写作就是另一种样式的跋山涉水。那些有感而发、直达内心的心情文字，如那精致可人的山水小品，小桥流水、朝霞夕照，让人百看不厌，流连忘返。或许可以这样说，写文章其实就是构造一片柏拉图式的山水图景，你所描述的、呈现的，或如泼墨，淋漓尽致，情畅意酣；或如枯笔，干瘦劲道，意趣盎然；或如留白，积水空明，境界湛然。而对于游记作者来说，他实是对现实山水图景进行二度创作，其所描写铺陈的，因融入其主观的思想感悟，而独成一家，其佳者，带给人以品味，以启迪，以遐思，以安宁。俗话说，一千个读者心中就有一千个哈姆雷特，同样，对于那些自然风物，一千个观者，也会有一千种风景。昔时，李白来到黄鹤楼，正当诗兴大发准备题诗之时，突然读到崔颢的作品，惊叹道："眼前有景道不得，崔颢题诗在上头"，遂掷笔而去。这是一段佳话，是一个才子对另一个才子的敬意。而我们作为普通的游者，大可不必如此，只管拿起手中的笔，随兴所至，留下自己的一份感念。当然，在游走中，面对自然美景，我总是心怀敬畏；同样，在阅读和写作中，我也总是满怀虔诚，但等某一个时刻，灵感忽然降临，让我用文字码出一份别样的美景。

"何必丝与竹，山水有清音。"在风雨里游走，在游走中思考，努力写一些记游的文字，权当作自己认真生活、诗意栖居的一个见证。

人在旅途

人在旅途

人在旅途，最难逃脱的恐怕是那不期而至的孤独感。今晚，丽水人影绰约的黄昏街头飘着淡淡的花草清香，春风弄姿，让人心醉，却勾起了异乡人莫名的怅惘。时序轮换，时辰更替，只是历史长流中的一瞬；平庸和辉煌，也只是一抹过眼云烟而已！既然昔人早有“逝者如斯夫”之慨叹，我辈若真是性情中人，何必在零言碎语中苟生而安，让心灵之隅藏污纳垢，以致污秽不堪。

微黄的灯光漾开在窗帘上，衬托这散淡的夜幕，漫视这春意盎然的夜色，像读着一个陌生人的履历，只是那种莫名的失落和憾意也潜滋暗长了。“衙斋犹闻萧萧竹，疑是民间疾苦声。”许是传统的积淀，古代文人儒士那种“先天下之忧而忧，后天下之乐而乐”的忧国忧民思想，让后人产生了强烈的心理共鸣。那是一种在共同的文化背景和民族血统中一脉相承的历史认同归属感，如老友之邂逅，执手相对无语。想起昨晚街头那个涉世未深的“面的”司机，谈到挣钱的累人，谈起国事家事，那激烈的言辞在这喧闹和躁动的丽水街头显得如此的苍白无力。也许这只是“少年强说愁滋味，只是未到真愁时”而已。记得影片《泰坦尼克号》在经营惊心动魄的场面同时，不失时机地推出“享受每一天”之句，此情此景，让人心动。然而，生活终究如柴米油盐般平淡无奇，影片中主人公的激情，只能是善良人们演绎的又一种美丽的邂逅。

如果能让每一个平常的日子都减一份平庸和无奈，增一线光亮和色彩，生活定会绘出一道迷人的风景。

人在旅途，异乡为家。想必这种轻松的氛围，也会给周围的旅人以祥和的祝愿。

夜住杜鹃谷

古诗曰:江南何处是仙家,孤柱擎空见少华。诗中的少华即是三清山。又有古籍云:少华之奇,不让天台雁荡。更有游人说它兼具“泰山之雄伟,华山之峻峭,衡山之烟云,匡庐之飞瀑”的特点,并有黄山“姐妹山”的美誉。带有浓厚道教色彩的三清山早就让我神往了。

三清山位于江西东北部玉山、德兴两县交界处,景区面积 220 多平方公里。杜鹃谷是三清山一个颇有特色的景点。周边有女神峰、蟒蛇出山、玉皇顶等著名景点。暮春时节,繁花似锦,更增游兴。可惜我们去早了几天,未见到满山野的杜鹃花。

那天下午 3 时许,我们一行人终于到了晚上落脚地杜鹃山庄。大家有的躺倒在床上,有的开始打牌,我带了相机,独自一人溜了出来,向女神峰方向进发,去领略三清山的风光。

一路行来,一路是清脆的鸟鸣,可抬头就是不见鸟影,真个是“鸟鸣山更幽”。猛一看前面立着一块木牌,上面写着“杜鹃谷”三个大字,凑上去细看,只见下面一段红色小字:原始杜鹃林方圆数十里,内有猴头杜鹃、云锦杜鹃、鹿角杜鹃等十余品种,每年 5 月为杜鹃花期,芬芳漫谷,极尽妍态。我不觉注意起这片杜鹃林来。我真想问问这些站立在这里上千年的古杜鹃,从纤细的一株长成碗口粗的大树,从“灌木”变成了“乔木”,从幼稚到成熟,她们的身边到底发生了多少悲欢故事。在一棵树龄为 1 570 年的猴头杜鹃前,我站住了,可是,杜鹃不语。我摸着她胸径为 52 厘米的身子,明白了什么叫天荒地老,什么叫倔强挺立,生生不息。想想这高山之巅，雪冻，强风，严寒，干旱，有多少杜鹃倒下了，枯死了，融成黑的泥土，羽化为风中的粉尘，能够历经千年风霜雨雪活下来的，仅是其中之极小的一部分而已，她们习惯了风餐露宿，她们看破了世间红尘，可好事的人类却不放过她们，天天扰着她们，她们只能用沉默坚守自己的尊严。这里的杜鹃为什么都是倾斜着生长的呢？她们的生存状态让我疑惑，我不是植物学家，我不能用科学的道理解释心头的疑问，我只能借以猜想：她们原本都是笔直向上的，由于承受不了高山的寂寒，就痴痴地向山下张望，却惹怒了山神，就让她们终年歪斜着，成了现在的样子。而司花女神终是不忍，让她们开出美丽的花，冲淡她们的落寞。

暮春下午的阳光斜斜地照在寂静的山谷。攀山古道不见了。走在新修的宽阔的石阶上，却很少碰见游人，而举手投足间，你就会与一棵千年古杜鹃撞个满怀，从而引发诸多思古之幽情来。在这里，任你思接千载，目行万里，观宇宙之大，察蚁蝼之微，都没有人来打扰。相反，人常有“耳边仙乐起，胸中层云生”的感觉，这是三清山对游人的礼遇，更是对我的恩赐。恍惚间，那个三清道人，鹤发童颜，长须飘飘，手执马尾，一身清风侠骨，迎面来了。

一路走来，一路是各种姿态的杜鹃。有的斜在岩坡上，底下是极稀薄的泥土，只几条根须牵着，用手轻一推，树身就动了，岌岌可危，我正在纳闷她如何禁得住山风的吹动，却发现她有一个根扎进岩缝里去了。路边有几株杜鹃倒伏了，根部全裸露出来了，但杜鹃的枝头依然缀满待放的花蕾，她们倔强地坚持着。有几株杜鹃生长在石级中间，园丁们用扁丝袋包住了树身，并在石板上留下足够大的洞，以免石级划伤了杜鹃，并给她预留下生长的空间。

暮色渐渐浓重了，游人更加稀少了。在一个转弯处，突然现出一个晒得黝黑的身材不高的挑夫，他正朝着山下赶路，从他匆忙的脚步里，我读出了他生活的辛苦和充实。山下，他的妻子儿女一定备好了饭菜，正翘首张望，盼着他平安归来。

我忽然间看见满山的野杜鹃的枝头缀满了洁白、粉红的花朵，犹如一个个纯洁无邪的少女在晚风里舞蹈，那样娇美，那样高雅。是的，只有一颗安静纯洁的心才能摆脱世间的浮躁，感受到自然的本真。

一阵山风挟着寒意袭来，我打了个冷战。山庄里忽然传来同伴的声音，他正喊我吃饭呢。我回首向晚风中的杜鹃告别，只见这些千年古杜鹃一个个立在寂静的山野中，她们凝重的眸子里写满了刚强。难道对于她们，告别只是游人的心情而已吗？我忽然觉得，到三清山来的一切人等，包括道教始祖东汉的张道陵，炼丹术士晋代葛洪，观光客宋代名士苏洵、苏轼、佛印和朱熹。从历史来观，和我没有什么两样，只是他们是名人，有人记着他们的行踪，而我等是一介凡夫，没有记录的价值。于是，有的人就在某个显眼处刻上某某到此一游之句，不过强求的终究是短命的，也许只要一阵风就能把此痕迹清扫无余。

晚上，我住在杜鹃山庄，看烟云在山涧缭绕，听溪水在谷底回响，感受杜鹃林无比的深邃，顾不了山上袭人的寒意和浓重的湿气，在同伴的鼾声中睡着了。

九华山听水

走进九华山，就是走进了水世界。到处是水：山涧、瀑布、溪流，就连那跳动的树叶，也溅出水样的影像来，在阳光下泛着粼粼的波光来，而那成片竹子发出的“簌簌”声，是那天际传来的夜的水声，清新而安闲，让人恍入梦境。

我们去的时候是6月中旬，从高速公路下来，就逐渐接近九华山。当进入它宽大的胸膛，水的意味就渐渐地浓了。当我们的旅行车，在山间奔行，目之所及都是清澈的水的影子，耳之所闻，也是那腾挪跳跃的水声，让人多了一份对九华山的向往。终于到了九华镇，才听说是刚下了一周的雨，我们来得正好，雨天刚结束，既可感受雨季的妙趣，又可不受淋雨之苦。

九华山流域面积广大，有99座山峰，其中千米以上的就不少。古树林立，植皮满坡，绿树覆盖率高，加上雨天多，所以水源充足。当天晚上，我们几个同伴相约出来，走在九华街上，沿着小溪漫步，溪水不停地奔流，在转弯处发出更加激越的声音。我们在一处桥边停了下来，坐在一株高大古树下的大石块上，水到这里尤其响亮，原来桥下砌了一石坝，那水到这里就有了一个落差，形成了一片小小的瀑布，那水声自然就分外响亮了。看不出这个石坝有什么实用的价值，难道造坝之人也是为了让这水声传之更远？边上也有几个乘凉的当地人，也许他们不是在乘凉而是来享受这蓬勃的水声的。因为这里白天的温度也不过二十四五度，夜晚则更低了。哪里去找这自然的水声，这能让心灵降温的水声！

第二天早上我很早就起来，想独自一个人感受九华山别样的风景，因为只有五点多些，还很少有人往来。刚到那条环城的路上，迎上来一个中年妇女，她问我去烧香吗？我说不去。她就一路相跟着来了。我就问一些自己关心的事来，比如雨天，比如流水，她也不因为我不遂她的意而不回答我。她几次都提起烧香的事来。她说有两个儿女，儿子25岁，已大学毕业，女儿23岁还在读大学。我说你把孩子培养得好啊，她说这是因为她们经常烧香许愿。相跟了好长的一段路，见我真的没有那样的意思，她也就没有再跟上来了。这倒好，我可以独自一个人感受这水声了。

一路上都有水声相伴。有时没有明流了，但走着走着忽然又响起了水声，犹近在耳。原来脚下就是暗流，每到一个下水口，那声音就响了。

又走在了九华街上，那是我们团队昨天走过的路，古老而沉静。街面由粗大的石条铺成，石条下面就是溪水，因为石条的缝隙，那水声就从底下流出，十分地入耳，让人在享受视觉古朴之美的同时，也享受了听觉之美。这水声一直陪伴着我，时急时缓，时大时小，有如人的一路前行，会遭遇到不同的风景。

在一个转弯处，我走进了一间早开的店，主人是一个中年妇女，说刚刚起来。问起她的家人，她说儿女都工作了，丈夫也有事做，自己就经营这个店，很安闲满足的样子。有一对大水桶工艺品吸引了我，价钱也不贵，最后我买下了，还买下了一个桌子和四个长凳，算是送给女儿和外侄女的小礼物吧。

一路走来，在水声的相伴下回到了住地。问起服务员这里的溪流的名称，却也说不出来，也就罢了。上午在百岁宫，又遇上了一阵小雨，我并没有打伞，那雨是清纯的，滋润我们逐渐失水的皮肤，直达心底。

离开了九华山，那溪水奔流入耳的声音依然在心底响起，让我回到了童年的雨季。

一路北上到扬州

我与扬州本无多大的关联，然而，因了好友建明，他的远赴扬州任职，让我与扬州之间的距离倏然变得那般切近了，与扬州有关的事，除了曾经从书中读过而心仪的城墙绿柳、长河小院、秦砖汉瓦、唐风宋韵，其他一切也都变得那么美好而妥帖。

那是前年秋的一个下午，我忽然接到了建明的电话。他说他抱着试试看的想法，参加了扬州面向全国的领导干部招考，不想，竟然通过了，并被确定为本次公开选拔领导干部的新任职干部代表在会上进行发言。他知道我在机关的文字工作岗位上浸淫多年，于是他想让我给他的发言稿修改润色。我为建明感到由衷的高兴，他是一个优秀的人，理应有更大的发展空间，也为好友之托而诚惶诚恐，朋友有求，我当然是尽全力而为之了。也就在那一刻，我注定要与那个远在天边恍如天堂的扬州建立一种不一般的关系。

建明是我工作后结交的好友，他来自江西吉安的一个山村。我们的相识相知，得益于 20 世纪 90 年代风起云涌的变革和发展。温岭于 1994 年顺利撤县设市后，发展教育、引进人才成为重中之重。为解决当地师资紧缺的现状，市里组团到外省招聘，建明成为受聘者之一。他被分配到我所在的乡村中学。建明待人热情，工作认真，黝黑的脸庞上总是露出一脸憨厚的笑容。他热情好客，人缘好，他的寝室往往成了朋友们的集散地。后来建明恋爱了，但女方的父母大概嫌他是外地人，当时教师地位又不高，不同意他们交往。为了所爱，建明狠下心来苦读考研，并终于考上了，他的真诚和上进打动了女方的父母。后来，建明北上杭州读研，毕业后，又在省城找到一份满意的工作，并把家也安在了那里。

成功考取扬州某部门副处职位后，建明别妻离子，一路北上赴任。凭着深厚的专业知识，很快适应了岗位需要，深得领导的器重，工作也打开了局面。他多次邀我前去，怎奈都不得成行。

直到 2011 年 10 月，我到南京出差，顺便到了扬州，才遂了心愿。到达已是晚饭时间了，文昌路上已是暮色沉沉，灯火点点。我打了个电话给建明，建明立马就过来了。我们走在扬州的街头。在文昌路上，他一一向我介绍了街头的景点，向我讲述着他到这里一年来的有关扬州的见闻。此时，扬州街头灯火辉煌，一街灯火似乎让人看到了扬州昔日的繁华，我们驻足在文昌阁前，想起“扬州八怪”等名人雅士曾兴会于此，追求着人生的制高点，不由慨然。那个时候，扬州以她独有的魅力吸引着各色人等，上至帝王将相，下至落魄士人，更有那来自四方的骚人墨客、富商巨贾、名妓美姬，带着“骑鹤下扬州”的豪情壮志，来了人生夙愿。而今，二十四桥明月仍在，瘦西湖碧波依旧，扬州也以崭新的姿态，以礼贤下士的热望，招徕天下贤才再来此地，建功立业。

我们走着，谈着，追忆着，不觉来到了建明在瘦西湖边的一个临时住处。我们谈着谈着，不觉时间的消逝。建明说：“晚上就住这里吧，明天早上再看老城。”我欣然答应了。在他乡遇故知，即便让我住于破屋茅棚，也是愿意的。那夜，我们回忆昔日的点点滴滴，倾心说着自己的一些感受和期待，长谈到深夜。

第二天，6 点不到我们就起来了。建明知道我喜欢看看当地风物古迹，就带我到古运河边上的东关古渡，参观了宋代东门城楼，然后沿运河东行。他说，他爱人来时，第一次游也是到这里来的。我们还去了汪氏小院，一路过街穿巷，从几个名园边经过。我要回去与团队一起用早餐，但建明执意要请我吃早茶。我只好随了他。我们来到一个院落，上书“冶春”二字，这里又叫“后冶春园”，建在护城河边，这里傍河临水，古色古香。据建明说，这里可是扬州很有特色的小吃店，也是市政府的接待点。因为时间有限，我说简单吃一点就好了。建明还是每人点了一个全套，要了一杯茶。那早点品种之多是我前所未见的，足有十几碟，还有一个蒸笼，里面竟有三四样的包子，有一种包子，里面装满了汤水，需用吸管去吸才行。这些于我来说都是新奇的物事，很有滋味。据建明说，一个早茶，扬州人坐在那儿可吃一个上午。可惜留给我的只有半小时的时间，我不能慢慢地品味，只能做匆匆的尝试。

告别建明，我与团队会合，8点半出发去游瘦西湖。在游走中，我不时地走神，想起昔日的明月夜，想起杜牧、姜夔、苏轼……不由吟诵起"二十四桥明月夜，玉人何处教吹箫""淮左名都，竹西佳处，解鞍少驻初程""天下三分明月夜，二分无赖是扬州""腰缠十万贯，骑鹤下扬州"等佳句来……又想到了昨晚，我就枕着瘦西湖的纤柳倩影，与友人一起，共叙友情，恍如一梦。我又想，无论是我与建明的结交，还是建明的一路打拼北上，直至赴任扬州，以至因建明而让我与扬州建立一种相知的情感，都是一种因缘际会。然而，这种因缘际会却并非是空穴来风，如果没有社会的进步，如果没有温岭、扬州等地的开放包容、求贤若渴，如建明那样的人群即便空有怀才济世之努力，也是枉然，我哪里能与生于千里之外的建明相识，哪里能有机会与扬州有如此亲密的接触了解。遥想历史上的扬州，钟灵毓秀，人文荟萃，名流辈出，如果没有那种包容天下的大气，哪能造就高耸文人雅士乃至帝王将相、落魄士人心头的巍巍圣殿。

用完中餐，我就与扬州作别，与建明作别。我是来得太匆匆，去得也太匆匆了，我的足迹还未到过扬州诸多胜景的万一，还未体味到扬州佳处的万一，我所提及的有关扬州的好处，也仅是万一中的万一吧！我将会再一次地北上，趁着烟花三月的薄雾，或者趁着菊黄十月的金风，即便是趁着夏夜的风雨或者深冬的月影也好，也要再访美丽的扬州。

在抚州住了一夜

那日乘了9小时的车，到抚州，安顿下来，已是5点。晚饭后，五六个人就合计到街上转转，算没白来一趟。我跟在后面，与相熟的有一句没一句地说着。脚还未全好，街无殊景，不觉落在最后。又有几滴小雨相扰，内心就有了不想再多走的念想，只跟着。拐了个弯，见到了几幢地基低于地面的老房子，像固执的老头透着落寞的气息。转不了几转就回了。

回到房里还早，看酒店里有关抚州的资料介绍，知此地乃有1 400余年建城史，文脉深厚，文人巨儒辈出，唐宋八大家乃占两家，为王安石、曾巩，还出了晏殊、汤显祖、舒同等文化名人。不觉兴来，想探访下当地的新华书店。

见窗外的街上，雨下得大了，地也湿了，行人打起了伞，不像刚才出门时雨零零星星的，并未能阻滞得了谁的脚步。别人是没有我这份私兴的，于是就独行。同伴开玩笑说，可别让小姑娘掳走了，我说，放心吧，我不高，不富，不帅，安全着呢。

带了伞，问清了方向，就出发。雨果然是大了，这雨下得恰到好处，让赣东大道多了一份温润，原本干涩的街面，突然变得灵动了。这让我想起去年的这个时候前后，夜里去哈尔滨莫斯科风情大道，雪打湿了方石铺就的街面，耳角传来莫斯科风情的曲子，夜空里飘舞着难得见到的白雪片，让人心动。

走着走着，就感到脚踝隐隐的不适，痛倒不怕，就怕影响接下来的行程。但我还是坚持到了最后。不过两个红绿灯的路，一走就走了半个多小时。

而新华书店却是不景气。作为抚州最大的书店，还不如温岭新华书店面积大，书多，连《1984》也没有。好在有一本字帖还是我中意的。而当地名人的书籍也没有，那服务员说，曾有过一本《1984》的，面也烂了。曾有过《王安石传》的，也没了。看着那一个个空书架，一本本卷角的新旧书籍，真切感受到网上书店对实体书店的影响。

按我往常的脾气，这点路是要走回来的。考虑到脚的因素，回来就打了个封闭型的三轮车。6 元钱，只是这里出租车的起步价。老头子 60 岁，说开这车怕城管扣去，一次要 400 元。白天管，夜里不管，所以只能夜里出来，下午 4 点开始到现在才赚到 30 元。两个儿女，本来有 3 个的，另一个 13 岁时做心脏手术死了。他得赚口吃饭的钱。他一路絮叨，我不敢太多问他，怕影响了他的判断，有几次差不多要擦着车和人了。

这段路是热闹，有沃尔玛，但路况并不好，有坡度，也不平，所以拿手机拍时，总拍糊了他的背影。路两旁有至少三处街头雕塑，像超市前的那种，也不免缺胳膊少腿的。既怕影响他开车，又怕他也答不上，我终于没问起那雕塑的含义。

翌日早上 7 时，天还暗着，我们就告别抚州，继续向井冈山的行程。车上前座一位说：抚州和我们温岭至少差 10 年吧?! 马上得到我同座的批驳，真是驳得好。温岭人的内里如此狂妄，真正是一个暴发户的心理。难怪温岭从百强县一路暴跌，很可能就因为缺少精神的支撑，少了一种后劲。他知道这里出过几个唐宋八大家吗? 知道他和他的子女读过、背过几篇这里的先人写的文章吗?

因为文脉的牵引，让一个外地人多了一份敬畏，多了一份寻觅的动力，这就是文化的力量。

岱山，我们在春天相遇

岱山，我来了。

趁着这5月的东风，应了一个遥远的约定。

我看见你丰收的鱼汛如春潮般涌起，我听到你汹涌的海浪奏响欢乐的歌声。

我从东海的另一隅启程，带着一颗虔诚的心。我要重温我的祖辈曾经靠海吃海的故事，我要站在你摩星山高高的塔楼上，对着广阔的太平洋放声歌唱，歌唱你的400余个大小岛屿像一串美丽的珍珠在大海里显耀，歌唱你的东海蓬莱仙山的美名在流逝的时光里璀璨，歌唱你的生生不息的子民书写着与大海抗争的壮丽诗篇，歌唱你山样的坦荡胸怀，海样的豪情壮志……

1

岱山，我虽是第一次来，但与你的交集，却可追溯到很远、很远。在我混沌初开的少年，小学和中学时代，我就从地理课本里读过你，知道你是一片美丽的岛屿。大学时，我读《史记·秦始皇本纪》："齐人徐福等上书，言海中有三仙山，名曰蓬莱、方丈、瀛洲。仙人居之。"同为徐姓，不由我浮想联翩，谁知我一直心念不忘的蓬莱就是你。工作后，我也在报刊里关注过你的音讯，渔业的丰收，渔民的喜讯，还有台风的登临。我曾经离你很近，从1996年暑假开始，我多次登上与你隔海相望的佛教圣地普陀，每次的登临，我眼眸的余光总触及了你秀美的容颜。

我们一次次的擦肩，我一次次的远望，终于等来了这个春天里的相遇。

岱山，我与你虽是初次谋面，我却能真切地感受到你的盛情。那个下午，你把蔚蓝的天空呈现，让美丽的云朵站成队，排成列，欢迎我们的到来。你让海风不要任性，像3月的清风拂面。你让海浪在沙地上轻轻地吟唱，有如在诵读《群岛文学》的抒情诗篇。真是宾至如归啊！在东沙古镇，当我凝神遐思，你让那些满街乱跑的光影突然为我静止。在鹿栏晴沙，当我按下快门，你让那些翻卷的浪花为我定格成白玉一摊。当我沉醉于美景迷了路，你让你热心的子民及时给我指点迷津……

2

岱山，你不会介意吧？像陌生人间的初次相见，我思量着你的名字的来由。在那个两地作协友情滥觞的晚上，当我走在你深夜12点钟的街头，圆月当空，薄云如雾。“你何为此名？”我用微醺的语气问你。你却笑而不答，陷我于沉思。于是我做这样的推测：也许是海岛资源少，地多贫瘠，又灾害频仍，居于海岛弹丸之地的你的子民，不免深感身单力薄，他们渴望有坚实的靠山，而山是大地坚硬的名词，是大片土地的聚集地。于是渔民们就给落脚的岛屿起了一个带山的名字。当然，也许有其他的原因，如他们的祖先是从大山移居，他们的乡愁里有山的滋味；如因为海岛受海浸风蚀多呈现出山的样子……不是吗？翻阅这里众多的岛屿，不少带着山的名字：舟山、岱山、普陀山、衢山、秀山……于是，他们有了与海对抗的底气，消减了心底里叶落归根的愁绪，他们背靠山，面朝海，进可攻，退可守，这是他们面对喜怒无常、不可捉摸的大海的智慧抗争。

岱山，请恕我如此浅薄的揣测。其实关于你的得名，也有许多美丽的传说，如说你的地名是从泰山来的——泰山古名不就叫岱山吗，那是徐福来岛上寻仙药时，顺便将“蓬莱”叫作“岱山”了。传说往往带上人们质朴美好的愿望，像清风带给人以美丽的遐想。

3

岱山，你像一个阳光少年，坐拥秀山美海，到处黄沙白浪，时闻欢声笑语，为何我却隐约感受到你的内心深藏着浅浅的孤寂和淡淡的忧郁？难道你的深色蔚蓝诠释的是对历史风烟的反思和对现实处境的忧虑？

岱山，你也记得明清时期历经近三百年的两次海禁，对你的子民造成的深深伤害。那是为避免倭寇的骚扰等原因而进行的大规模的内迁，你的那些世代以打鱼为生的子民，像一只只海鸟离开生养的大海，一脸的黯然和无助，一步步走向贫穷和困顿。后来，许多人又偷偷回归到这里，他们留下来，繁衍生息，耕海牧渔，迎来渔业的大丰收。然而，近些年因为乱捕滥捞，东海的渔业资源出现了匮乏，你的子民收入来源逐渐减少，他们中的许多人只能选择离开，另谋出路。你是忧心忡忡，寝食不安，是啊，抗过了多少个凶残暴唳的台风海啸，却无法回避这人为破坏带来的灭顶灾难。于是你在海边筑起了高高的祭坛，告诫人们敬畏大海、遵守休渔的禁令，祈求上苍赐予渔民永世不竭的福祉。

岱山，当我走过那些狭窄的老街和年久失修的断垣残壁，我感受到了世事的沧桑。那些长满年轮的老屋，有的因常年经受台风的洗礼，已然破败寥落。有的正在被大自然勒令收回，那成群的青草如水漫起，要把人为的痕迹彻底地掩埋。我也看到了你的子民正在用心地改造和挽救。在一个叫小岙的村庄，那里的老屋被城市里来的设计师改造成民宿，他们借助原始的力量，让躁动的现代人来这海角一隅求得片刻的安宁。

岱山，当我坐在你带着太阳余温的海崖边，凝视那些一刻不停翻卷的海浪时，涌上来，退下去，涌上来，退下去，那可是你的内心另一种沉默的形式？可是你一刻不停地在思索过去、探究未来的样子？

4

岱山，从你时光遗落的细节里，我读出了你内心满满的追求，你没因孤寂忧虑而沉沦，你在沉默里奋起。你热情好客，虚位以待。每年的6月，你都要举办休渔节，在鹿栏晴沙上演隆重的休渔谢洋大典，真诚地“感恩海洋”，求得“人海和谐”。你举行东沙古镇弄堂节，召唤远方的客人来岛上一起聊聊家常，推杯把盏，开心尽兴。你举办岱山岛听海季、岱西葡萄游园节，你立起了定海神针，建起了徐福楼，重修了慈云庵，造起了海景房，修缮曾被台风撕扯得凌乱的家园，修起养眼的绿道小径，吸引一批批游客来岛度假休闲。

岱山，尤其让我感佩的是，无论你的生存环境发生多么大的变化，你总忘不了用文学的乳汁哺育风里来浪里去的子民。那天，当我们走进你那东沙古镇老街上的那个民间文学社，我不由发出一声由衷的惊叹！我看见那老屋的檐下，摆着一溜小竹椅、小木桌和木质书架，过堂的风轻柔地吹起，那些被海风千百遍抚摸的杂志的封面，在幽暗的廊道里泛出夺目的光亮。我们两地作协的同仁渐次坐在那些浸着岁月痕迹的桌椅旁，就着主人为我们准备的茶水和瓜子，交流思想，闲谈掌故，翻阅那些洋溢着大海气息的书和杂志，感受时光纤密的脚步，心也随之沉静。

岱山，我钦佩你的坚守，你拥有一个优秀的海岛作家群体，他们始终保持着一颗热爱文学的初心，用生花的妙笔写海，用倔强的生命追海，用文学之光照亮人们曾经幽暗的心灵之海，如夜航的灯塔，驱散渔民们心头的孤寂，指引着海岛人冲开藩篱，冲破岛链，一路前行，迈进广阔蔚蓝的海洋时代。

岱山，与你说好了，我们春天的时候再相约。那时，大地安宁，海疆平静，我们面朝大海，春暖花开。

始丰溪畔遇寒山

2014年4月24日傍晚，雨后的始丰溪静静地流淌。说实在，这次的出行，来得突然，突然得来不及做一点点的功课，突然得像在睡梦中就被谁投放到这片美丽的山水。这样也好，无牵挂，无羁绊，思想和目光可像野马般不羁地游荡。

后岸是闻听过的，却从未知后岸的天空是如此浓墨重彩。你看，那满天化不开的浓，直直地滴落在村边的山崖断壁间，又有云烟，一缕缕，一抹抹，升腾起来，让整个村庄冲淡如茶。这个暮春的傍晚，雨淅沥着，落在村间户旁清澈见底的水流里，了无声息。因了这清清的水啊，这里，无论明沟或者暗渠，都那样让人赏心悦目。还有水草，还有游鱼，还有村头小溪流边曾经的猪圈上那丛蓬勃的绿草。除了水，花朝也是有的，从一口倾翻的大缸里汩汩流出，成一条彩色的溪。而那些老房子，像一位位老人在我们目力所及处安详地坐着。我们在村人们淡定的注视之中走村道，穿小巷，感受这里的安逸平和。忽然见到了临溪的一面墙，上面用中规中矩的印刷体写着一首诗："杳杳寒山道，落落冷涧滨。啾啾常有鸟，寂寂更无人。淅淅风吹面，纷纷雪积身。朝朝不见日，岁岁不知春。"落款处是六个大字："寒山子隐居地。"这里竟是寒山子隐居地！白墙黑字，小桥流水，暮春烟雨，朴实民风，不由人不信。

在一个村落，随便走走就能遇见一墙诗情，就碰见了传说中的唐代诗僧寒山子，让人竟生恍如隔世之感。这让我相信，在天台，你随意投放你的视线，目光所及，就能看见古人踽踽行吟的身影，听到他们步履悠闲的脚步。不是吗？那条唐诗之路上，留下了多少诗人的吟诵，又有多少像徐霞客般云游胜景的名儒大家曾在这里落下悠闲的脚步。

当晚就住在村民家中，听雨声击瓦，听溪流从村头安静地流过，想象寒山子在1 200多年前是如何行吟作息。

翌日凌晨5点就醒了。我只身出来，撑了伞，漫无目的地向始丰溪畔走去。心想，也许不经意间，又会有什么意外的相遇。此时，后岸四围的山都在云绕雾缭中。只有对岸始丰溪南面的那座叫十里铁甲龙的山，山体巍然，巨岩高耸，还看得分明，一缕缕云雾，正从山脚下飘起，如一朵朵盛开的蘑菇，离散聚合，渗进山的肌肤。仿佛那铁甲龙是在某个夜晚从远方的战场奔腾而来，到这里累了，被这里的水吸引了，横卧于村头，做一短暂的休息，可谁知这一睡就睡了千年万年。在村头走走望望，就过桥到那片桃林去。桥上碰见了两个去溪里捉螺的妇女，又碰见了一个60多岁的老年人。我和他攀谈起来。关于农家乐，关于桃花节，关于收入、儿女和周边的景点。他都热心作答，还说前边就是寒岩，大概半小时的路程吧。寒岩洞竟近在咫尺！这让我喜出望外，我谢过，就匆匆向寒岩进发。

在这阴雨绵绵、云缠雾绕的乡村，路上几无行人，有的是路旁大片的桃林和溪里哗哗的水声。洞到底在哪里？在深山里吗？会不会在漆黑的洞里有吓人的东西呢？我寻寻觅觅走向荒山野岙，心里确是有点荒兮兮的。终于来到一桥边，边上竖立一块粗陋的指示牌："寒岩洞由此进"！

驻足远观，此处确实不凡。但见那十里铁甲龙到此更见气势，如屏障耸立眼前。"飞岩若坠接苍溟"，那如巨斧劈开的山崖，壁立千仞，气势不凡。崖的凹处挂着一道白色水帘，从崖顶奔洒而下，颇有雁荡大龙湫之势，其前山坡地上种有一溜翠竹，新枝嫩叶，其色绿中带黄，如烟似雾。过瀑水，见石台阶，我拾级而上，峰回路转处，前面突见一巨洞。想必这就是寒岩洞了。我又有点不敢确定，寒山子居住过的寒岩洞竟是如此荒凉空旷冷寂吗？

洞的深处是漆黑幽谧一片。我孤身一人，就着早晨阴雨的天光举步进去，确是有些战战兢兢之感。谁能想象，这个如此空旷冷寂，甚至让人感觉有些凄凉的洞穴，竟是寒山子常年的起居之所，来这里小住的还有寒山子的好友拾得、丰干诸僧人。现今，这里成了燕子们的乐园，叽叽喳喳的叫声不绝于耳，不过“只闻其声，不见其人”，头顶上黝黑的一片，想必是其居所了。在幽暗的洞里，有几处供着佛像，前有香炉烛台之类。逗留了一些时间，终于不堪其幽暗而出。在洞腹阔处，抬头噪声传出之处，只见洞顶有如人脸，那三个大洞分明是人的双目和嘴巴，他正在俯视着在这里进进出出的人呢。

洞口右侧旁有一屋，内有香火，是为寒岩寺否？里面似闻人声，但大门紧闭。我就轻叩木门，闻有应声，一老妪从楼上奔来为我开了门，即立掌垂首躬身而立。我问及周边的景致，她说后面有一鹊桥，也叫旱石梁。我怕给她过多的打扰，终没久驻，谢过而出。即向洞的后山而去，上一陡坡，果见一石梁横亘，雨后路滑，颇有凶险。于是折回，再过刚才叩过门的屋前，但见木门紧闭，如无人来过。而方才入内驻足沉思的大洞内，竟亮起了一排烛光，闪闪烁烁，不知何人所为。想进去再看，却见时已不早，就沿阶而下，原路返回。阶前一老枫新叶初展，似有别意。回到居处，安静如昨，呼朋引伴，有谁知我今晨曾有此等际遇呢？

后来又得知，寒岩洞还有许多的风物掌故，比如洞内的“寒岩洞天”“小清凉”等石刻，洞前的龟蛇大石和“宴坐石”，近旁又有天台山十大景之一的“寒岩夕照”胜景，只能待下次再做细品了。寒山子《寒岩诗》云：“一住寒山万事休，更无杂念挂心头。闲书石壁题诗句，任运还同不系舟。”不由又心生追慕之情。

秋游大陈岛

大陈岛位于椒江东部、台州湾东南的洋面上，是国家一级渔港、省级森林公园和省海钓基地。时隔20多年，当我再次踏上大陈岛，我惊异于她一如既往的自然之美，她像一个娴静美丽的少女，在浩渺的碧波中洗却尘俗，远离浮躁，静守岁月流光。

上岛

登船，离岸，起航。2012年10月4日中午12点，我们举家乘上安庆号，从椒江码头出发，向大陈岛行去。从舷窗看出去，高天暖阳，微风细浪，波光如鳞，鸥鸟倩影，让人沉醉。船过一江山岛，风浪忽然大了起来，浪花溅到舷窗上，飞花碎玉。

近了，近了，大陈岛，我又一次来了！记得20多年前，我读高中时，学校春游到大陈岛，我们从沙山港包船出发，一路顶风劈浪，到达大陈岛，当晚就住在岛上。记忆最深的是甲午岩以及那些战争遗址，还有就是，我们就餐时每人分到的半只梭子蟹，那鲜美的味道至今难忘。

要在国庆长假顺利上岛，颇难。最难是买船票。出发前排了两个早晨的队才买到，游岛时又有赖于购票时认识的一个大陈人，他热情有加，帮助我们购票、安排住宿、推荐用餐地。大陈人的质朴憨厚让人感动。

经过近两小时的航行，我们终于靠了岸，并在那个素昧平生的大陈人带领下，顺利住下。

海滩、岩礁、晚霞

住下后，岳父母在旅馆休息。我们几个沿着海边公路，向甲午岩进发。孩子们挡不住大海的诱惑，从防浪墙缺口攀着礁石下去，捡石子，捡海螺，踏浪，不亦乐乎。那海浪“哗”的一声涌过来，在沙石滩上化作满地的泡沫，洁白似雪，然后又退回去，来来去去，不知疲倦。女儿和大姨一起赤脚走在海边，每一个浪来，都能闻见一阵欢乐的惊叫。此时，整整一个海岸，整整一个蓝天，好像都是为我们准备的。笑声浪音，秋阳晴空，蓝天白云，小岛灯塔，水上人家，加上对面大陈岛上列阵的风车，这是一个多么惬意的秋日午后时光！所有的这一切，组成了一幅人与自然和谐共处的美丽画卷。

进渔师庙，过浪通门，终于到了甲午岩。时候已经不早了，我们匆匆地买票游览。记忆中的甲午岩，巍然屹立于海岸，下临碧水，上插云天，而眼前的甲午岩却不比想象中的美绝。也许是留在记忆中的美景会因不断润色修饰而变得更美吧！又许是那时候是能下到崖底仰望的，而现在只能俯视。举目望去，在广袤无际的蓝色海洋衬托下，两岩高举，如帆如斧，在一片海蚀的岩礁中显得鹤立鸡群，难怪有“东海第一大盆景”之誉，让人佩服大自然的鬼斧神工。

从景观点出来，早已夕阳西下，西天边的火烧云像烤红的铁块渐渐暗淡下去。我们一边鼓励孩子，一边加快了回家的脚步。为了缩短行程，我们走上一条盘山小道，此时暮色四合，路边的茅草在海风中翻飞，发出簌簌的响声，女儿紧紧地拉住我的手，那一刻我忽然生出了做父亲的责任来，若从茅草丛中突然跃出一个剪径的盗贼，该如何才能不吓着孩子？在一个岔路口，见一条黑狗在缓缓走动，它回头望望我们，懒懒地走了。终于来到了大路。蓦然回首，只见路口一堵高墙的上头，坐着两三个渔民。“吃饭了吗？”“吃了啊！你们呢？”“还没有呢！”在高天的衬托下，我看到的是一帧散发着浓浓生活气息的绝美的渔村剪影。

晨起观日出

为了看海上日出，第二天4点20分我就出发向浪通门行进了。

出来后我才知道，我起得太早了。四周无有一人。隧洞口仅有的那盏路灯，实在照不了多少远。一个人在这清冷的海岸行走，未免太孤单了。海风呼呼，掀起雪白的浪花，送来阵阵拍岸的声音，一轮圆月高挂天际，洒落一地的银光。有月相伴，有海浪声壮胆，还有一两声秋虫的鸣叫，这让冷清的行程充满了生气。走着走着，忽见路边停着一辆自行车，一条狗躺着，而远处海滩上一个人打手电光在寻寻觅觅，他在做什么呢？快到浪通门时，又碰到一个老者，说是要落船去，他说他已50多岁了，儿女都在外地工作，只他和老伴守着家，他还谈起了战争的旧闻轶事。将近5时，我别过老伯，急向浪通门而去。

先是东边的天际有了不一样的颜色。原本是海天一样的铁青色，中间萌生出了一丝隐约的暖色。不久暖色渐渐地加重。渐渐地，海与天不再混沌一片，混为一谈，海是海，天是天，有了明显的分界。我看着东天，判断着日出的位置，调整着自己的观日点。东边天际的色彩不断变化，就像谁在海的那边倒了一桶颜料，逐渐地向天际涌起，晕开，从暗红、浅红、淡红、曙红，到猩红，范围也不断地扩大。到了五点半，那曙色更浓了。又过了许久，曙光更亮了，然而海的那边依然有一块蓝色的幕布拉着。我不觉有点泄气。5点47分，突然，那幕布上现出了一点明亮的猩红，是太阳！我被这突如其来的一幕惊呆了，竟有些不知所措起来。我慌忙举起手中的相机，调焦，对光，拍摄，生怕漏了一个细节。那一点猩红渐渐地扩大，变成了半圆，大半圆，周边也随着明亮了许多。那红盘继续上升，但上升似乎变得有些艰难了，有一刻好像停止不动了。是太阳久睡后的困倦，她要揉一揉惺忪的睡眼，还是她被大海紧紧地粘住了？你看，连那圆弧都有些变形了。但慵懒不会太久，海的强力也不会持续太久。太阳振作了一下，猛挣脱了大海最后的挽留，原本相连的地方，忽然弹了开去，分离开来。不久，太阳刺穿如幕的云翳，射出万丈光芒。此刻，她君临大地，大海、礁石、船只，包括我在内的世间万物，都被镀上了一层生机勃勃的金光。

这是多么精彩的一瞬啊，我的内心发出了由衷的欢呼！

徒步环岛行

大陈岛古称东镇山或洞正山，公元5世纪，古代台州往朝鲜、日本的商贸船只皆取道该岛。明代16世纪中叶，大陈岛为海上抗倭战场之一，嘉靖三十四年(1555)，明军水师于大陈洋追剿倭寇，并擒获通倭大盗。风门岭的烟墩遗址，即为当时留守明军所筑，多少历史的烟云在这里升起，多少战火在这里燃烧。既然来到岛上，我要徒步览尽岛上风光。考虑到路远强度大，我独自出发。

一路行，一路看，一路摄，一路思，不放过一处美丽的景致。我想，一座岛其实就是一座山，一座山峰就是一个抵挡狂风恶浪的屏障。大陈岛的许多景点或战争遗址，都与山有关，且多建在山上，如天后宫、纪念牌，还有那些战壕、坑道、碉堡。也许是久在海浪中沉浮的人，更渴望登到高处、看到远方的天空吧。

当我到达屹立于望夫礁山上的垦荒纪念碑前，读着青年志愿垦荒队员的垦荒史迹时，我仿佛回到了50年代，那个战天斗地的年代，那时的人们响应号召，追求理想，心无旁骛。那是一个贫穷的时代，也是一个洋溢激情的年代。在这荒野的岛上，有多少青春的热血和汗水洒落在这里，构筑起了一个精神家园，至今让人瞻仰。

我站在山顶上举目四望，美丽的东海无边无垠，那些大小岛屿在阳光下熠熠生辉，当我回首凝望那些战争的遗址，我仿佛听见了炮火的呜咽。我们每个人都渴盼着和平，不希望战火点燃我们的家园，不希望我们的同胞和亲人生灵涂炭。我祝愿祖国的海疆繁荣安宁，就像渔民们企盼妈祖的佑护，企盼出海的亲人平安归来。

老家西望是雁山

我的老家在岭头，那里，夕阳中能望见雁荡山多彩的云霞，夜静里能听见乐清湾拍岸的海浪。雁荡山在我老家的西边，不过几十里的路程。尽管她有“寰中绝胜”“东南第一山”“世界地质公园”的美誉，但我更愿意把她当作我非常熟稔的一位邻家姑娘，它是那么端庄大方，秀外慧中，朴实善良。

浩浩东海边，巍巍雁山出。它吸引着我，召唤着我，启迪着我，一次又一次，向西，向西。

太阳落山的地方

小时候，我常常站在傍晚的村头，往西边眺望那瑰丽的夕阳，看那绚烂的晚霞变幻出飞马、神鹰、羊群……直至红通通的太阳慢慢坠入西边那片大山。我怔怔地想，太阳落下去后，就躲在那山里吗？那时，还常听大伯讲戏，最吸引人的是《西游记》里唐僧师徒西天取经的故事。有时明月当空，我听着，听着，不由得把眼睛移向西边那片大山，唐僧师徒去西天取经也要经过那里吗？那里也有妖魔鬼怪吗？于是那片大山在银色的月光里显得加幽秘了。而今大伯已不在了，那个小山村也被铲平，只有这点滴的记忆还深藏在我的心头。

直到稍大后才知道，太阳落下去的那片大山有一个美丽的名字，叫雁荡山，村里人则多称之为雁山。

我第一次与雁荡山亲密接触，是在我刚读小学未久，那年大年初三，爸随村里有关人员去雁荡山活动，顺便带上我。村里叫了一辆拖拉机，我被挤在大人群中，懵懵懂懂地到了目的地。原来这里就是雁荡山，这里就是太阳落山的地方！这里层峦叠嶂、山清水秀，还有美丽的传说，哪有妖魔鬼怪啊？我既高兴，又有点失望，看来孙悟空是不会打这里经过了。那次，我和父亲照了一张相，至今还被母亲珍藏着。那张发黄的照片里，我和父亲坐在一块岩石上，目不转睛地注视着左前方。照片里的我满脸稚气，父亲满头黑发，还正当年。而现在，我也已当了父亲，而父亲则退休多年，已是满头华发。

不了同窗情

我们那会儿念小学、中学，每年春季是我们最快乐的时节，因为有春游。记忆最深的是1987年我读初二时的那次春游，学校安排我们远足去雁荡山。出发前，老师宣布了纪律，不离队，不掉队，要互助，个人与个人要比体力、比毅力，班与班要比纪律、比团结。我们怀着极大的热情迫不及待地从学校出发，在老师的带领下，我们走山路，跨石阶，穿路廊，过溪涧，我们互相鼓励，互相帮助，途中还经过了我的老家。许多同学都是首次走这么长的路，对他们来说，这自然是一次艰难的旅程，许多人走得脚底都起了泡。最难耐的是口渴，水早喝光了，我们只能忍着，一直到下午日头西斜了才到达雁荡山。记得那晚住在响岭头的一个旅馆。尤其让我记忆犹新的是那天晚上的口渴，由于旅馆开水供应不足，我们要排队等候，结果越等越口渴，那晚我们同住的几个，一连喝了几开水瓶的开水才罢休。第二天，我们继续奔走在各个景点之间，晚上还去看了夜景。我们无不被大自然的鬼斧神工所倾倒，我们任由想象的野马在思想的星空里任意驰骋。快乐的时光总是转瞬即逝，容不得我们半点流连。当我们重新走在归来的路上，我们似乎又成长了不少。

时光飞驰，谁能想到，曾经跋山涉水的那一群人，竟能重聚雁荡山！

2008年7月，已有20年未开同学会的我们，决定在雁荡山再聚首。我们从无牵无挂的懵懂少年，逐渐步入上有老下有小的负重拼搏的中年。这是一个难得的聚会，更是一场难得的盛宴，我们50余位师生怀着激动的心情从四面八方会聚。那个下午，久未谋面的同学，个个都敞开了心扉，我们有太多的话要说，太多的同窗情、师生情要述。茶话会上，个个激情澎湃，不是演说家胜似演说家；个个情动于衷，不是诗人胜似诗人。我们有太多的激动，太多的话语来不及述说，仿佛青春重回，岁月再来。当晚的晚会上，同学们歌声婉转，舞姿优美，好像回到了花季年龄。那天晚上，因了我们，我们入住的雁荡山山庄写满了快乐和幸福。第二天，我们又一起去大龙湫观瀑，故地重游，不觉又是一番感慨，"此情可待成追忆，只是当时已惘然"，昔日年少春游远足的情景，仿佛就在昨天。

这片山水充满爱意

山是博大的，博大会产生爱，爱人，并容得下他人的爱和幸福，这是一种难得的情怀。雁荡山是一个充满爱意的地方，你看那夫妻峰，在夜色的映衬下，构成了一幅多么温馨浪漫的爱情画卷。它似乎在启迪着人：爱，永远是人生的主题。也难怪，这里每年一次的雁荡山夫妻文化节吸引了四面八方为爱而来的游客。

记得与妻认识后的翌年春节，我骑着摩托车，带妻来雁荡山游览。我们从老家出发，一路上，妻依偎着我，我护着妻，充满了柔情蜜意。尽管是春节，到处车来人往，但并未影响我们的游兴。我们在雁荡山的青山绿水间转啊转，兴来时，或猛拉油门，呼啸而去；或下得车来，漫步在清水浅滩边；或找一处美景，坐下休憩片刻。感觉这远处的山峰，近处的秀水，山涧的游鱼，乃至路边的野花野草，都为我们而准备，我们沉浸在两人的世界中。不知不觉中，日头已西斜。那秀美的风景，一如我们那时的心情，是一份多么美好的回忆啊。

最近一次到雁荡山是2011年的春节，这次主要是为了让岳父散散心。我们一家七八个人，两辆车，浩浩荡荡来了。岳父前年确诊为癌症后，操碎了家人的心，他先后动了两次手术，进行了数次的化疗，身体非常虚弱。我们深知家人的关爱和保持良好的心态的重要，因此总尽量陪他散心，让他开心。我们先来到灵峰，但最终没去，一是因为时间不早，二是岳父说走不了这么长的路。转而向大龙湫去。在大龙湫，岳父还是说不去。我们说返回，他又不同意，非要让我们带着两个孩子去见识见识，他在外面等。此时，因冬季干旱，大龙湫水不大，细流如丝，状如落絮，点点滴滴，被风一吹即飘洒开去，断无昔日惊心动魄的气象。看着眼前的瀑布，不由我触景生情，人生也如这瀑布多好，即便到了状如游丝的境地，当雨水重来，又会焕发出热情澎湃的青春光彩来！我终究挂念着岳父，两个孩子也懂事了，我们玩不多久就匆匆下了山。到达售票口，岳父早已等在那儿笑脸相迎了。现在，岳父病情已大有好转，我和妻子和女儿约好，等岳父病情痊愈了，我们再举家畅游雁荡美景。

雁荡山，看不尽你的奇峰怪石、古洞石室、飞瀑流泉，走不遍你的山山水水、角角落落，阅不完你的地质构造、沧桑变迁，读不尽散落在你身上的隽永诗篇、优美传说，我愿意用我的生命之尺，继续一遍又一遍地丈量你的每一寸土地，每一抹流水，每一朵稍纵即逝的山岚烟云。

雁荡山，请允许我久久地向你凝望，凝望你的霞光万道，凝望你的云岚千重；请允许我一次次地走近你，感受你的博大精深，体味你的从容淡定，让我顿悟望峰息心的禅机深理；请赐予我无比博大的胸怀和定力，在这喧嚣的尘世间不枉费了这短暂易逝的人生！

时光如剑亦如炬

时光如剑亦如炬

不知不觉，又到周末。似乎上一个周末就是昨天的光景。这样想着，又怕下一个周末已迫不及待地在前方等候了，就像那趋光的流萤，直直地扑面而来。

晚饭后，如往常一样，窝在了办公室。办公室是寂静的，偶尔接到一个电话，心像找到了一个缝隙，与外界才有了交流。看看日历，已是6月中旬，一年似乎刚刚开始，又已到半年总结的时间了。已是梅雨季节，前些天刚刚入梅，连着下了几天大雨。今晚，天空一片浓云密布，低处的云块被城市的光亮染成了暗黄的颜色，雨声敲击着玻璃的窗，似乎催促着我，黑夜已经来临，该早些回家去了。办公大楼前的广场原本是个热闹的场所，天晴的时候，那或缠绵或哀怨或激烈的音乐从玻璃幕墙的排风口进来，直达耳膜。在广场朦胧的灯光下，有一大群的中年妇女跳着群舞，想必她们在舞中找回了青春的感觉。而今晚，雨是主角，她们都退出了这个舞台。

时光如流水，如梭，如白驹过隙；光阴荏苒，日月如梭；一寸光阴一寸金，寸金难买寸光阴……这些耳熟能详的描写时间流逝的词句曾经常出现在我们年少时的作文里。那时，少不更事，“少年不识愁滋味，为赋新词强说愁”，哪里能体味时光匆匆而过，人生无多的况味。自古至今，有多少人感怀时光之匆匆啊！孔子说：“逝者如斯夫！不舍昼夜。”

曹操说:“对酒当歌,人生几何?”李白说:“夫天地者,万物之逆旅;光阴者,百代之过客,而浮生若梦,为欢几何?”朱自清也在感叹:“聪明的,你告诉我,我们的日子为什么一去不复返呢?”

回首走过的路途,才感受到时光的流走是逐渐加速的。童年时,我们是时间富翁,再奢侈的时光盛宴也消受得起,不要说一整年,就是年脚那几天的时间,我们也觉着是那么漫长,我们扳着指头盼着日子早日逝去,好迎来热闹的新年;少年时候外出读书,一个星期回家一次,才到学校,就盼着归期,一个星期一个星期也差不多是用熬过去的;后来考上大学,考虑到节省路费,学期间是不回家的,也常觉流光之缓慢,时间之漫长;直至工作以后,对时光的关注似乎少了,日、周、月、年等,都只是计量时光的单位,甚至于它们的流逝,对于自己来说也并没有什么特别的感觉。于是,不知不觉中,时光之轮奔驰向前,向前,从不停步,不舍昼夜,我们的年轮也不停地生长……

直到有一天,忽然感到时光脚步是如此的匆忙,已不容你有一刻的迟滞。日子不是一小时一小时、一天一天过,而是一周一周地消逝。像朱自清在《匆匆》中所说的,“像针尖上一滴水滴在大海里,我的日子滴在时间的流里,没有声音,也没有影子”。曾经有人算过,人活在这个世上真正属于自己的也只有 2 万多天,算算如今自己已过了 1 万多天,不由让我大吃一惊,忽然感到人生是多么的短暂。因为短暂,有人就想及时行乐,醉生梦死;有人瞎混日子,得过且过,消极怠惰,以求身心无忧。而时光,并不因此而怜悯谁,它继续着自己的脚步,让这些人在清醒的时候更加后悔,那算是一种惩罚吧。

时光如剑,谁也无法抵挡。它穿过了一个又一个的时间节点,冲破了或即将冲破一个又一个时光的年坎:三十而立,四十不惑,五十知天命……而人却无能为力。也许有一天,你会感到,时光的脚步又加快了,不是一周一周,而是一月一月,甚至一年一年地流走,那样离人生的终期也许就不远了。历代多少帝王、高人想求长生不老,想成仙成佛,却都在与时光的对垒中败下阵来。我们就像与时光搏击的斗士，只有拿出勇气和毅力，才能赢得对手的尊敬，才会在内心的深处升起对时光的敬畏，扬起生命航船的风帆，迈上新的征途。记起有人说过这样的话："积极的人像太阳，照到哪里哪里亮；消极的人像月亮，初一十五不一样。"说得多好啊！我想正因为人生苦短，所以要做积极的人，像一个太阳，照亮你身边所有的人，那些爱你的，你爱的，甚至并不相识的，让他们的脸上写满幸福的笑靥；照亮所有的物，让它们都散发出圣洁的光华。

时光如炬，照亮了你的来路。那些充满爱意的日子，那些充盈幸福的日子，犹如光辉的宫殿，矗立在你走过的岁月，成了别样的风景，激励着你继续向前。

有一种美丽叫牵挂

在“非典”肆虐的那段日子，妻带着女儿住在乡下，一边教书，一边育女，而我却不能为她分担一点辛苦。我能明显地感到，妻消瘦了很多。尽管有我母亲帮着照看女儿——我母亲是个中国传统的妇女：忍耐、勤劳、与人为善，每天天蒙蒙亮就起床了，洗好衣服，做好饭，打扫好卫生，然后戴起老花镜坐在凳子上做着织毛衣等零杂的活儿，等着我女儿醒来。母亲是辛苦的，我们也曾想请保姆，又放心不下女儿。对于母亲的任劳任怨，妻总觉过意不去。我劝她：“就算我叫母亲帮着带女儿吧，你用不着太内疚的。”

因为手头事务多，那些天我常加班加点到深夜。走出办公室，走在没有一丝风的街道，抬头看见一钩弯月无精打采地挂在天空，我就想起今晚的我不就如这弯残月，它在思想着月圆时的美好，而我在一个人的日子里饱受着孤单的考验。好不容易躺倒在宿舍那张床上，睡意却全消了。我记起了妻对我说的话：“趁这段时间，没有女儿打搅，夜里多睡几个好觉。”然而，思念如星，它高高地悬在人的心空。每当黑夜里醒来，隐隐约约见着女儿那张床，我的耳边会响起女儿天真的笑声以及妻的逗乐声。我仿佛看见女儿开心的笑脸上那双极夸张的因笑而眯得连一条缝也不留下的眼睛。

岁月和经历改变了人的思想和心境。作为身兼父亲、丈夫、儿子三职的我，无忧无虑、衣食无忧的日子已一去不复返了，责任和义务就像两座高耸的山晃悠在我的眼前。闲暇时，妻会谈起钱钟书的《围城》，妻问我，走进婚姻的围城后悔吗？我告诉她一件真实的事，我朋友单位里有一位曾是当地高考状元的同事，现在三十好几了还没对象，加上工作不顺心，家庭压力大，情绪极度低落。我若有所思地说，老是不进围城的人不是傻子吗，围城虽围人，却不是也给了人一个防冷御寒的窝吗？你看上帝还赐给我这样一个活泼聪明如你的女儿呢。妻笑了。是啊，亲情使我们心头充满了温暖，使每一个平常的日子变得亮丽无比。每当我携着妻女回到老家，父母脸上总会洋溢着醉心的笑容。我想这就是生活给我的最好回报。

在那些日子里，尽管我是“孤孤单单一个人”，但我并不感到孤独，因为我的心头充满了牵挂，而缘于亲情的牵挂是极其美丽的。

寻找春天

案头的日历刚翻过立春这一页，女儿就要写一篇有关春天的日记。我本来想说："还是换个题目吧，你看这料峭的春寒，哪里有春天的影子啊！"但我最终没说，也许在孩子的心中，春天已经来了。

"好吧，那我们一起去找春天吧！"一路上朔风扑面，寒意逼人，电瓶车的挡风板"哗啦""哗啦"响个不停，女儿直喊着手冷。终于到了东辉公园，广场比想象的还要冷清，连平日活跃的小商贩也匿了踪影。穿过广场，在儿童游乐园边，几株垂丝海棠先来迎接我们，只见那枝丫直刺天际，钢筋铁骨般刚硬，除了高处的海棠果，并未见任何春的音讯。树下是满地的海棠果碎屑。女儿不禁有些失望了。

再向前走，到瓦屿山脚下，是一片梅园，朵朵梅花凌寒独立，传来一阵阵幽香！那些梅树或高或矮，或伸展或含蓄，那花或开得正盛，或含苞待放，粗望枝头似无物，细看花蕾缀满枝头。我对女儿说，那是一行行五线谱，正在弹奏着春的序曲呢！尤其是从远处看，那点点梅花化作一望淡淡的烟霞，如一绝色佳人略施粉黛，美极了，雅极了，让人想起了国画中那氤氲的意境来。这梅园，真可谓争奇斗艳，生机盎然。园里有一个老者正在指导一个少妇用相机拍摄梅花，边上蹲着一个小男孩，出神地观察周边的景致，他们也是来寻访春天的吗？

这时，女儿被路边一棵开得正盛的梅花吸引了，她抬头仔细观察，然后又低下头来，远远地喊我过去，她指着梅树脚下一地的落花问我："地上怎么这么多梅花啊？还有花蕾呢！"很明显，这是人为破坏的结果。女儿蹲下来，仔细地捡拾起那些花儿来，放在小小的手心，然后又递给我。我没有扔，那是女儿交给我的春的音讯，得带回家去。

梅园一角有几间小榭，有几个人正拿着红色的扇子在兴致盎然地边练习边交谈，并不时传来"啪、啪"声，他们正在切磋技艺吧。我们凑上前去，问那个中年男人："你练的是什么啊？""太极扇。"得知我就住在附近，他说，已经开春了，天气暖和了，如果有兴致，早上可以过来一起锻炼啊。说起锻炼，自己已荒废好一段时日了，不由得心生惭愧。是啊，"一年之计在于春"，切莫辜负了大好春光。

我又被女儿拉着去公园人工池塘边上看迎春花，看柳树，看小草，看池塘清亮的流水，它们都渐渐从冬的围困中醒来了。

在回来的路上，我们忽然看见刚才走过的垂丝海棠上有一群叫不上名儿的鸟，正呼朋唤友，停立在海棠的枝头，尽情啄食着那坚硬的海棠果，原来那一地的果屑是它们的杰作！它们叽叽喳喳，会否在谈论着春天呢？等它们享用完这最后的秋天之赠，就迎来了春暖花开。

我问女儿找到春天了吗？女儿若有所思地点点头，说梅花开得真好看，她还看到了小草的绿意，迎春花的花芽……

"可是，既然是春天了，为什么还会这么冷呢？"女儿问我。我也没有一个确切的答案。没过几天，在《台州日报》上看到一篇解释当地天气的文章，说："气象学上把连续 5 天的日平均气温稳定在 10℃以上作为春季的开始，现还远没有达到入春的条件，历年平均入春日期为 3 月 26 日。"而我国一直是按照农历的分法，把立春作为春季的开始。原来是这样，我恍然大悟，在注重名份的传统里，连节候也有了这样的礼遇。国人盼春归的审美趣味和情感体验，也就这样一点一点地累积下来了。也因此，古代无论是那些穷困潦倒的书生们，官场失意的才子们，还是仕途得意的仕子们，他们的内心就多了一份牵挂，一份期待，一份美好。你听，唐朝韩愈的"新年都未有芳华，二月初惊见草芽"，多么生动地写出了春节前后，人们在漫漫寒冬中久盼春色的那份分外焦急的心情。

我们一生都在寻寻觅觅，然而我们对春的喜好，却是与生俱来。

走进野外，回归自然，带着我们的童真，带着我们的爱人和孩子，去寻找春天吧！即便节候在时间的隧道里无声地潜行，我依然能感知春天悄无声息地滑落人间的那种感动。“白雪却嫌春色晚，故穿庭树作飞花。”是的，春天让人的内心充满憧憬和希冀，春天让人变得生机勃勃，春天也教会我们要对大自然深怀感恩，充满敬畏。

荣誉抽屉

5年前搬家时，在朋友经营的家俬城里，一口气买了三组共10个单位的书橱。几年下来，各式各样的书，各个领域的，各类版式的，各种尺寸的，我的、妻的、女儿的，把书架塞了个满满当当。那些曾在书橱里占据了醒目位置的物品：杯子、笔筒、玩具，在儒雅的书籍面前，也如谦谦君子，渐次地退让了。

靠窗的那个白色书橱，底下有两个抽屉。刚启用的时候，我顺手拉开上面的那个抽屉，把那一沓我历年所得的大大小小的红本本放了进去，后来一有新得的获奖证书，就往里塞，几年下来亦渐成气候了。在女儿很小的时候，她对一切都感到新鲜，常常打开这个，拉开那个，而对这个抽屉却偏爱有加，经常打开来，拿起这本，放下那本，很有爱不释手的意思。虽然那时女儿对于奖状和证书的含义并不太明白，但在大人们郑重其事的眼光里，她似乎感受到了其中不一样的意义。有一次女儿又问起这些本本是做什么用的，我就对女儿说："就像你在幼儿园里老师奖给你的小红花，这些红本本，是爸爸得到的小红花啊！"这回，女儿好像明白多了。我又对女儿说："爸爸也把下面的抽屉给你放小红花好吗？"女儿高兴地点了点头。说干就干，我当即把底下的那个抽屉里的东西搬掉，放进女儿从幼儿园里带回来的东西：老师奖给的一朵小红花，一张小卡片，一个小玩具，后来，又有了奖状、证书，以及书簿之类的奖品。有一回，妻打趣地说："你们父女俩就比试比试，看谁获得的奖状多。"女儿信心满满地说："比就比啊！"于是，这个临窗的书橱底下的两个抽屉就成了我们父女俩的荣誉抽屉，那个角落也成了我们家的荣誉角。

随着时间的推移，女儿荣誉抽屉里的内容不断丰富起来，获得的各类奖项和证书也不断增加，含金量也不断提高：校“五星级学习型好学生”奖状、市中小学生书画比赛获奖证书、舞蹈考级证书、假期实践活动先进个人、学科比赛和童谣创作大赛获奖证书……我也在努力地参加各种比赛，每次获奖，都会拿一本硬封皮的证书回来，我的抽屉渐渐地满了。这下女儿有些不服气了，她说：“为什么爸爸的证书都有硬壳啊，而我的证书都只是一张纸呢？”妻子笑着说：“大人和孩子当然是不一样啊，但只要你加油，一定会超过你爸爸啊！”

每当我来到荣誉角，打开荣誉抽屉，看着那一本本鲜红的荣誉证书，我的内心就多了一份责任，一份期待，还有一份感激。其实妻也曾获得过不少的奖励，如在“教学大比武”中获得过地市级奖。这些年来，妻把更多的精力放在了家庭。有一句话说：军功章啊，有我的一半，也有你的一半。是的，我和女儿的每份奖状和证书背后是妻默默的支持和奉献。因此宿舍南窗的这个角落，不只是我和女儿的荣誉角，也是我们一家人的荣誉角。相信，女儿将来也会明白其中的道理。

总有一天，女儿的奖状和证书会把她那个抽屉塞得满满的，到那时，我会给她换个更大的抽屉。总有一天，女儿抽屉里的荣誉会超过我，希望这个日子不会太遥远。加油，女儿，你不会让你的爸爸和妈妈失望吧？

伴你走过一天又一天

时光如飞驶的列车，我们都是匆匆的过客，上来，又下去，下去，又上来，相同的是那份延续千年不变的亲情，不同的是一张张似曾相识的脸孔。

我们乘着时光的列车，从这站到那站，只是一瞬间吧！然而由那点点滴滴汇聚而成的有关亲情的生活片断，却是那般的鲜亮，让人难忘。

清楚地记得2002年10月7日那天下午，当医生把女儿交到我手上的时候，我竟然有些惶惶然，惴惴然，我业已成为一个小生命的守护者和依靠。女儿是那么娇小，我只要轻轻张开两个手掌，就能为她撑开一片安睡的天地。女儿又是那么惹人爱怜，我一手托着她的头和肩，一手抵住她的屁股和双腿，她一定没有在妈妈子宫里那样舒适吧，她却并未挣扎，哪怕是微微地表达对新环境的不满，只任由她的父亲用尽管小心翼翼却仍显粗粝生硬的动作，由三楼抱到二楼。女儿刚生下来时，重6斤，我以为这重量刚好，太重会增加妈妈的负担，太轻，又会辜负了妈妈和爸爸的期望。

随着女儿的降生，我们的生活就多了份欢乐，多了一份牵挂，多了一份对成长的思索。

女儿两三岁的时候，我躺在床上，双手托着她的腋下，稳稳地扶着她，让她站在我的胸膛上。她乱踢着脚丫，乱舞着双手，把我的胸膛当作表演的舞台。有时我也会一上一下地提着她，她兴奋地笑着。渐渐地，女儿的腿长了，我的手再也够不着她的腋窝，女儿再也没有在我的胸膛上舞蹈。

可能是因为从小吃过苦、受过累的缘故。对于女儿的教育，我是比较严苛的。我常常挂在嘴边的是“三岁看老”，我坚信：“好的习惯让人一生受用无穷。”因此，我常常苦口婆心地劝说女儿要从善如流，要趋向美好，不事狡辩。我的唠叨甚至超过了她的妈妈。因此，有很长一段时间，女儿都希望晚上我不要待在家里，而是去加班。那样，她会更自由。

女儿小时有许多值得我们高兴的地方。比如手劲很足，一两岁的时候，她的手抓住我的手，可以把她整个身子提起来。去十八道地玩时，第一次坐在秋千上，她就能紧紧地抓住，不会掉下来。爬山总走在最前面，不需要我们抱着上去。但女儿也有许多让我们无可奈何的事。比如，女儿上托班时，她喜欢的东西带了去，总是一天不离手，生怕被别人拿了去。她吃饭总是很慢，直到七八岁了还要妈妈喂才能吃多些。只是从去年开始，在我的强烈干预下，才没有这样做。饭量不大，菜也吃不了多少。原来外公家是卖快餐的，每次去，鱼啊肉啊她一概不吃，每顿只吃青菜、咸菜之类的东西。在幼儿园里，吃饭是一个表现的主要指标，可以影响老师对该孩子的评判标准。因此，在幼儿园三年，女儿从未得过一次全优生。

这多少让女儿有点失落。直到上小学后，因为没了“吃饭”等女儿弱项的指标，女儿的自信又找回来了。不仅当上了班长，还多次在市校绘画等比赛上获奖，捷报频传，让我们做父母的也觉得心满意足。虽然，女儿的日常生活习惯还不让我十分地满意，但毕竟这两年是大大地长进了。吃饭自己吃了，许多自己能做的事都自己做了，还帮妈妈做些家务。从上学期开始，还独自乘公交车回家，大大减轻了我的接送负担。就在上个月，在她妈妈生日的那天，她剥了一小捧瓜子给妈妈，祝她生日快乐。

逐步的成长，点滴的进步，汇聚成了生活中的感动和精彩。

当然，对于女儿，自己也有做得不太妥当的地方。记得 2010 年春节期间的一天，在乡下老家，我坐在刚买来才半年的轿车中避风取暖，女儿穿着溜冰鞋，飞也似的从门那边过来，用手中的树枝在轿车上划了一下，然后飞也似的离去。我下来察看，只见车上被划了一道长痕。我马上厉声把女儿叫住，把她拖到车前，狠狠地教训她。女儿的眼泪在眼眶里直打转。后来听妻说，女儿问："你说我重要，还是轿车重要?"我不禁大感孩子的洞察力。是啊，我是做得太过分了，也许那天，女儿只是和我开一个玩笑，而只稍微有点不当罢了，而我却大发雷霆。直到最后，我也没向女儿说一些道歉之类的话。

生活不是温室，总会有风雨交加的时候。溺爱是一种慢性毒剂，虽然能换来一刻的快乐和满足，但对于孩子的长远发展无利。在一次幼儿园开展的家长交流会上，有一个家长大声宣扬："女儿是宠出来的。"我不赞成这个观点。我不溺爱女儿，就是要让女儿感受到，她今后的生活，不会只是鲜花掌声和康庄大道，还有遍布的荆棘、狭窄的羊肠小道。

有人把人生比喻成乘客，我们先上了列车，然后孩子才上来，我们相伴着他们走了一程又一程，但最终，我们总会先于他们下车。是啊，我们早点放手，让他们早点学会生存和直面困难，我们才会安心地下车。

深夜，接到女儿打来的电话

那天吃完晚饭回来已经 9 点多了。因为老朋友来，陪了他们一整天，不觉有些累。我是不胜酒力的，晚上大概只喝了四小瓶多点的红石梁吧，脸早已涨红了，头也有些昏昏然，好在顺利地把摩托车骑回来了。先是到办公室，在班级的群里露了一下脸。然后回到家，忍不住又打开了电脑，一边烧着一壶开水，一边漫无目的在网络的世界里游走。

台风刚刚离去，空气是那样清新，气温是那样宜人。一直以来，总感到自己是一个喜欢安静的人，不喜欢迎来送往。想想今天的任务完成得还是不错的，还认识了许多自己原来不熟悉的人，也不禁有些感慨。生活中的每一个角落，都会有不同的收获，有付出，就有回报。有时不能安于一隅，要走出去看看外面的世界，接触丰富的人情世故，也是不错的。有时候，当一个人拥有一个相对完整的时空，总感觉有些难得的放松和闲适，又有一丝的牵挂和期待。今晚，听着时钟嘀嗒嘀嗒永不停步地穿行在寂寂的时空里，真希望这个平静的夜晚不要这样碌碌无为地度过。

被我顺手放在餐桌上的手机忽然响了。是谁呢？在这深夜，屏幕上显示的是妻的手机号码，不会有什么要紧的事吧，我内心一阵收紧。我慌忙接了，那边传来一个稚嫩的声音，是女儿。这让我颇感意外。已是 10 点 45 分了，按理说女儿都已睡了的。女儿说："不下雨了，爸爸为什么不回来啊？"我说，爸爸有事情，喝了酒，回不来啊。她说："明天再不回来要打屁股了。"我问女儿想爸爸了吗，女儿却不回答，只说了句

“格爸爸(是一种责备的语调)”,把电话交给妈妈了。妻说,女儿翻来覆去就是睡不着,大概是想你了啊。这些天,她们娘俩住在乡下,前天晚上,我加班搞一个材料没回去。昨晚本来是回去的,却有一个推不掉的饭局,而且知道少不了要喝酒的,只好不回去了。今晚是必须回去了,否则,明天要外出,与女儿相见又要迟延几天了。

想起自己在武装部工作时,有一个即将转业的同事,当兵近20年,自己的事业却并不顺利,更令他耿耿于怀的是,孩子的读书成绩不好,也不太听话,所以很是自责,说自己如果不是当兵在外,孩子也许不会这样。这位同事后来转业当了一名警察,已四五年了,不知一切可好。

早晨醒来之前,梦见了女儿,她跟在一只红色的快速移动的纸兔子后面来回地跑,进进出出的,妈妈跟在她的后面,一会儿来到我的身边缠着我,好像还梦见与女儿一起摘杨梅的场景……好久没有做梦了,看来今天晚上是要回去了,好好亲亲那个小家伙。

女儿、雪及其他

时光如水般流走。父母的所作所为，孩子的点滴成长，都在时光的水流中涤荡。我们当父母的终会老去，我们的孩子终会长大。先记着这流水的账吧。或许将来有一天，当孩子重新把目光投射回童年时光，那时，她会理解，为什么自己如此容易忽略的记忆，在父母的心头竟然如此的闪亮。

爱你，所以在风雨中冒险

冷风和降温是早就知道的事。

周二气温就下降了，周三降得更为显著。傍晚，我去接女儿。一路上，冷风呼啸，还夹着小雨，从电瓶车的遮蓬两旁向我乱撞过来，我不得不穿上雨披。从办公室出来就近 4 点 50 分了。女儿绘画培训既然已结束，学校又在 4 点 15 分清校，她会待在哪里？早上送到后，女儿把外衣都交给我了，这天气，女儿会不会在冷风冷雨中受冻？我一路心急如焚的，巴不得马上飞临到女儿的身边。

红绿灯闪烁中，我见缝插针，一路过关斩将般往前直冲。又想，如果横来一辆高速的车，又如何去躲避呢？女儿会不会怨我不遵守交通规则呢？每次在这个时候，会想到明天要早点出来，但到下一次出来却又都是迟了。现在回想起来，着实有些后悔，也担心给女儿做了不好的榜样。终于到了学校门口，目光四处搜寻女儿的身影，却不见她。又急急地去女儿的教室。江老师还在，想必是正在给几个表现不好或作业未完成的学生吃小灶。江老师说，已放学好久了的。既然平时很难得见到老师，我顾不上还未找到女儿，就问起来女儿的近况。江老师说这段时间表现还好，我就放心了。又问我，画画比赛结果知道了吗？我说不知道。江老师说，看她作文里写的，似乎感觉挺好啊。

告别了江老师，我又跑到大门口找，边找，边叫女儿的名字，却又没找到。想起昨日妻也找不到的事，就打电话问妻昨天是在哪儿找到的，妻说在隔壁幢楼找到的。我跑过去，女儿果然在那里，正兴高采烈地和几个男同学玩捉迷藏游戏。我问她冷吗，女儿说不冷。好在女儿他们在几个楼层疯跑，不然，这么冷的天气，又没穿外套，真不知会否冻出病来。我赶紧将外套给女儿穿上。女儿还有点不甘心这游戏就马上停了，说，以后我就都在这里，来这儿找我好了。

我答应了女儿，女儿脸上的笑容更加灿烂。

遇见雪

在前溪路，梧桐还未黄尽，杨柳还青青闲垂，哪有冬的意味啊？

一路的冷风冷雨，终于到家。我告诉女儿，听天气预报说，晚上说不定要下雪呢。女儿的内心就充满了期待。忽然，窗外的雨篷上传来了异样的声音。我忙对女儿说，你听，下雪子了。女儿看到后，兴奋极了。到吃晚饭的时候，那雪子的声音更响了。我和女儿依在微开的窗户旁，听那雪子击窗的叮当声，女儿的眼里充满了渴望。吃饭时，外面居然下起了雪来。“我看见雪了，妈妈，下雪了，下雪了。”女儿嚷嚷着，连吃饭都忘了。

吃完饭，写完作业，已 8 点多了，妻叫女儿去刷牙洗脸，然后睡觉。女儿不愿意。我想既然下雪这般难得，就说：“那我们去楼下玩一会雪吧！”女儿当然是欢天喜地了。我顺便带了一个脸盆，一个铲子下楼。女儿问我做什么啊，我说下楼你就知道了。

这雪，下得真不小啊。你看，才一两个小时，楼下的轿车上，已积了厚厚的一层雪了。在风雪中，我从别人家的轿车上挖雪，女儿见了，争着要挖，我告诫她千万别伤着了车，不一会我们就挖了一盆雪。然后，我拉起女儿，往雪道里跑去。毕竟下了一下午的雨，雨和着雪，一脚踏上去，那四溅的雪水，像是黑夜里盛开的一朵花。一路上，女儿高高抬起脚，然后重重地蹬下去，享受着溅珠碎玉般的乐趣。我们边跑，边掷着雪。我尽量让女儿感受到无拘无束的欢乐。这夜风，这飞雪，让人陡生冷意，加上女儿说鞋子进水了，我不敢久留，随便拍了几张照片，就拉了女儿，抱了那盆雪打道回府。回家后，女儿对那盆雪是爱不释手，玩雪，叠雪，堆雪人，给雪人安上眼睛、鼻子、嘴巴。

第二天一早，只见窗外一片白茫茫，昨夜一夜的大雪，让整个世界都披上了银装。女儿起来后，又是一阵欢呼雀跃。看那昨夜堆的雪人，因为放在房间里，早已化成了冰水。吃罢早饭，收到学校不上学的短消息，于是，就带女儿去东辉阁赏雪。我小心地开着电瓶车，生怕滑倒。到了东辉阁下，我们就步行过去。那大理石的地方很滑，前面有个人滑倒了，我也滑了一跤，然后是更小心地行走。照相，玩雪。我紧紧地架着女儿，一步一步踏着台阶上了东辉阁。东辉阁边上，已有了一个雪人。一位女孩过来，她让我给她拍张照，说这个雪人是昨晚她和几个好朋友上来堆的。早上上班前，又来这里看看。我看着她天真的样子，又多给她照了几张。并不住提醒着她，小心滑倒。女儿总喜欢往雪深的地方迈步，雪都进了她的裤管和鞋子。我怕雪湿了她的鞋袜，怕她跌倒，总不住地叮嘱，或者埋怨。终究，我们的赏雪有点无味起来。本来想把女儿带到我办公室的，问女儿，女儿说要到妈妈学校去。我也就由着她了。

听妻说，在学校里，女儿整天跟着大哥哥大姐姐玩雪，衣服鞋子都湿了好几次。我庆幸女儿留在她妈妈学校里，她是那样地爱雪啊，这样的机会毕竟不多啊。

这场雪，下得早，下得大，下得适可而止，女儿应该是尽兴了吧。

独睡之难

女儿一直和我们一起睡，很小时，因为要经常受我的责备，所以睡妈妈一边。后来，随着父女感情的升温，一度睡在我的旁边，再后来，一直到现在读小学二年级了，就睡在我们的中间。

周三晚上，女儿主动问我和妻："你们希望我一个人睡，还是和你们一起睡？"因为下雪，怕女儿一个人在另一个房间会受冻，我说随你啊。后来，女儿还是想一个人睡，妻只好陪着她睡。

女儿为何主动提出单独睡呢？记得，上次在批评女儿时，顺便说到这么大了还不单独睡，早上还要妈妈穿衣服之类的。

周四晚上，妻继续陪着睡。

周五晚上，女儿提出要一个人睡，我们答应了。妻待到一点钟，女儿都没一点反应。但妻刚睡下不久，我在迷糊中忽然听到女儿在叫"爸爸"的声音，声音虽然不响，但我还是听到了。我赶紧过去，傍着女儿睡下，钻进冰冷的被窝，直待到早上6点才回。

周六晚，女儿继续一个人睡，这一觉，一直睡到自然醒。这是女儿第一次独自在另一个房间，安稳地睡了一夜。

周日，女儿又说要和我们一起睡，甚至泪珠都有了，我们也不强迫她。毕竟，我们需要的是耐心和等待。说不定，将来，我们想让她过来睡，她却不愿意了呢。

第二天，女儿说，还是一个人睡好啊。

秋夜里的纺织娘

暮秋的深夜，我颇感寒意。抬头窗外，几颗星在落叶飘零的树枝间冷冷地发着光，似乎要和未眠的我对话。

猛然想起北方的寒流袭击这江南小镇已有月余，傍晚又下了一阵凉雨，这袭人的寒气本应颇不出乎人意料的，难道是这诗情遍布的季节让我忘记了节候的变迁？你听，窗外秋虫的鸣叫，一阵急似一阵，一阵紧似一阵，像浪涛拍击礁屿，像电波传递着撩人的信息。

“织、织、织”，那样急促，那样激越，那样贴近，震碎了我的遐想。循着密密的叫声，就着柔柔的灯光，透过薄薄的窗纱，我看到一只纺织娘立在我的窗台上，抖动着泻满星光的翅膀。她用金色的声音歌唱，那歌声弹落了灯花，拨动了我的思想，在落叶的缝隙间分外迷人。也许她贪恋这人间的良辰美景，在不知疲倦的歌唱中忘记了自己的归路；也许她要让美丽的容貌长久地驻留在这个世界上；也许，她要用最后的生命歌唱挽留秋天的最后一片落叶，用急促的声浪抗拒北方来的寒流。

这只金色的美丽的纺织娘，她为什么要落在我的窗台上？是我房内的热气让她留恋，还是她在向我打探到达下一个暖季的路途？她久久不肯离去，不停地歌唱。她是在努力地和我沟通着她的思想吧？我轻轻地打开纱窗，柔静的光使她的双翅熠熠生辉。她是热爱这个世界的一只昆虫。她用最美丽的歌喉高声地吟唱，吟唱秋风和落叶，吟唱季节和万物，她用一波急似一波的声浪，驱逐着暮秋的寒霜，一点点拨动如珠的光亮。我用心聆听着，我听出了隐含在里面的淡淡的忧伤，我听出了她在用圆润的歌声守护着生命的尊严，我体味到那歌声里跳动着祈求和希望。那是一曲对生命的礼赞。我突然想，终有那么一刻，这只无名的纺织娘会在黎明前的霜风雪雨中安静地坠落。而那一刻，我们静卧在温暖的被窝里，享受冬日的安逸。

纺织娘是值得赞叹的。自她有生命以来，在万物沉睡的死寂的深夜，在人类生命熟睡的三分之一时光里，甚至在将赴死地之时，一直不停地用歌声装点着静寂的夜空，勤勉地度过那艰险的时段，用歌声让处于黑暗中的地球生机盎然。她守卫在生命的高处，用歌声填补了自然界的单调和乏味。

窗外的月亮还未升上来，由于这只纺织娘的介入，确切说是我多愁善感的思想受到触动，这个暮秋小镇竟环绕着悲壮的氛围。满天的星光让我想起了那首日本歌曲《星》，“踏过荆棘，苦中找到安静……”那雄浑而低沉的旋律，蕴藏着力量和生命之重。从发动侵略战争到战败投降，这期间，有多少平白无故的生命在军国主义的招牌下沉溺和丧失，有多少善良的心灵受到了战火的灼伤，电影《紫日》中的日本小姑娘，几次三番反叛同伴的友爱和关怀。那些战争的亡灵，或许在走向灭亡的前夜，听到纺织娘辉煌的鸣叫，也曾唤醒了他们沉睡的灵魂，但回归和平之路，何其迢遥，何其迢遥啊！“星光引路，风之韵，请你倾听，带着热情，我要找理想，理想是和平……”那是对战争的深刻反思，警醒着人们：只有在和平的天空下，人才能做他自己想做的事情。

在和纺织娘对视的秋夜，我倍感天宇的高远，人情的亲切，它超越了国界，甚至让人暂时忘却了民族的隔阂，以及生命的躁动。

那只偷吃金鱼的乌龟

那只乌龟到我家已两个月了。

6月初的一天晚上，我们一家3口从三和地下超市购物一出来，女儿就被那个卖小动物的小摊吸引了。小白兔，小白鼠，大小各色的金鱼……女儿拿菜梗喂喂小白兔，用小勺舀舀金鱼，那只可爱的小白鼠一跑动，整个笼子就跟着转起来……女儿看得入迷。小白兔、小白鼠不方便喂养，金鱼以前养过，最终，我们买了一只小乌龟。小贩说，乌龟每个星期只要喂一次就行了。喂多了，反而会生病拉肚子。乌龟确是易养的吧，资料上说："乌龟的耐饥能力较强，即使断食数月也不易被饿死，抗病力亦强，且成活率高。"

家里有一个圆形的金鱼缸，早已蒙上了一层厚厚的灰尘，我拿出来很小心地洗了。女儿两三岁时，我们曾给她买过金鱼，顺便买了这个鱼缸。金鱼死后，就再也没使用了。那个金鱼缸实在有些小，缸底的直径只一个乌龟的身长多一点吧，乌龟只能缓缓地转身，它沿着圆形的缸底，缓缓地爬行，好像最终会找着一个通向自由的出口。它有时候也会用脚爪抓着弧形的凹壁，努力地向缸口攀爬，但终究是徒劳一场。

对于乌龟，从内心说，我并不是十分欢喜的。小时候见到乌龟的机会不多，只在寺庙或图片里偶尔一见，那怪怪的模样、泥样的颜色自然不讨人喜欢。那时还听大人说，乌龟会咬人，咬上后，除非听到雷声，否则就不会松口了。还经常听人用"缩头乌龟"骂别人胆小怕事。那时还听过《西游记》乌龟驮佛经的故事，知道因为唐僧忘了向如来问乌龟还能活多少年，乌龟一生气，把身子一晃悠，就把唐僧师徒连人带包全掉到通天河里去了，还弄湿了佛经。后来，读了“龟兔赛跑”的故事，深为兔子的失策而惋惜。中学时，学到了曹操的《龟虽寿》里的诗句：“神龟虽寿，犹有竟时”，知道乌龟终究也是逃脱不了生死的轮回。总之，对于乌龟，心里疙疙瘩瘩的，没有一点亲切感。

买了乌龟几天后的一个晚上，妻带女儿在锦屏公园钓了7条金鱼，女儿兴奋极了，宝贝似的拿回家里。那个金鱼缸太小，且已被乌龟占用了。于是我拿了一个盛水的器皿，在其中养了5条金鱼，2条稍小的和乌龟养在一起。一晚相安无事。第二天早晨早锻炼回来时，忽然听妻惊叫了一声：“不好了，金鱼被乌龟吃了！”我心里咯噔了一下，怎么会呢？早上出门前我还特地去看了一下，除了金鱼的鳍有点破损，似乎也没什么大碍啊。过去一看，果然只剩一条金鱼了。有一个金鱼的头沉在水底，那眼睛还鲜活如生。女儿闻声赶来，很伤心的样子，说乌龟是坏蛋，不要乌龟了。妻说，你就把乌龟拿单位去养吧。还有一回，我准备给乌龟换水时，乌龟竟然对我的手指张开嘴巴，想起乌龟听雷张嘴的传说，我也不禁有些后怕，好在女儿也不喜欢与乌龟玩！于是，对乌龟又徒增了一份厌恶之感。

过不多时，我外出学习，妻带女儿回娘家住。一周后，我一回到家里，就去看金鱼。眼前的景象却让我傻了眼，那些金鱼全都死了，直挺挺地浮在浑浊的水中，散发出一阵阵鱼腥味，好像死了也有些时间了。在这个酷热的天气里，水是极易变质的，缸里的水本来就是要及时换的！我有些内疚，自责没有照顾好这些可爱的小动物。我打电话告诉女儿，女儿伤心极了。只有那只乌龟还是好好的。心想，如果那条金鱼不被吃掉，似乎也逃不掉死亡的下场。所以对乌龟不禁有了一点原谅，虽然内心来说还说不上喜欢。

就像遇见一个不喜欢的人，强装着喜欢是难的。而当你遇见喜欢的人，强装着不喜欢也难。看来，无论是谁，一旦一种看法形成，就很难改变了。小到一个人一件事，大到一个国家。好在人还是理性的时候居多，不只意气用事。我检讨着自己，想，如果不把金鱼与它同缸养，就根本不会发生吃鱼事件。如果给乌龟喂足够多的食物，它也许不会去吃金鱼了。乌龟的本能就是要生存，人们是不可以伦理道德强加于它们的。这样想着，我对乌龟的看法似乎又有了一些改变。

现在我定期给乌龟换水，喂它一些肉片。每当我走到桌边，它都会抬起头来，朝我这边张望，而当我把手伸过去时，它大都会缩了头去，像做错了什么事似的。有时候，我吃零食时也会与它分享。吃葡萄时，扔几块葡萄进去，吃梨时，扔一两片梨进去，吃蛋糕时，扔一点蛋糕碎进去，乌龟一边张大了嘴咬着食物，一边用两个前脚向前推，一会儿就把食物吃光了。乌龟终究不会表达什么，不知道它的主人在想些什么，对它有什么样的看法，它只是按照自己的本能生活着。希望乌龟能长久地活着，一直到我们全家都喜欢它的那一天。

小狗咔布

深夜，或清晨，当我坐在堆满书、杂志、报纸，还有笔墨之类的显得杂乱的书桌旁，看书，写作，上网，我总会习惯性地看看北窗边的墙角，想起那条曾囿于这个角落，给我们带来乐趣，更多是带来混乱的，那条叫咔布的小狗。

咔布是女儿给它起的名字，那是女儿为了纪念乡下奶奶家那只被狗咬死的女儿起名为咔布的小猫。那小猫是女儿的奶奶在路边捡到的，才出生未久吧，娇弱可爱，黄白相间的毛发，“喵喵”的叫声，让人顿生爱怜之情，女儿喜欢极了。然而才未谋几面，那小猫被邻家的狗给咬死了，这让女儿很是伤心。

这小狗是女儿去外公家时，和她的舅公一起去东门的一户人家里讨要来的。小狗才一个月大小，全身以灰褐色为基调，尾巴和背部的毛发略有黑色，而脸部却是一片黑色，这使它看起来显得深沉而威武。这狗是属于土狗一类，是小种狗，四只脚特短小，加上走路还不稳，走起路来，趔趔趄趄，像一个滚圆的肉团在地上滚动。

那天从外公家回来，女儿非要把狗带回来，既然女儿如此强烈要求，那就带回来吧。外公找了一个纸板箱，把咔布放在里面，于是我们就把它带回了家。

女儿爱不释手，从纸箱里轻轻地把它抱出来，抱在胸前或放在双腿上，一边梳理它的毛发，一边和它说话，那狗儿也乐得享受小主人的爱抚，一动不动地躺着，黑黑的眼珠溜溜地转着，它是对这个新环境充满了惊奇吧！

我们的烦心事也接着就来。首先要解决的是拉尿拉屎问题，因为当天晚上，在客厅，我们就眼睁睁地看着它在客厅里拉了几次。为了使它能养成定点排泄的习惯，我们特地准备了一个盒子，一个盛了泥的脸盆，而每次它乱拉后，都要拍它几下，然后把它抓到那盒子和脸盆里，表示以后拉尿拉屎得到这两个地方。同时，定期带它到室外排放。但令人遗憾的是，每次拍打后，它除了悲悲地鸣叫几声，当再次撒尿时，还是重犯前次的错误。它似乎无法记住或者理解主人的意思。刚开始的时候，它拉完了之后，就自己先呜呜地叫起来，表明自己是无辜的，还有每次责罚它之后，它好像很害怕，躺在那里浑身发抖。或者就独自一个跑到鞋架边的那个脚垫上躺着，不敢再来撒娇似的缠我们的脚，或咬我们的鞋带。既然让我们看见过不了关，那就来个不让你看见才好！后来，我们竟然在床底下、书房里也发现了它的排泄物，这让我们彻底地失望了，只能是管住不让它到暗处，其他的就悉听尊便了。

晚上，我们把它放在箱子里，放在书房的角落。为了防止它出来乱拉，就在箱子上面压了重物。第一、二个晚上，它呜呜叫个不停，尽管把卧室和书房的门关上了，但那声音依然从门缝穿过，加上心里挂念着，令我一夜都没睡好。好在后来，狗渐渐适应了处处是雷池，处处是禁区的新环境，我也适应了有狗在侧的新形势，晚上还算相安无事。

白天是一个大问题，我们都上班或上学了，交给谁管呢？后来，就把它独自放在底楼的架空层里。每天中午，我得准时回来，每次听到我的脚步声，它都会呜呜叫，像是受了委屈或是表达想念之情。刚开始几天，它安稳地待在那个纸箱的窝里。再后来，它就跑出来了，把架空层里搞得尿迹斑斑。好在那里是水泥地面，也没什么东西，就任由它吧！先带它到楼幢前的空地上放风，然后再给它吃预备好的粮食。

除了我，妻和女儿也忙开了。妻要给咔布洗几次澡，还从旧衣裤上剪一块，给它做了衣服，但淘气的咔布哪管别人的好意，硬是用嘴扯着这累赘，最后只好作罢。女儿最喜欢和它玩。对咔布最好的是女儿，每每听到我们责罚咔布的声音，她就要来制止，还和咔布玩咬裤脚的游戏。就是她一走到，咔布就乐颠颠地过来，缠着女儿的脚，咬着裤腿，女儿任由它咬，一边还拖着咔布走。

咔布的闯入，完全打乱了我们的生活规律。大约坚持了2星期，我们把咔布送回了乡下，咔布短暂的城市生活也就宣告结束了。

后记

那些文字从我的指间流出，在我平凡的生命幕布上，汇聚成一片流年的碎影。

我庆幸自己没有完全被流光淹没，能把这些稍纵即逝的细节或者闪念用文字保留下来。我庆幸在这20多年来，因怀揣一个文学青年的梦想，能遇到这么一些鼓励我提笔、勉励我作文的师友：学校的师长、报刊的编辑、文坛的前辈、真诚的文友。而特别让我不能不提及的，是我的父亲。

父亲可谓是我最坚定的粉丝，他常常隔三岔五地问起我，最近有没有文章写出来，有没有发表？当我说“有”时，他眼睛放光；当我有些不以为然地很随意地丢下一句“没有”时，他就很有些失望的样子。于是，每每有文章发表了，我回乡下老家时就不忘带上，当我把报纸杂志递给他时，他乐呵呵地说：“又有发表了？”他急忙找来老花眼镜戴上，慢慢地、仔细地找寻，无比认真地阅读起来。可惜，我写得断断续续，父亲也只能很零碎地读到我的文章。

这样读着，读着，一年又一年。父亲的满头黑发，已经变得花白。他的视力也下降了，但他依然认真地、兴致勃勃地读着。每当我看到他坐在老家的木椅上就着有些暗淡的灯光无比愉悦地阅读的时候，我的心头就迷漫起一片潮湿却滋润的温暖。难得这世上有一个人能如此热心地关注、支持着你所爱好的一样东西，一如既往、不离不弃，而且他就是自己的父亲。

父亲小时家里穷，只好中途辍学，他当过兵，又当了近30年的民办教师，期间尝够了文凭欠缺、知识贫乏的苦。他总很敬重有学问做文章者，我小时候常常听他在和人闲谈中提及谁谁文章写得好，谁谁是单位的“一支笔”，这无疑深深地影响了我。现今，退休赋闲在家多年的父亲爱上了叙述，他天天坚持写日记，一丝不苟地记录着生活里的细碎。而在几年前有一回他还自己提笔写了一篇有关老家岛屿的传说。我忽然想到：父亲才是一个纯粹的“文艺青年”，他的内心，何尝不潜藏着一个无比巨大的文学梦？

为了父亲的这片热心，我应该多写，而且要写好。

我真想象不出当我把一整本书递给父亲时，他会有多自豪，他脸上的笑容会有多灿烂。